Ausgeknipst

Ausgeknipst

Rolf Bönnen

Thienemann

1

»**Warum** willst du mich umbringen?« Drückend lastete der Blick ihres Vaters auf Britta.

Max Sander stützte sich mit gespreizten Fingern auf seinen Rauchglasschreibtisch. Blass, atemlos. Wie versteinert.

Wie klein er so wirkt, musste Britta unwillkürlich denken, während der früh gealterte Mann unter den kuppelartig ansteigenden Holzpaneelen um Fassung rang. Er schwankte. Und mit ihm sein ganzes Mausoleum aus akkurat gekämmten Perserteppichen, Kunstdrucken moderner Klassiker und afrikanischen Masken auf dem verchromten Sideboard. Darüber die endlose Reihe aufwändig gerahmter Fotos und Zeugnisse. Belege mühsamer Schritte zu Erfolg und Ansehen, aufdringlich fürs Besucherauge arrangiert.

Der Gesellen- und Meisterbrief als Maurer. Natürlich unter Glas im Goldrahmen. Bilder der ersten Bauunternehmung in der Schanzenstraße. DIN A3, Plexiglas und Messing. Und weiter Paps als Prinz Karneval. Beim Rathaus-Richtfest mit dem Bürgermeister. Paps und der Ministerpräsident. Paps während einer Audienz beim Kölner Erzbischof. Das dreispaltige Foto aus dem *Rheinland Tag* nach der Ernennung zum Obermeister der Innung. Paps und die Vorstandskollegen der Handwerkskammer auf der Oberkasseler Kirmes. Als Krönung der Handschlag mit dem Bundeswirtschaftsminister.

Alles waagrecht, täglich abgestaubt, am Platz.

»Was ist denn los mit dir?«, fragte Britta. Nur um etwas zu sagen. Sie fürchtete sich. Ohne genau zu wissen, wovor.

Mit den Wutausbrüchen und Zorntiraden ihres Vaters konnte sie umgehen. Manchmal brauste er beim geringsten Widerspruch unbeherrscht auf. Wenn jemand seinen Wünschen und Vorstellungen nicht genau entsprach, wurde Max Sander schneidend bestimmt.

Aber so wie heute hatte Britta ihren Vater noch nie erlebt. So erschöpft, ja geradezu verloren.

Kraftlos schob er ihr quer über den Schreibtisch einen Umschlag zu. »Mach auf.«

Zögernd klappte Britta die Lasche des braunen Kuverts hoch, zog die drei Abzüge heraus. Sie brauchte gar nicht erst hinzuschauen. Sie wusste ja schon, was auf den Fotos zu sehen war.

Katja und Nicole, die beiden übelsten Klatschmäuler der Klasse, hatten sie ihr längst genüsslich unter die Nase gerieben. Natürlich hatte es nichts genützt, sie anzuflehen, die Bilder verschwinden zu lassen.

Das hatte die Clique bloß noch mehr angestachelt. Sie wollten sie auf dem Boden sehen. Bloßstellen. Vernichten. Auf wessen Konto auch immer diese verfluchten Schnappschüsse gingen. *Die* Chance hatten sie sich nicht entgehen lassen. Schließlich wurde der Rang in der Klasse in einem ständigen Kampf ums Ganze ausgefochten. Jedenfalls in der 10 B des *Heime*.

»Bist du das?«, wollte Brittas Vater, immer noch unwirklich leise, wissen. Er war kaum zu verstehen.

Britta nickte stumm.

»Wer hat dich so fotografiert?« Max Sanders Stimme bebte.

Britta zuckte hilflos die Achseln. Als ob sie sich das nicht tausendmal gefragt hätte. Immer wieder die gleiche, einzig mögliche Antwort: Bob!

Aber Bob war das nicht. Das spürte sie. Das wusste sie. Genau. Bob liebte sie und würde ihre Liebe nie missbrauchen. Da war noch jemand anders am See gewesen. Irgendein Spanner. Oder jemand, der ihnen gefolgt war. Ihnen eine Falle gestellt hatte. Steffen vielleicht. Oder Silke. Oder Katja. Die knipste ja sowieso von früh bis spät in der Gegend rum.

Nur: Brittas Verstand sagte ihr unbarmherzig, dass sie sich belog.

»Was willst du? Alles kaputtmachen, was wir uns aufgebaut haben?«, sagte ihr Vater. »Wer war das?«

»Ich weiß es nicht«, murmelte sie kleinlaut, »ehrlich nicht.«

»Mit wem läufst du so rum?«

Britta konnte einfach nicht antworten. Zu viele Bilder schossen ihr durch den Kopf. Bobs dunkle Augen hinter den verwuschelten Haaren, als sie auf ihn zurannte. Sein Jungenlächeln, als sie ihm sagte, er solle sich die Augen zuhalten. Ihre ungelenke Hast, als sie zum See vorlief und hüpfend aus dem Slip schlüpfte.

Ihre Konturen, die sich beim Hineinlaufen im Wasser spiegelten. Bobs kehliges Lachen, als er durch die Finger lauerte und fragte, ob er jetzt gucken dürfte. Seine halb geöffneten Lippen, als sie ins Handtuch gewickelt zurückkam, bis sie sich, scheinbar stolpernd, auf ihn fallen ließ, um in seinen Küssen zu versinken.

»Nackt wie eine Hure«, ächzte Sander, um dann ein Taschentuch aus der Hosentasche zu fingern und sich apathisch den Schweiß aus Stirn und Nacken zu wischen.

»Es war doch keiner da!«, versuchte sich Britta zu verteidigen.

»Willst du mir weismachen, du hast dich selber fotografiert?«

Britta kaute auf den Lippen.

»Wer war das?«

»Ich weiß nicht. Wirklich nicht. Ich war mit Bob am See ...«

»Bob? Unser Schreinerlehrling?«

Britta schlug die Augen nieder, nagte jetzt wie verzweifelt an ihren Lippen, um sich die Antwort zu verbeißen.

»Ich will eine Antwort!«, murmelte Max Sander noch, war aber kaum zu verstehen. Schleppend kam Brittas Vater um den Schreibtisch herum auf sie zu, sich bei jedem Schritt auf der Glasplatte abstützend. Um sie dann, nah genug herangekommen, bei den Schultern zu packen. »Was hat der Kerl mit dir angestellt?«

»Nichts, Paps. Gar nichts.«

»Gott, sie lügt mich an ...«, stöhnte Sander auf.

Nicht mal theatralisch. Eher selbstvergessen. Anscheinend konnte er mal wieder nicht fassen, dass jemand eigene Wege ging und Entscheidungen traf. Bei Britta schon gar nicht.

Eben, als er ihr die Fotos unter die Augen gehalten hatte, hatte es für einen Moment so gewirkt, als sähe er sie zum ersten Mal. Als würde ihm erdrutschartig bewusst, dass das ungelenke, puttenhafte Lockenköpfchen, das Britta von ihren Babyfotos kannte, ein für alle Mal gestorben war. Gestorben und beerdigt. Die Zeit blieb nun mal nicht stehen und sie konnte nicht ewig im Garten auf seinen Schultern reiten, ihn im Schlaf mit Blütenblättern zudecken oder mit Grashalmen wachkitzeln.

Max Sanders Hände pressten sich fester um Brittas Schultern, als müsste er sie festhalten. Bis sie plötzlich kraftlos abrutschten, an Brittas Armen vorbeisackten und den Körper ihres Vaters mit sich zu Boden rissen.

Leblos lag der mächtige Leib auf dem Teppich.

Alles vor Britta verschwamm in einem Nebel, der sie aus jeder Zeit riss. Ihr allen Schmerz nahm, aber auch jedes Gefühl. Plötzlich konnte sie sich selbst beobachten. Wie sie sich zu ihrem Vater beugte, fiebrig nach seinem Atem horchte. Wie sie ihn wieder und wieder beschwor, zu sich zu kommen. Auf Händen und Knien zum Telefon kroch. Den Notruf wählte. Sie eine Stimme hörte, die die Adresse wissen wollte. Und wie dann, noch bevor sie antworten konnte, ihr Vater schmerzverzerrt die Augen aufschlug, sich aufbäumte und in einem fort wimmerte: »Auf... legen ... auf...

auf...legen«, bis die Stimme gänzlich brach und sein Schädel hilflos nach hinten kippte.

Hastig wählte Britta die Nummer ihres Bruders. Die Stimme der Sprechstundenhilfe zeugte von einer anstrengenden Nacht. Britta fuhr sie alles andere als sanft an. Sekunden später hatte sie Mischa an der Strippe, schrie ihren Bruder hysterisch an.

»Komm sofort! Paps stirbt!«

»Was ...«

»Sein Herz. Das Scheiß-Herz. Er ist ganz still.«

»Ich ...«

Aber Britta hatte schon aufgelegt. Krümmte sich wie ein Embryo zusammen.

Sie hatte Angst. Angst, wie sie sie noch nie gekannt hatte. Schroff. Kalt. Und herausfordernd.

2

Eine Woche zuvor war die Welt noch in Ordnung. Soweit sie überhaupt in Ordnung sein konnte, wenn man in die 10 B ging. Das lag nicht an der Schule. Lernen war für Britta noch nie ein Problem. Ihr flog alles zu. Ob Textstrukturen oder chemische Formeln, französische Grammatik oder die wesentlichen Daten von Napoleons verkorkstem Russlandfeldzug. Egal, wie monoton und einfallslos die Lehrer ihren Stoff absonderten, an Britta blieb alles haften. Sie war bestimmt keine Streberin, drängte sich im Unterricht nie vor, ja beteiligte sich kaum. Aber wenn sie dann mal gefragt wurde, klang alles, was sie sagte, schrecklich richtig und kompetent. Gleichungen mit zwei Unbekannten löste sie so lässig, wie sie drei Seiten aus Camus' *Pest* übersetzte, ohne eine einzige Vokabel nachzublättern. Sie war eine Überfliegerin.

Normalerweise brauchte sie die Klasse nur zu betreten, schon lag sie unter Beschuss.

Kein Wunder. Ins *Heime* wurde alles gestopft, was Rang und Namen hatte oder wenigstens irgendwann bekommen sollte. Großspurige Jüngelchen, verwöhnte Professorentöchter und dauerangeödete Snobs.

Wie Falco, der Britta letzte Woche noch erklärt hatte: »Schätzchen, wir wissen doch, dass man hier nicht hingeht, weil man will, sondern weil man's sich leisten kann.«

Wobei »gehen« ganz offensichtlich nichts mit Fortbewegung zu tun hatte, sondern eher mit entschweben. Jedenfalls für Goldstückchen wie Nicole oder Katja, die das *Heime* sowieso nur als Laufsteg brauchten und vor lauter Allüren kaum noch zum Nachdenken kamen. Wozu auch, wenn's in der Clique sowieso nur darum ging, möglichst chic und angeödet mitzustöckeln.

Sobald Britta eine der verschnörkelten Türen des Elitebunkers aufstieß, schallte ihr jede Bemerkung spitzfindiger, jeder Ton gehässiger, jeder Missklang tragischer um die Ohren als irgendwo sonst in der Stadt.

Was sagte Robert immer, wenn er ausnahmsweise mal an einem Anflug von Aufrichtigkeit litt? »Superschuckelladen das Ganze. Aber leider lebensgefährlich. Hier geht's nur ums Ego. Zweckbündnisse. Fallen und Intrigen. Genau das, was wir später brauchen.«

Letztes Jahr, als Kim noch mit Britta sprach, weil sie sie in Englisch und Französisch abschreiben ließ, nahm sie sie für ein paar Tage unter ihre Fittiche und führte sie in die Katakomben ein. Wo man im Fahrradkeller ungestört kiffen konnte. Wo man in der Pause die anderen Kleinigkeiten kaufen konnte. Und wo man auf der Kellertreppe halbwegs ungestört knutschen konnte.

»Sag mal, kriegen die Lehrer nichts davon mit?«,

wunderte sich Britta, nachdem sie Kims Offenbarungen halbwegs verdaut hatte.

»Die Pausenclowns?«, war alles, was Kim verächtlich rausließ.

»Wieso Pausenclowns?«, hakte Britta leicht irritiert nach.

»Wozu is 'n der Unterricht sonst da? Irgendwo brauchste ja 'nen Chill-out für deinen Hang-over. Sonst kommste gar nicht mehr klar«, erwiderte Kim.

Als Britta dann keine Lust hatte, an Kims Breezer zu nippen, und nach Klausuren und Noten fragte, stand sie schon ziemlich im Abseits.

»Also, mein Lämmchen. Für so was gibt's Communicators, Handys und süße kleine Ohrstecker. Und so Seelchen wie dich. Und wenn's ganz schlimm kommt, tut Paps den Paukern was in die Kaffeekasse. Und jetzt sag mir mal, wo du die grottenhässliche Jeans herhast. Die macht dir 'n Arsch wie 'n Brauereipferd.«

»Findest du?« Britta schielte sich über die Schultern.

»Das find ich nicht, das seh ich. Ich hab nämlich Augen im Kopf. Und im Unterschied zu dir brauch ich die nicht zum Büffeln, sondern zum Gucken. Ich will hier nämlich wirklich was mitkriegen.«

Der Breezer war leer, die Flasche lästig, weshalb sie splitternd auf der Kellertreppe landete.

Kim hakte sich bei Britta unter und pustete ihr ein munteres »Dich kriegen wir auch noch hin« in die Ohrmuschel.

Äußerlich war das *Heime* ein neoklassizistischer Sandsteinbunker unweit der Kö, mit gestutzten Platanen, zwischen den architektonischen Höhenflügen von Orangerie und Stadtschloss und dem Abtritt der Altstadt.

Silke, Brittas einzige richtige Freundin in der Schule, hatte es ihr und sich vor ein paar Wochen bei der Abi-Fete wodkageschwängert ungefähr so zusammengereimt: »Also, Süße, du weißt ja auch, wie das hier läuft, und ich bin echt froh, dass wir hier sind und dass ich dich überhaupt kennen gelernt habe. Aber hab ich dir schon mal gesagt, warum ich die Leute hier so genial geil finde? Die kriechen nicht rum wie bei mir im Viertel. Die kümmern sich um nix. Für die ist alles Party. So 'n richtiger Tanz auf dem Vulkan. Da müssen bloß zwei Sachen stimmen. Der Rhythmus. Und das Feuer. Das darf nie ausgehen. Deshalb Regel Nummer eins: Mach dir Freunde. Und Regel Nummer zwei: noch mehr Freunde. Und Nummer drei: Nutz sie richtig. Richtig aus.«

Und dann hatte Silke in sich hineingefeixt und noch mal kräftig nachgekippt und einen Caipi auf einen Rutsch weggezogen und war Vollgas in Fahrt gekommen und überhaupt nicht mehr zu bremsen gewesen. »Natürlich ist im Leben nix umsonst und hier schon mal gar nicht. Freundschaft kostet. Kleine Einladung. Auf 'n paar Drinks nach 'm Match. Häppchen Essen. Oder ein kleiner Törn rüber zum *Honey Island*. Beim Bootssteg anlanden und nicht wie der Pöbel am Parkplatz. Oder nimm sie gleich zum Shoppen mit – lass ab und zu mal was für sie abfallen. Erste Sahne Investitionen. Ins Lebensgefühl. Und deine Zukunft. Und wenn du grad mal klamm bist … oder nicht so mit Cash rumfeuern kannst wie ich armes Käsemäuschen, na ja, dann eben … dann haben wir Mädels ja noch 'ne andere Währung. Wird auch immer wieder gern genommen. Verstehste, Süße? Nee. Du verstehst gar nix. Aber genau darum mag ich dich so verdammt. Du hast so was Reines. Wie so 'n Engelchen. Oder 'ne Krankenschwester.«

Silke rutschte an Brittas Schulter und musste prusten und husten. Als Klassen-Underdog wusste sie nur zu genau, wovon sie sprach.

Britta hatte verstanden. Jedes von Silkes überschwänglich genuschelten Worten. Selbst die ungesagten waren bei ihr angekommen. Nur – dummerweise war sie keine Süße und hatte immer wieder mal die fatale Neigung, ihr Hirn einzuschalten. Weshalb Britta immer erst dann so richtig auf- und durchatmen konnte, wenn sie den Protztempel hinter sich gelassen hatte.

Wie an diesem Montag, kurz nach zwei, als sie quietschend mit dem Fahrrad um die Ecke fegte, auf dem sandigen Pflaster des Firmenhofs eine gekonnte Vollbremsung hinlegte und erlöst vom Sattel kletterte.

Köttel, der Vorarbeiter, den alle nur Küttel nannten, und seine Jungs vom Lager aalten sich in der Sonne und applaudierten mampfend, die belegten Brote freihändig im Mund.

»Alles paletti?«, fragte »Specki« Mohn und quälte sich in die Höhe, nachdem er die letzten drei Bissen auf einen Haps runtergeschluckt hatte.

»Klar.« Britta strahlte über alle Sommersprossen,

auch wenn sie gerade mit dem Seitenständer des Fahrrads kämpfen musste, der nicht ausklappen wollte.

Und dann war mit einem Mal Bobs Fuß da und seine Schuhspitze zwang die widerspenstige Rückholfeder in ihre Arretierung, woraufhin der Ständer willig zum Anschlag schnellte.

»Danke«, meinte Britta nur und hütete sich aufzusehen.

Der neue Lehrling war erst seit einigen Tagen da. Vor ein paar Wochen hatte man ihn »aus Gnade und Barmherzigkeit«, wie Brittas Vater das nannte, von einer Pleite gegangenen Berliner Firma übernommen. Und erst mal als Springer auf allen möglichen Baustellen im Umland verheizt. Erst jetzt ließ man ihn auf dem Bauhof arbeiten, damit er sich besser auf die Berufsschule und die anstehende Gesellenprüfung vorbereiten konnte. Beliebt war er nicht und willkommen auch nicht, mit seinem schlaksigen Gang, den verfilzten Haaren und dem so völlig unrheinischen Hang, sich jedes Wort aus der Nase ziehen zu lassen. Britta kannte das alles aus ureigener Erfahrung. Bekanntlich versteht sich der Düsseldorfer als besonders herzlich und weltoffen. Hauptsächlich anderen Düsseldorfern gegenüber.

»Öl«, riet Bob knapp. »Öl hilft meistens.«

»Jetzt laber die Braut nicht voll«, zischte Specki und zwängte sich dazwischen. »Sieht der Chef gar nicht gern. Und weißte was? Ich auch nicht. Ist nämlich meine Braut. Ne, Britta, wir beide?« Er hatte sie um die Taille gefasst und zog ihre Hüfte an seine überdimensionalen Rettungsringe.

»Da musste aber erst noch 'n paar Pfund abnehmen«, frotzelte Britta, »und den Zahn da lässt du dir auch endlich machen. Damit du kussecht wirst.«

Das Publikum auf dem Rinnstein quiekte vor Vergnügen.

»Manno!!! Ey, Britta! Du weißt doch, dass ich Zahnarzt nicht abkann«, nölte Specki los. »Guck mal, so 'ne kleine Lücke is doch nich so wild. Kann man ganz klasse Bier aufmachen, dafür isse ideal! Hey!« Er klatschte in die Patschhändchen und ließ sich von Küttel ein Bier zuwerfen, das dann zischend dran glauben musste. »Na?«

Britta war beeindruckt. Jedenfalls tat sie so. Ihre Jungs vom Lager. Bei denen – und mit denen – hatte sie schon als Küken gespielt. Zwischen Tuffsteinen, Zementsäcken, Holzspänen und Styropor. Sie war die Prinzessin, und Küttel, Jochen und Specki hatten ihr die tollsten Burgen und Schlösser gebaut. Mit Zinnen, Erkern und Baldachinen. Und wenn Paps dahinterkam, wurde das Schloss eben wieder abgerissen und am nächsten Tag wartete ein neues auf Britta.

»Wodrauf warteste? Dasses regnet?«, ätzte Specki Richtung Bob, der sich noch nicht vom Fleck gerührt hatte. »Lehrlinge haben hier gar nix zu suchen.« Specki hatte mindestens schon fünf Minuten nichts mehr gegessen und bekam schon wieder schlechte Laune. »Komm, Jung, hier hasse zehn Euro. Jetzt gehse mal beim Büdchen und holst mir 'ne Currywurst mit Fritten. Für dich auch, Jochen?« Jochen leckte sich über die Lippe, was so viel heißen sollte, wie: klar doch. »Chef? He, hallo, Küttel, Wunschkonzert. Der Jung geht bei Emmi. Willse auch 'ne Currywurst?« Küttel winkte knapp ab, um sich dann umso ausgiebiger über die ausladende Wampe zu streichen. »Und fünf Bierchen«, bestellte Specki volltönend. »Britta, du auch?«

»Klar, und 'nen doppelten Cognac.« Sie grinste verschmitzt.

»Also vier. Und ein Leckeis für die Lady.« Specki schüttete sich aus vor Lachen. »Nix für ungut, Süße, is bloß 'n Witz. Kann ich nich anders. Dat Leben is 'ne traurige Angelegenheit. Kann man doch mal Späßken machen, ne? Is doch in Ordnung, oder?«

Für Britta war alles in Ordnung. Außer, dass Bob wegging. Das war ganz und gar nicht in Ordnung.

»Hier spielt die Musik!«, mahnte Küttel.

Brittas viel zu langer, versunkener Blick hatte sie offensichtlich verraten.

Und dann kam das Wort. Wie ein Fallbeil.

»Ossi«, pfiff Specki durch den fehlenden Zahn und das kam so verächtlich wie ein Schwall Schwefel und Galle.

Britta hatte verstanden. Jeden Buchstaben. Das Wort. Den Sinn. Den Unterton. Die Warnung. Aber sie wollte nicht verstehen. Diesmal nicht.

»Wie heißt er?«, fragte sie, scheinbar ganz arglos. »Ossi? Na ja, warum nicht.« Sie schmiss sich den Rucksack über die Schulter und strahlte ihre Jungs noch mal gehörig an. »Euer Eis dürft ihr selber lecken. Und passt auf die Leber auf.«

»Was hat die denn jetzt?«, staunte Jochen.

»Wat weiß ich. Weiber«, raunzte Specki.

3

Britta wollte jetzt nur noch eins: möglichst schnell nach oben auf ihr Zimmer. Auf ihr »Schiff« mit dem hochragenden Giebel, der für sie einen eigenen Himmel bedeutete. Ihre Karavelle mit den massiven Bohlen, die als Stützpfeiler dienten. Für Britta waren sie Masten, die manchmal ächzten, als könnten sie sprechen. Unverrückbare Freunde, die über sie wachten, wenn sie arbeitete, träumte, telefonierte oder aus dem Fenster starrte. Die mitbekommen hatten, wie sie sich unsicher im Spiegel suchte, von Jahr zu Jahr weniger eckig bewegte und »Puck«, den abgegriffenen, haarlosen Kuschelbär, ans Kopfende ihres Betts verbannte. Vier stumme Freunde, zwischen denen sie Geborgenheit in ihrer Hängematte fand, die sie besser kannten als jeder andere auf der Welt.

Britta beeilte sich. Vor dem gewaltigen Schaufenster des Büros musste sie sich ducken, um ungesehen vorbeizuschlüpfen. Sie war schon ums Eck, keine zehn Meter von der Haustür entfernt, als Steffen doch noch hinter ihr hergestolpert kam, als wäre er auf den Bauhof geschubst worden. Nach ein paar Schritten fing er sich und setzte sein Eroberergesicht auf.

»Hey, Britta, wart mal!«

Wie meistens, wenn er ihr nach der Schule auflauerte, umwaberte Steffen eine Wolke von Pfefferminz. Er musste ganze Kollektionen von Drops, Pastillen und Plättchen in seinem Schreibtisch horten.

Aber das allein machte die hoch aufgeschossene Sportskanone mit der adretten Tolle noch lange nicht zum Prinz. Jedenfalls nicht für Britta. Dazu war Steffen viel zu glatt und wetterwendig. Außerdem tat er sich schwer mit Reden. Normalerweise brauchte er ganz schön Anlauf. Wenn er dann mal warmgelaufen war, überdrehte er leicht und faselte rum wie ein Sonntagsprediger.

»Hi, Supergirl. Na, wie läuft's in der Schule? Alles klar?«

Steffen wippte betont dynamisch wie vor einem Return auf dem Tennisplatz.

»Sicher. Bis jetzt schon.«

»Hab ich auch nicht anders erwartet. Die Frau, die die Welt im Griff hat. Sag mal, du Schöne, was ich dich fragen wollte ... Du hast doch Ahnung von Design. Ich meine, nicht nur was Klamotten angeht ...« Steffen quälte sich ein Kampflächeln ab, das er garantiert stundenlang vor dem Spiegel geprobt hatte und vermutlich für umwerfend hielt.

»Wie kommst du denn auf so was?«

»Na, ich glaub mal, dass meine trüben Augen mich nicht täuschen, wenn ich dich so ansehe. Außerdem bist du neugierig.«

Mit einem hörbaren Knacken löste sich Steffens Nackenmuskulatur aus ihrer Verkrampfung. »Weißt du, dass du daran schuld bist? Du machst mich immer ganz nervös.«

»Wenn du dich nervös machen lässt«, konterte Britta.

»Ich muss dir die neuen CAD-Animationen vom Hochstädt zeigen, mein Engel. Fürs Kinocenter in der Grafenberger Allee. So was von gigantisch hast du noch nicht gesehen. Komm schon. Du fliegst richtig durch die Räume.«

»Nee, Steffen, jetzt nicht. Ich flieg gerade noch ganz woanders. Ebene Trigonometrie. Der Kreuder hat uns heute so was von durch die Mühle gedreht. Spannend, aber mir schwirrt nur noch der Kopf. Ich komm morgen mal vorbei.«

»Mann, Britta!« Steffens Stimme vibrierte zwischen Verärgerung und Eifer. »Morgen – morgen gehen wir damit zur Bank und machen die Kreditjungs verrückt. Britta! Aufwachen!« Mit einem Mal wuchs Steffen über alles Linkische an ihm hinaus. »Komm, sei kein Frosch. Fünf Minuten. Dein Dad ist total stolz auf die Show.« Er bot ihr den Arm zum Einhaken. Als ob's zum Squaredance ginge.

»Na schön.« Britta gab sich geschlagen und folgte ihm ins Büro. Zumal sie wirklich neugierig auf das Flaggschiff-Projekt der Firma war.

Steffen schlenderte triumphierend zu seinem Schreibtisch zurück und ließ sich drehreif in seinen Chefsessel fallen. Dann jagte er die Maus über das Pad, als wäre Tom hinter Jerry her. Das Entree auf dem Bildschirm bebte und ruckelte. Mindestens mit Windstärke 12.

»Da sind die Kartenhäuschen ... die Bar, guck mal, alle Barhocker Chrom, unten mit durchgehender Fußleiste ... die Popcorn-Box ... vier Röstkapseln auf einmal, auch für gebrannte Mandeln und so ... und hier haben wir 'ne richtige Lümmellounge, mit Monitoren für die neuen Trailer und so ... alles verglast, dunkelblau, unglaublich cool ... und dann geht's hier die Rolltreppen hoch, drei nebeneinander, drei auf der anderen Seite ...« Die Maus schlingerte über den Tisch, das Bild auf dem Monitor schwankte, dann war Steffen um die Rolltreppe herum. »Ich geh jetzt mal die falsche Seite hoch, okay? Und hier ... stehen dann die Kontrollen«, Steffen ließ genießerisch die Maus durch die Empore flutschen, »so mit Uniform musste dir vorstellen. Hat der Hochstädt auch schon entworfen, warte mal, die krieg ich auch ins Programm ...«

»Lass mal, Steffen, ich kann's mir schon vorstellen.« Britta schwirrte der Kopf. Für Erste hatte sie genug von schwankenden, schlierenden Kunstwelten.

Vor allem aber genug von einem stickigen Büro, in dem sie unter andauerndem Geraschel von Bonbonpapier, Kaffeegeschlürfe und unterdrücktem Gekicher der beiden Buchhaltungs-»Fräuleins« vorgeführt wurde. Die erwartungsvollen Blicke der angejahrten Knoop und der aufgedunsenen Wefel mit ihrer Unterwürfigkeit machten Britta nervös.

Sie zwang sich ein unverbindliches, nicht allzu genervtes Lächeln ab. »Schön, Steffen, sieht toll aus. Aber jetzt muss ich rüber. Wir haben morgen 'ne Deutschklausur.«

»Das ist doch bestimmt kein Problem für dich,

oder?« In Steffens Stimme schwang Bewunderung mit. Sogar aufrichtige.

»Kafka ist immer ein Problem.«

»Hatten wir auch mal in 'ner Klausur. In der Elften. Voll vergeigt. Der war doch ziemlich gaga, oder? Irgendwas mit 'nem Prozess, auf den er ewig wartet. Noch 'ne Tür und noch 'ne Tür, durch die er durchmuss. Und am Ende kommt er nirgendwo an.«

»Tja, Steffen, so ist das nun mal mit vielen Dingen. Sogar mit der Liebe, wenn man Pech hat. Oder kennst du das nicht?« Britta grinste.

»Nee, mein Engel. So was kann ich mir nun mal überhaupt nicht vorstellen.«

»Weil's dir an Phantasie fehlt, würd ich sagen. Kafka hat nur Sachen auf den Punkt gebracht. Zum Beispiel, wenn jemand ewig rumschleimt und sich verrenkt, dass der dann irgendwann selbst zum Kriechtier wird. Zu einem Insekt. Über Nacht. Ich finde, das hat was.«

»Durchaus. Wobei mir auch dazu jede Phantasie fehlt. Wenn ich mich verrenke, dann in der Horizontalen und nicht allein.« Steffen grinste. »Aber mach ruhig weiter. Ich kann bestimmt noch von dir lernen.«

»Von mir lernste besser nichts, sonst fällste doch nur auf die Fresse.«

»Wenn du auf die Fresse fällst, reicht's immer noch für 'n Cover. Zumindest in 'nem Szene-Blättchen.«

»Kannste mir das schriftlich geben?«

»Nö. Aber ich kann dich vorher festhalten. Mit einigem Vergnügen.« Steffen legte sich Brittas Handgelenk zu einem Handkuss auf, der auf jedem Opernball Begeisterungsstürme ausgelöst hätte.

»Oha … verheben Sie sich bloß nicht, junger Mann. Bei sitzenden Tätigkeiten sollte man ungewohnte Anstrengungen lieber vermeiden. Also dann. Demnächst in diesem Theater.«

Britta schaffte gerade mal zwei Schritte, bis Steffen sie eingeholt hatte und energisch zu sich umdrehte.

»Momentchen noch. Britta, kann ich dich mal was fragen?« Mit einem Mal klang Steffens Stimme voll und aufrichtig.

Ein ungehaltener Blick und Frau Knoop und Frau Wefel trollten sich gar nicht mehr kichernd in die Teeküche.

»Ja klar. Was ist denn?«

»Was hältst du von mir?«

Britta musste schlucken. Nicht nur aus Verlegenheit. So ernst, aufrecht und fordernd wie Steffen jetzt vor ihr stand, hatte sie ihn noch nie erlebt.

Am liebsten wäre sie ausgewichen. Irgendeine elegante Floskel. Ein paar Allerweltssprüche, um böses Blut zu vermeiden. Aber sie konnte nicht. Wollte nicht. Nicht ausweichen. Nicht weglaufen. Sie wollte standhalten.

»Ich glaube, du willst viel. Und du bist bereit, alles dafür zu tun. Aber was wirklich wichtig ist, bekommt man nur geschenkt.«

Steffen zeigte, dass er verstanden hatte, und legte den Kopf zurück. Als ob er einen Entschluss gefasst hätte, beugte er sich wieder nach vorn und sah Britta gefasst ins Gesicht. Er hatte dunkle Schatten um die Augen. »Du bist mir wichtig.«

»Wie wichtig? Warum? Wofür?« Für Britta gab es nur Fragen. Keine Antworten.

Sie machte kehrt und wollte zur Tür.

»Wie? Warum? Wofür? Hört sich ganz nach meiner Tochter an.« Aufgekratzt kam Max Sander herangestürmt. »Nimm doch nicht immer alles so genau, Mädchen. Dabei verliert man den Überblick für die großen Linien. Das sag ich deiner Mutter ja auch ständig.« Betont lässig machte sich Brittas Vater auf der Schreibtischkante breit. »Wie geht's denn so? Wie war's in der Schule?« Als weder Britta noch Steffen gleich reagierten, sprang Max Sander beschwingt wieder auf und nahm die beiden herausfordernd in die Arme. »Verstehe. Ich stör das junge Glück. Na dann will sich der Anstandswauwau mal verziehen.«

»Nicht doch, Herr Sander. Ich wollte Britta bloß die Animation vom Kinocenter zeigen«, versicherte Steffen geschäftig.

»Was sonst.« Max Sander beugte sich über den Monitor. Manchmal genügen zwei trockene Worte für die bitterste Wahrheit. »Dolles Ding, nicht? Unglaublich! Wenn wir das hochkriegen, haben wir's geschafft. Amerikanisches Konsortium. Die bauen noch zwölf Multiplexe in Deutschland. Achtzehn in Skandinavien. Über ein Dutzend in Italien, Spanien. Und dann kommt Polen dran. Und Russland. Wenn wir da erst mal richtig den Fuß drin haben, sind wir aus dem Schneider. International. Dann setz ich mich ganz gemütlich in die Karibik und ihr beide schaukelt den Laden hier, hm?«

»Das wär schon toll, Herr Sander. Wirklich. International loszulegen. Das hat was.«

»Und ob das was hat!«, begeisterte sich Max Sander in Bierzelt-Lautstärke. »Man muss nur seine Visionen im Blick behalten. Dann schafft man alles! Was sagst du dazu, Britta?«

»Ich wünsch dir, dass all deine Träume in Erfüllung gehen. Das wünsch ich jedem.«

»Also, ich muss dann mal weiter«, murmelte Steffen und verdrückte sich halbwegs elegant Richtung Werkstätten, was Brittas Vater mit einem dankbaren Nicken zur Kenntnis nahm.

»Ich bin aber nicht jeder! Und was heißt hier – meine Träume? Was meinst du, für wen ich das alles mache? Damit du mal da ankommst, wo ich immer hinwollte. Und nicht mit zwei Kellen und 'nem Sack Zement anfangen musst.«

»Ich will Medizin studieren, Paps. Das weißt du genau.«

»Und ob ich das weiß. Wir haben ja auch erst einen Quacksalber in der Familie. Ich weiß genau, wer dir den Floh ins Ohr gesetzt hat. Erzähl mir nichts.« Brittas Vater rupfte ungehalten an seiner Krawatte rum. Als er sie nicht schnell genug vom Hals bekam, musste der Hemdknopf dran glauben, der in hohem Bogen vom Kragen sprang.

Dabei wollte Britta gar nichts erzählen. Nicht schon wieder. Nicht immer dasselbe. Dass ihr Leben ihr Leben war. Und sie einen Beruf wollte, der sie herausforderte und ihr Spaß machte.

»Das mit dem weißen Kittel, vor dem alle 'nen

Knicks machen, ist vorbei. Halbgötter in Weiß! Dass ich nicht lache. Mickrige Knechte in irgendeiner Klinik für 'nen Hungerlohn! Und wenn die Herrschaften dann mal eine Praxis aufmachen – was meinst du, was das heutzutage kostet? Miete, Geräte, Personal? Schulden bis übern Hals. Es sei denn, man hat so einen dämlichen Sponsor wie dein Herr Bruder.« Max Sander redete sich immer mehr in Rage. »Fußböden aus Carrara-Marmor. Original Bauhaus im Sprechzimmer. Computertomografie muss natürlich auch sein. Weißt du, was das gekostet hat? Mich?« Brittas Vater klopfte mit dem Zeigefinger gegen sein Brustbein, als wollte er alle Buchstaben des Morsealphabets auf einmal ausprobieren.

»Kann ich mir vorstellen.« Britta verschwieg, dass sie die genauen Zahlen kannte. Fast sechshunderttausend Euro. Mischa beschwerte sich trotzdem ständig, dass ihr Vater so kleinlich wäre.

»Was meinst du, wovon ich das alles bezahlt habe, hm? Von dem Laden hier! Dieser Scheißfirma, für die meine Damen sich zu fein sind, weil man hier anpacken und sich richtig abrackern muss. Hier ist nix mit Etepetete und Wie-haben-wir's-denn-heute-Gnädigste! Hier wird gearbeitet. Und Geld verdient. Schwer, aber richtig. Ohne Firlefanz. Mit denen da.« Er hielt Britta seine Handflächen vors Gesicht, die von Schwielen und Furchen übersät waren. »Damit habe ich uns zu dem gemacht, was wir sind. Dich. Deine Mutter. Deinen Bruder, den Herrn Doktor. Und das lass ich mir nicht wegnehmen. Von niemandem.«

»Sollst du ja auch nicht, Paps«, druckste Britta. Ungewohnt kleinlaut.

»Irgendwie muss es hier doch weitergehen, wenn ich mal nicht mehr kann.«

Brittas Vater nahm sie in den Arm, als müsste er sich auf sie stützen. Sie konnte sein Deo riechen. Und den Schweiß, den es überdecken sollte. Die Augen, die auf ihr ruhten, sahen müde aus.

»Britta, du bist ein verdammt schlaues Mädchen. Du brauchst doch nicht auf die Baustelle. Was *du* brauchst, sind Ideen. Vorstellungen. Beziehungen. Du musst reden können. Auftreten. Überzeugen. Das kannst du doch alles. Weißt du was, Britta ...« Er zog sie fast verschwörerisch noch näher an sich, unterbrach die vertrauliche Umarmung jedoch im gleichen Moment, um die mit Elefantenohren lauschenden Buchhalterinnen zurechtzuweisen, die eben wieder hereinkamen. »Hallo, Knööpchen! Wefel! Gibt's nichts zu tun, Frolleins?«

Die beiden rutschten in ihre Drehstühle und senkten die Köpfe eifrig in die Tabellen und Belege.

Brittas Vater wandte sich ihr wieder zu. »Bauen ist das Schönste und Aufregendste, was es auf der Welt gibt. Wenn du mitmachst, können wir was ganz Großes schaffen. Bedeutendes. Bauten, über die in hundert Jahren noch gestaunt wird. Ich hätte mir so sehr einen Sohn gewünscht.«

»Mischa ...« Weiter kam Britta nicht.

»Das Weichei. Mit sieben habe ich ihm seinen ersten Baukasten geschenkt. Lag nur in der Ecke rum. Weißt du, wer damit gespielt hat?«

Das wusste Britta genau. Aber es war doch nur Neugier gewesen. Interesse an allem und jedem. Ein Beruf brauchte mehr. Fast so was wie Besessenheit.

»Lass dich nicht verrückt machen, Mädchen. Ich war immer nur ein kleiner Wühler. Zu klein für manche. Mach was Großes aus dem Laden hier. Such dir den richtigen Mann. Und dann will ich jede Menge Enkel. Aber alles Jungs, versprochen?« Sanders Lächeln missglückte.

Britta sah ihren Vater lange und ängstlich an. Das konnte er doch nicht ernst meinen. So einfach über ihren Kopf weg. »Paps, ich schaff das nicht. Das bin ich nicht.«

Jede Selbstsicherheit war schlagartig von Brittas Vater weggewischt. Verletzt sah er Britta an. »Warten wir's ab, Schatz.« Die Worte kamen schwerfällig. »Man schafft mehr, als man meint. Und bis dahin läuft ja noch jede Menge Wasser den Rhein runter.«

Britta schaute an ihrem Vater vorbei durch das Schaufenster. Über das Firmengelände. Die Bauwagen, LKWs, der Maschinenpark. Die Berge von Sand, Kies und Bitumen. Bis ihr Blick an dem Drehkran haften blieb, auf den ihr Vater sie eines Sonntags als Kind geschleift hatte, in die schwankende Führerkanzel. Um dann den Ausleger kreisen zu lassen, bis ihr schlecht geworden war und sich der Magen umgestülpt hatte. Und Max Sander hatte alles erst gemerkt, als es längst zu spät gewesen war, so entrückt war er mit seinem gigantischen Zeigefinger über sein Revier gestrichen und hatte nur immer wieder geschrien: »Ist doch besser als Karussell! Tausendmal besser als Karussell!«

4

Bob hatte Jochen und Specki mit ihren soßentriefenden Pappschalen versorgt und verteilte gerade die eisgekühlten Bierflaschen, als Max Sander aus dem Büro gehetzt kam.

»Was ist denn hier los? Kleines Besäufnis am frühen Morgen?« Der Chef baute sich vor Bob auf, riss ihm die letzte Flasche aus der Hand und knallte sie gegen die Lagermauer. »Wohl verrückt geworden! Kein Alkohol bei der Arbeit, wie oft soll ich das noch sagen? Köttel?« Sanders herausfordernder Blick traf den Vorarbeiter.

»Weiß schon, Chef. Kommt nicht wieder vor.«

»Ach? Und damit ist der Fall erledigt?«

Wenn dieser Mann etwas liebt, dann Machtproben, dachte Bob.

Die ertappten Sünder ließen betroffen die Köpfe hängen und Specki gab sich alle Mühe, den Öffner ungesehen wieder in der Hosentasche verschwinden zu lassen.

»Wer hat das bestellt?« Jetzt ging die Inquisition richtig los.

Niemand rührte sich.

Sanders Blick wanderte von einem Angeklagten zum nächsten.

Bis Bob an der Reihe war.

»Also, bestellt hat's keiner und du hast das Zeug hier angeschleppt. Ist dir klar, was das bedeutet?«

Bob gab sich alle Mühe, dem herausfordernden Blick seines Chefs standzuhalten. »Ja, Herr Sander, ist mir völlig klar. Ich bin schuld, solange die anderen sich drücken.«

Sah so aus, als hätte Sander mit allem gerechnet, bloß nicht mit dem Stolz eines Lehrlings. Eines Fußabtreters.

Sander trat unwillkürlich einen Schritt zurück. In seinen Augen leuchtete ein Anflug von Respekt auf.

Bob wusste genau, was er riskierte. Wenn sein Chef eins nicht vertrug, dann, dass man ihm auf Augenhöhe entgegentrat. Dann zeigte Sander die Zähne und wurde bissig.

»Na also, dann verstehst du ja, dass ich das nicht durchgehen lassen kann. Fakt ist: Du verteilst gegen alle Anordnungen und Arbeitsvorschriften Alkohol während der Arbeitszeit?«

Offensichtlich erwartete Sander, dass Bob sich verteidigte. Oder besser: entschuldigte. Um dann großmütig die Angelegenheit vom Tisch wischen zu können. Aber den Gefallen tat Bob ihm nicht.

Vom betretenen Schweigen und den hängenden Köpfen ihrer Jungs aufmerksam geworden, kam Britta angeschossen. Auch Steffen trottete, angelockt von der Stimme seines Herrn, aus dem Maurerlager.

»Das gibt mindestens einen Eintrag in die Personalakte. Mindestens! Steffen, du kümmerst dich drum.«

Nichts lieber als das, sagte Steffens Gesicht. Es strahlte geradezu vor Begeisterung.

»Alles Weitere bereden wir mit dem Betriebsrat.«

Bob war ziemlich egal, was Otto Heise in Personalunion als Polier und Betriebsrats-Darsteller dazu sagen würde. Am Ende würden sie ihn ja doch einvernehmlich in die Pfanne hauen. Bestenfalls mit ein paar salbungsvollen Worten von Otto garniert. Umso wichtiger war es, sich nicht einschüchtern zu lassen.

»Sie wissen schon, dass ich in drei Monaten meine Gesellenprüfung habe?«, hakte er bei seinem Chef nach, was den nur noch fuchsiger machte.

»Na wunderbar. Vielleicht brauchst du die ja gar nicht mehr zu machen. Das hätte ich mir an deiner Stelle mal vorher überlegt.«

»Da haben Sie allerdings Recht, Herr Sander«, stellte Bob knapp fest.

Britta hielt es nicht mehr aus. »Ich war's, Paps. Ich hab den Jungs einen ausgegeben. Wegen der Eins in der Englischklausur.« Britta versuchte zu strahlen wie ein Kronleuchter.

Schlagartig war Max Sander jeder Wind aus den Segeln genommen. »Und warum sagt mir das niemand?«

»Keine Ahnung. Vermutlich, weil die meisten Jungs kleine Schisser sind.« Britta grinste ihren Vater unbefangen an, aber Specki, Küttel und Jochen hatten nur zu genau verstanden und zogen die Köpfe ein.

»Na dann«, sagte Max Sander, weil er nicht wusste, was er sonst sagen sollte.

»Und der Eintrag in die Personalakte?« Steffen bettelte fast.

»Was willste denn reinschreiben? Spielt Laufbursche für mein Fräulein Tochter? Und jetzt alle an die Arbeit, aber ein bisschen hopp und mit Schmackes.«

Max Sander machte, dass er zurück ins Büro kam.

»Also, Herrschaften, auf geht's. Wo ist der Gabelstapler, Jochen?« Köttel kämpfte um einen letzten Rest Autorität.

Britta, Bob und Steffen blieben allein vor dem Lager zurück.

Bob stopfte die Plastiktasche, in der er die Currywurstschalen und das Bier angeschleppt hatte, in den Abfallcontainer neben dem Tor.

Dann drehte er sich zu Britta. Gelassen, fast gleichgültig. Wischte sich die Hand an der Hose ab, bevor er sie ihr hinstreckte.

»Danke.«

Britta nahm die Hand. Sie war hart, aber trocken und warm und sie hielt sie eine Spur zu lange. Eine Hand zum Festhalten.

»Schon gut«, sagte Britta.

5

Und dann noch mal. Ganz für sich. »Schon gut.« Mit Betonung auf dem »schon«. Dabei starrte sie Bob hinterher. Beiläufig. Aber doch eine Spur zu lange.

»Nix ist gut«, raunzte Steffen, als Bob in der Holzwerkstatt verschwunden war. »Wird Zeit, dass der hier wegkommt.«

»Für mich wird's auch Zeit«, sagte Britta und wollte endlich zum Haus, aber Steffen hielt sie an der Schulter zurück.

»Sag mal. Um fünf mach ich Schluss. Was hältst du von einem kleinen Match? Oder 'n paar langen Bällen?«

»Andermal, Steffen«, wich Britta aus.

»Bestimmt?«

»Klar. Warum denn nicht? Wir sehen uns doch im Club.«

Steffen hatte aber noch was auf dem Herzen. »Tun wir nicht. Ich weiß nicht. Irgendwie denk ich manchmal, du gehst mir aus dem Weg.«

»Man sollte nie ›irgendwie‹ denken«, stellte Britta klar und lächelte müde.

Steffen ließ sie widerspruchslos ziehen.

Als Britta endlich die Haustür hinter sich geschlossen hatte, atmete sie auf. Sie wollte gerade die Treppe hoch, in ihr Zimmer, als ihre Mutter nach ihr rief.

»Britta? Schatz, bist du das?«

Sie war's. Daran ließ sich nun mal nichts ändern.

Aufgeregt kam Petra Sander in die Diele gerannt. Fast hätte die chinesische Vase mit den Lilien dran glauben müssen.

»Uuups! Das Ding steht aber auch immer im Weg. Schatz, was glaubst du, was ich hier habe?« Sie fächerte zwei Tickets zwischen den Fingern. »Karten für den Rosenball. Na, was sagst du jetzt? Ich hab dir ja gesagt, völlig unmöglich da ranzukommen.« Brittas Mutter gluckste wie ein Teenie. »Katrin ist doch glatt in den Vorverkauf bei der DZ. Weißt du, was die gemacht haben? Die haben sie auf den Arm genommen. Ja, wie viele möchten Sie denn? Tisch oder Saal? Tisch natürlich, du kennst sie ja mit ihrem Wer-hat-der-kann. Und dann: Ach, schade, gerade im Moment ist die letzte weg. Und dann haben sie bloß noch rumgegackert. Und Katrin hat doof geguckt und ist puterrot rausgerannt. Hat mir Nelly alles haarklein erzählt. Und weißt du was? Nelly hat dann mal bei den von Gleiwitz rumgefragt, so ganz beiläufig, und uns erwähnt. Und weißt du, was die Baronin gesagt hat? Ach, für die Frau Sander treiben wir bestimmt noch was auf. Stell dir mal vor.« Vor lauter Überschwang und Rührung kamen Brittas Mutter die Tränen. Was allerdings nicht viel zu bedeuten hatte. Wie sagte Oma immer? Die Petra hat nah am Wasser gebaut. »Britta! Kind! Ich kann's noch gar nicht fassen. Wir beide auf dem Rosenball. Tisch 10! Bei der Baronin. Und Konsul Spee. Die Klimt kommt auch. Weißt du, mit wem die jetzt gerade ...? Aber den bringt die garantiert nicht mit. Süßer Knabe. Golfpro. Aber zum Ball schleift die irgend so 'n Schluffi mit. Den Böker vom Autohaus. Oder den Sintjes, diesen Lackaffen von der Kö. Der ist ja sowieso fast blind.« Den letzten Teil des Satzes hatte sie fast verschluckt vor lauter Gekicher. »Ach, Kind. Ich bin so was von glücklich. Wir müssen dir nur noch den richtigen Ballherrn aussuchen. Wer könnte denn ...? Hast *du* keine Idee?«

Britta hatte keine. Und wollte auch keine haben. »Nö, Mutsch. Du weißt doch, so was ist nichts für mich.«

»Och, Britta! Sei doch kein Frosch. Mal 'n bisschen schick ausgehen. Passiert sowieso viel zu selten im Leben. Später gluckt man dann bloß noch zu Hause rum. Da freut man sich über jede Erinnerung. Wie wär's denn mit Steffen?«

»Mann, Mama!«

»Ich mein ja bloß. Ja dann ... sag mal, was hältst du davon, wenn wir Sonntag bei der Baronin vorbeifahren? Vielleicht kennt die jemand Nettes, der dich einführen kann.« Petra Sanders Züge röteten sich.

»Superidee. Bloß – eigentlich würde ich mir die Jungs lieber danach aussuchen, ob sie mir gefallen.«

Brittas Mutter musste lachen. »Natürlich. Aber hier geht's um einen gesellschaftlichen Anlass. Und da ist das Beste gerade gut genug.«

Petra Sander verkündete das mit einer derart trockenen Selbstgewissheit, dass Britta einen Moment überlegen musste, ob sie das am Ende ernst meinte. Aber um nicht schon wieder Riesendiskussionen loszutreten, merkte sie vorsichtshalber nur an: »Sonntag wollten wir doch zu Oma.«

»Ja und? Da fahren wir auf dem Rückweg vorbei. Wir müssen uns ja nicht stundenlang aufhalten. Komm schon, bei Oma ist es sowieso immer dieselbe Leier. Frau Greischer hat. Und Frau Tumbel meint. Passiert doch nichts in dem Alter ... Herrje, Britta. Weißt du, was mir grad einfällt?«

Oma bestimmt nicht, dachte Britta. Die war schon wieder abgehakt. Dabei wurde sie ohnehin wochenlang geplant und verschoben wie ein Zahnarzttermin.

»Nö?«, sagte Britta mechanisch, bloß um zu zeigen, dass sie noch zuhörte. Wenigstens mit einem Ohr. Na ja, einem halben.

»Was ziehst du bloß an? Auf jeden Fall brauchst du ein langes Kleid. Was Schlichtes. Weiß. Oder hellbeige. Also, so ein bonbonfarbenes, wie die kleine Anhausen immer eines anhat, wär affig. Das passt nicht zu dir. Aber sag mal, da gibt's doch so Regeln für Debütantinnen?«

Für alles gab es Regeln in Mamas Welt. Und ständig entdeckte sie neue. Oder erfand welche mit ihren Freundinnen. Jedenfalls kam es Britta so vor. Die Freundinnen ihrer Mutter, Paps nannte sie Auslaufmodelle, hatten auch noch einen Heidenspaß dabei.

»Klar doch.« Britta grinste. »Regel Nummer eins: Pass auf, dass deine Mutter nicht durchdreht.«

Für einen Moment sah Petra Sander pikiert auf, bevor sich ihre Miene entspannte, als sie Brittas Schmunzeln entdeckte.

»Wir haben nämlich noch jede Menge Zeit. Soweit ich weiß, haben wir September. Und dein Rosenball ist im Februar.«

»Anfang Februar, Britta. Am Dritten, wenn du's genau wissen willst. Also kein Grund, irgendwas auf die lange Bank zu schieben. Du willst da doch auch nicht aufkreuzen wie ein Kartoffelsack, hm? Du weißt, wie umwerfend du aussiehst, wenn du dich ein bisschen aufstylst.«

»Nicht so umwerfend wie meine unnachahmliche Mutsch.«

»Nix da. Nicht ablenken. Ich bin schon lange im Kriegszustand mit meinem Spiegel. Wir fahren jetzt gleich mal zum Weinhoff und suchen dir was aus. Da muss ja doch wieder alles geändert werden, bei deinen langen Beinen. Hätte ich die mal! Oder weißt du was? Am besten lassen wir dir gleich was entwerfen. Sonst hat am Ende noch jemand das Gleiche an und wir schämen uns in Grund und Boden.«

»Du!« Britta griff sich schelmisch die Hände ihrer Mutter.

»Das reicht doch, oder? Also, los, dann kümmern wir uns auch noch um die passenden Schuhe und Handschuhe. Und so 'n kleines Balltäschchen brauchst du. Und irgendwie 'ne nette Kette. Aber die nimmst du notfalls von mir. Ich kauf mir was Neues. Schwarze Perlen, das wär's doch. Zu dem silbernen Paillettenkleid. Oder?«

»Aber ganz bestimmt. Bloß hat Paps vorher 'nen Herzinfarkt und du kommst in Schwarz.«

»Meinst du, den kann noch irgendwas erschüttern?

Also – jetzt zieh dir schnell was über und dann fahren wir.«

»Bin ich nackt?« Britta sah an sich herab.

»Du weißt genau, was ich meine.« Petra Sander schob ihre widerspenstige Tochter mit einer Miene die Treppe hoch, als wollte sie sagen: Jetzt sei kein Spielverderber.

»Hör mal, Mutsch, ich hab wirklich jede Menge Hausaufgaben. Heute nicht.«

»Und morgen nicht. Und übermorgen auch nicht. Deine Hausaufgaben machst du doch mit links.«

Wie so oft, wenn sie nervös wurde, fing Brittas Mutter an aufzuräumen. Zur Abwechslung war jetzt die Kommode im Entree dran. Ein Designer-Tuch nach dem nächsten kam ans Tageslicht, wurde fein säuberlich Kante auf Kante zusammengelegt und verschwand wieder an dem ihm zugedachten Platz.

Britta spielte auf Zeit. »Samstag. Einverstanden? Dann geh ich sogar noch ins Wicherts mit dir Kaffee trinken.«

»Kommt nicht in Frage. Wichtige Dinge soll man nicht aufschieben.«

Britta blinzelte verschmitzt. »Klamotten kaufen ist vielleicht nicht so wahnsinnig wichtig.«

»Das behauptet noch jemand hier im Haus. Aber eins kannst du mir glauben, Britta: sich ein bisschen nett zu machen, ist das Wichtigste für eine Frau. Sonst wirst du irgendwann in die Ecke gestellt wie ein altes Möbel.« Brittas Mutter schüttelte gereizt die akkuraten Fransen ihres Pagenkopfs und setzte ein gequältes Lächeln auf. »Also?«

Britta ergab sich mit einem abgründigen Seufzer in ihr Schicksal. »Na schön. Machen wir 'n bisschen Kreditkarten-Weitwurf.«

»Aber nicht in den Hosen. Wie wär's mit dem Kostümchen, bevor es die Motten fressen? Dann nehm ich das sandfarbene. Weißt du noch, wie der Herbert meinte: wie eineiige Zwillinge! Du und ich. War ja nur 'n Kompliment, aber ich fand's süß.«

»Du bekommst doch dauernd Komplimente.«

»Au ja! Vor allem von Nelly und Katrin: Hach, Petra, deine Ohrringe sind vielleicht hübsch! Aber das Weißgold macht dich blass!« Petra Sander sah von ihrem Geduldsspiel mit den Tüchern auf. »Wenn du mal in meinem Alter bist, guckt dich keiner mehr an. Und dein Mann erst recht nicht.« Sie ließ den Kopf sinken, sah nur noch mal kurz auf, um sich den Pony aus der Stirn zu streichen. Dann rettete sie sich wieder fieberhaft in ihre Puppenstuben-Ordnung.

Langsam und sachte näherte sich Britta dem unnatürlich gebeugten Rücken ihrer Mutter und legte von rückwärts die Arme um ihre knochige Hüfte. »Genau darum will ich einen, der mich wirklich liebt.«

»Das behaupten sie immer und dann … na ja.«

»Na schön, Mutsch, ich beeil mich. Wir kaufen dem Weinhoff seinen ganzen Laden leer.«

»Danke, Schatz. Ich hoffe nur, du tust das nicht für mich.« Petra Sander schloss akkurat die Schubladen, polierte mit dem Ärmel ihrer Bluse die Fingerabdrücke vom Holz. Während sie auf die Küche zuging, drückte sie den Sitz ihrer Frisur zurecht.

Britta war schon am oberen Treppenabsatz, als sie

von unten einen dumpfen Aufschlag hörte. Sie nahm drei Stufen auf einmal, um so schnell wie möglich zurück ins Erdgeschoss zu kommen.

Durch die geöffnete Küchentür sah sie, wie ihre Mutter sich hochrappelte und auf die Spüle gestützt am Hebel des Wasserspenders nestelte.

In null Komma nichts war sie bei ihr.

»Setz dich doch hin«, sagte Britta.

Fahrig tastete sich Petra Sander zur Eckbank. Besorgt wollte Britta sie stützen, was ihre Mutter mit einem unwirschen Armschlag ablehnte.

Als Britta Orangensaft aus dem Kühlschrank holte und ihr ein Glas eingoss, erntete sie einen misstrauischen Blick.

»Da ist Zucker drin«, sagte ihre Mutter.

»Na hoffentlich. Irgendwas muss dich ja auf die Beine bringen. Was gab's denn heute so?«

»Zwei Käsebrote. Und einen Apfel.«

»Was für Brote?«, bohrte Britta vorsichtshalber nach, während sie schon mal Wasser für die Spaghetti aufsetzte und Salz reinrieseln ließ.

»Knäcke«, schönte Petra ihr Geständnis.

»Die kleinen Cracker? Mit 'nem Hauch Magerquark?«

»Mhm. Und der Apfel.«

»Ich glaube, bevor wir fahren, essen wir noch 'ne Kleinigkeit«, sagte Britta so bestimmt wie möglich.

»Ich hab eigentlich überhaupt keinen Hunger.«

»Uneigentlich schon. Deine ewigen Diäten! Gibt's da schon 'ne Olympiade? Die einzigen Probleme, die

die Leute hier beschäftigen, gibt's sonst nirgendwo. Alt werden und zu dick sein.«

Petra Sander musste schlucken. Das war sogar bei ihr angekommen.

Britta kniete sich vor ihre Mutter und sah ihr so ernsthaft wie nur möglich ins Gesicht. »Weißt du, Mutsch, ich hab dich total lieb. Und wenn du rund wie 'ne Kugel wärst, würde ich dich genauso lieb haben. Ich mach uns jetzt ein paar schöne Spaghetti mit Brokkoli und Mandeln und dann vergessen wir den Weinhoff und legen uns mit zwei dicken Büchern in den Garten.«

»Wenn's dich nicht gäbe, müsste man dich erfinden.« Petra Sander bettete ihren ziemlich bleichen Kopf an die Schulter ihrer fürchterlich vernünftigen Tochter.

»Hast du doch schon.« Britta fühlte, wie sich der Kopf ihrer Mutter noch enger an sie schmiegte.

6

Steffen musste sich beeilen. Die Knoop und die Wefel würden nicht ewig brauchen, um die drei Tassen und Kuchenteller abzuspülen.

»Bist du die Kalkulation noch mal durchgegangen?« Max Sander stand plötzlich unvermittelt hinter ihm am Kopierer.

»Natürlich, Chef. Alles noch mal im Computer gegengecheckt und mit den Ausschreibungsbedingungen abgeglichen. Stimmt auf den Cent.« Wie zur Bestätigung klopfte er all die Postenlisten und Kostenansätze fürs Josefspital noch mal akkurat zusammen, bevor er sie in den Einzug schob.

»Na, dann muss es diesmal ja hinhauen. Ich hab alles runterkalkuliert bis zum Gehtnichtmehr. Weiß der Teufel, warum wir beim Ostpark und der Roland-Passage nicht zum Zug gekommen sind. Jedes Mal hat uns der Bender um so viel unterboten.« Sander quetschte seinen am Nagelansatz von einer Kreissäge gekappten rechten Daumen derart auf den Zeigefinger, dass das, was übrig war, weiß anlief. »Ist doch Kamikaze, was der macht. Steht selbst mit dem Rücken zur Wand … Tja. Was will man machen? Warten wir mal ab, wer den Stadion-Zuschlag bekommt. Und jetzt Schluss für heute.« Sander streckte die Arme weit aus, verdrehte den Kopf im Nacken und reckte sich nach allen Seiten. »Bisschen mehr Sport wäre auch nicht verkehrt.«

Steffen hatte schon kapiert. »Wie wär's mit einem kleinen Match?« Sein Chef war mal wieder auf eine kostenlose Trainerstunde aus. Angeblich war er ja in jungen Jahren ein Riesen-Fußballtalent, bis hin zum Probetraining bei Fortuna. Aber heute auf dem Tennisplatz war davon nicht mehr viel zu merken. Außer einer halbwegs sauberen Vorhand und einem überzogenen Return hatte Sander nicht viel drauf. »Samstag?«

»Immer doch. Aber was willst du denn mit so 'nem alten Dackel wie mir? Schnapp dir Britta und bring die auf Vordermann. Wird noch 'ne richtige Stubenhockerin.«

»Klar, von mir aus gern …«

»Aber?«

Steffen nestelte an seinen Hemdsärmeln herum, bevor er sie einigermaßen umständlich aufkrempelte.

»Na, jetzt mal Butter bei die Fische, Junge.« Sander pflanzte sich auf Steffens Schreibtisch und drückte ihn zurück in seinen Bürosessel. Dann steckte er sich ein Zigarillo an und beugte sich vor wie ein Habicht. »Was ist denn nun mit dir und Britta? Hat sie dich abfahren lassen?«

Steffen kaute derart fest auf seinen Lippen herum, dass sein »Hm« ganz gequetscht und kaum zu hören war.

»Aha, verstehe.« Sander kam mit Schwung auf die Beine. Sofort stand auch Steffen auf. »Du bleibst, wo du bist.« Sander durchmaß die Buchhaltung mit energischen Schritten, riss die ledergepolsterte Tür zu seinem Allerheiligsten auf, als müsste er die Scharniere testen, und kam mit zwei bis zum Rand gefüllten Cognacschwenkern zurück. »Erst trinken, dann reden«, kommandierte er Steffen, der nur zögerlich zum Glas griff und es skeptisch anstarrte.

Max Sander half ihm, indem er klirrend anstieß. »Runter jetzt damit.« Er machte schon mal vor, wie er sich das dachte.

Steffen nippte, hustete, schloss die Augen und kippte das beißende Getränk in einem Rutsch weg.

»Na also.« Sander schien zufrieden und machte sich entspannt auf der Schreibtischplatte breit. »Letztes Jahr habt ihr wie die Geisteskranken trainiert. Ich hab schon gedacht, ich muss euch Feldbetten neben den Platz stellen. Und jetzt?«

Steffen zuckte die Achseln. »Weiß nicht. Heute Mittag hab ich sie noch gefragt, wann wir mal wieder spielen.«

»Und? Ist das gnädige Fräulein vor Begeisterung in die Luft gesprungen?«

Keine Antwort konnte treffender sein als Steffens betretenes Schweigen.

Max Sander rückte auf Handbreite an Steffen heran. »Sei mal ehrlich. Bist du ihr 'n bisschen nah auf die Pelle gerückt?«

»Aber nein, Herr Sander, überhaupt nicht«, schwor Steffen, beinahe erschrocken.

»Dann bist du ihr wahrscheinlich zu wenig auf die Pelle gerückt. Herrje! Frauen wollen erobert werden. Erst mal zicken sie rum und machen sich wichtig. Das muss so sein. Von alleine fällt dir keine um den Hals. Mensch, Junge, du stehst doch grade im Leben und machst 'ne ganz gute Figur. Als ich jung war, hab ich auch jede Menge Abfuhren kassiert. Und ich war nicht in deiner Position. Nix Papa bei der IHK. Nix Mama im Stadtrat. Du hast keinen Grund, den Kopf in den Sand zu stecken. Natürlich weiß Britta, was sie wert ist. Dass sie jeden haben kann. Aber verdammt noch mal, mein Freund, da lässt man sich doch nicht die Butter vom Brot nehmen.«

»Tu ich auch nicht«, brummelte Steffen ohne allzu viel Überzeugung.

»Ich hab mich nicht ein Leben lang abgerackert, damit sich das alles hier in Luft auflöst. Du weißt doch am besten, was man aus dem Laden machen kann. Ich kann Britta zu nichts zwingen. Du musst sie schon selbst überzeugen, was du draufhast. Aber eins kann ich dir versprechen: Irgend so ein Schmutzfuß, der nur 'n bisschen Trallala will, ihr Flausen in den Kopf setzt und alles mit dem Podex einreißt, was ich mit den Händen aufgebaut habe, kommt mir nicht in die Quere. Also, junger Mann – kann ich mich auf dich verlassen?«

»Absolut.« Steffen hatte geradezu an Sanders Lippen geklebt. Vermutlich deshalb legte der ihm jetzt auch noch seinen Arm um die Schultern. Fast so eine Art Ritterschlag.

»Ich weiß, wie du dich für die Firma reinhängst.

Sonst würde ich gar nicht so mit dir reden. Wenn du halb so viel Energie bei meiner Tochter aufbringst, kriegst du das auch hin. Auf scheues Wild muss man lange ansitzen. Immer wieder, bis es klappt.«

»Alles klar, Herr Sander. Ich weiß gar nicht, wie ich Ihnen danken soll.«

»Vorsicht auf der Schleimspur. Kommt bei Frauen gar nicht gut.«

»Tut mir Leid. Ich wollte nur höflich sein«, entschuldigte sich Steffen schon wieder unbeholfen und brachte Max Sander damit zum Lachen.

»Höflichkeit und Lüge sind Zwillingsschwestern. Schick sie beide in die Wüste. Oder gib sie bei meiner Frau ab. Und jetzt Feierabend. Ich hab Durst wie ein Kamel. Bierchen bei Conny?«

»Lieber nicht. Ich mache noch schnell die Kopien fertig.«

»Dann trink ich eben für dich mit, du Held der Arbeit«, verabschiedete sich Sander ins Freie.

Wurde auch höchste Zeit. Steffen konnte gerade noch die Kopien wegräumen, bevor Knoop und Wefel mit Geschirr, Handtüchern und frischem Kaffee angedackelt kamen.

7

Schon am nächsten Tag passte Steffen Britta in der Mittagspause vor der Haustür ab und textete sie so lange zu, bis sie endlich einwilligte, mit ihm ins Kino zu gehen. Das Nervigste dabei war, dass Sander auch noch auf den Hof geschossen kam und stummfilmtechnisch Regieanweisungen gab. Er fuchtelte derart hinter Brittas Rücken rum, dass die halbe Firma ihre angelieferten Mahlzeiten vergaß und ihn anstarrte wie Rumpelstilzchen. Bis er das selbst mitbekam und mit einem barschen »Na, was denn?« zurück in sein Allerheiligstes fegte.

Kurz nach drei verschwand Steffen aus dem Büro und raste zur IHK in die Kaiserstraße rüber. Daddy musste er nicht lange überzeugen. Als der hörte, worum es ging, sagte der nur »Na endlich« und rückte bereitwillig zwei Hunderter mit einem Ganovenlächeln heraus. Auf dem Nachhauseweg rutschte Steffen vorsichtshalber noch mal durch die Waschanlage in der Grafenberger Allee, deckte sich mit Kaugummis, Mints und einem Päckchen Kondomen ein. Um dann Punkt halb sechs geschniegelt und gestriegelt im jungfräulich knitterfreien Marinelook bei Britta aufzutauchen und sie mit einer roten Rose in sein Cabrio zu bitten.

Alles lief nach Plan. Die Kinokarten lagen abholbereit an der Kasse. Britta war angenehm überrascht, dass er in *Magnolien am Montmartre* wollte. War ihm doch klar, dass sie auf solche Schnulzen abfuhr. War doch bei allen Mädels das Gleiche.

Steffen besorgte noch schnell Popcorn. Den Megabecher natürlich, in den man gemeinsam reingreifen konnte. Und zwei Cola. Große, versteht sich. Und light. Schmeckte zwar nach Kopfschmerztabletten, aber was anderes gönnten sich die Mäuschen ja nicht.

Dann ging's rein. Steffen hatte extra letzte Reihe organisiert. Dabei war das Kino sowieso fast leer. Ein vielleicht fünfzigjähriges Pärchen weiter vorn. Sie mit hennagefärbtem Wuschelkopf, er mit angegrautem Pferdeschwanz, um die Glatze am Hinterkopf zu kaschieren. Ganz rechts noch zwei Öko-Schabracken mit Rucksäcken und Knoblauchfahne, die das ganze Kino einnebelte.

Endlich wurde es dunkel und der Film fing an. Liebesgedöns, wie erwartet. A liebt B, die liebt aber eigentlich C, der wiederum auf D steht, die für A schwärmt und so weiter.

So was konnte ja nur im 7 laufen. Der kleinste und muffigste Schuppen des Centers. Dabei gab's im 1 den neuen Gladiator. Unglaubliche Schlachtszenen. Die Jungs waren alle schon drin.

Sechzehn Euro für nichts. Oder noch schlimmer: gequirlte Langeweile.

Steffen schielte heimlich auf die Uhr: kurz vor neun. Fast noch eine Stunde Gelaber, Gekreische und Gemunkel. Was taten die in Frankreich eigentlich den ganzen Tag außer Essen und Wein schlürfen und sich gegenseitig durchhecheln? Und wenn's mal interessant wurde, dieser Luc seine Corinne totgequatscht hatte und sie endlich mit ihm in die Kiste rutschte, gab's noch zwei Küsschen und er fing schon wieder von dieser Margot an, die ewig mit ihren Kuhaugen durch die Galerien schlich, jeden ungewaschenen Typ anhimmelte und nie zu Potte kam. Und um Corinne richtig abzutörnen, quatschte er sie noch mit der ganzen Sülze voll, wie nah Margot ihm ginge und dass er seine Kindheit in ihr wiederfand und ihm ihre Verspieltheit die Sinne raubte. Und dann, endlich, machte Corinne kurzen Prozess, zog das Top über die Mähne, sie natürlich von hinten, ihm blieb das Maul offen stehen und dann schwenkte die Kamera weg durch das Fenster auf einen arschlangweiligen grauen Himmel. Schwachsinn!

Und weil Steffen sich angesichts des Himmels überlegte, wie es wohl unter Brittas Top aussah, und ob bei ihnen endlich auch mal was voranging, gönnte er sich einen Seitenblick auf das Ziel seiner Wünsche, aber das stierte tatsächlich wie festgefroren auf die Leinwand und schluckte und schluchzte und atmete kaum!

Das konnte er keinem erzählen. Charles würde sagen: Du hast ja noch 'n größeren Riss, als ich immer dachte. Und Falco würde nur grunzen und rumspucken und Steffen eine Kopfnuss verabreichen: Jetzt leg das Huhn endlich flach und das nächste Mal gehste mit uns ins Kino.

Ganz vorsichtig lehnte Steffen den Kopf zurück, ungefähr auf Höhe von Brittas Nacken und pustete sanft in ihre Haare, die wie in einem kaum merklichen Luftzug ins Pendeln gerieten. Das war alles. Britta drehte sich nicht mal um. Als wäre sie gar nicht da.

Steffen hatte alle Zeit der Welt, sie im Widerschein der Leinwand genauer zu betrachten. Das glatte, seidige Haar, exakt auf Länge der Schulterblätter gekappt. Die mondän geschwungene, nahezu kühne Nase. Die markant ausholenden Brauen, ungewöhnlich hoch über den Augen, was ihnen einen unterkühlten Eindruck verlieh, zumal sie mit ihrem tiefen Braun in herausforderndem Kontrast zum hellen, fast silbrigen Haar standen. Britta war schön. Von einer unaufdringlichen, gelassenen Schönheit, jenseits von allem nur Hübschen und Gefälligen. Kein Wunder, dass im *Heime* wegen ihr alles Kopf stand, im *Balloon* oder den anderen Straßencafés die Jungs ihre Cola verschütteten, die Gamesets vergaßen oder die Hände von den Schultern ihrer Freundinnen gleiten ließen.

Eins war Steffen sonnenklar: Im Rennen um die männliche Hackordnung war Britta für ihn so was wie der große Preis von Düsseldorf. Natürlich stand er ganz gut am Start, immerhin kam er aus einem erstklassigen Stall. Im *Heime* hatte er, von einer Ehrenrunde abgesehen, einigermaßen die Kurve gekriegt. Na schön, er war keine Leuchte, und ab und zu musste auch mal der Lateinlehrer beide Augen zudrücken.

Aber der wusste schon, warum, schließlich wollte er in Daddys Partei noch was werden.

Worauf Steffen sich wirklich was einbildete, war die Unzahl seiner Freunde. Er war zwar nie Mittelpunkt, aber immer dabei. Er konnte mit allen und jedem, blieb immer erst mal schön in Deckung, um Auseinandersetzungen aus dem Weg zu gehen, und eckte nie an. Zum Teil war das Talent, zum anderen Notwehr, die er in der Pubertät entwickelt hatte, als er wie grüner Bambus in die Luft gewachsen war, alles überragend, aber innerlich ratlos und erschrocken von der Ausdehnung seiner Glieder.

Das war die Zeit, als ihm im Ferienlager die Jungs die Decke weg- und die Schlafanzughose herunterzogen, um nachzusehen, ob bei ihm wirklich alles so übereifrig ins Kraut geschossen war, und Richie und Ralf, die neben ihm auf der Luftmatratze lagen, ihren Spaß darin fanden, sein Gesicht zur Seite zu drücken und dabei immer wieder zu geifern: »Die Nas' flach! Die fiese Nas' flach!«

Aber auch er hatte ja seine Gelegenheiten und Erfolge. Im *Almrausch* oder im *Jimmys*, wo die Mädels aus dem Ruhrgebiet erlebnishungrig aufkreuzten und die Schulfreundinnen und Tennispartnerinnen ihren Absacker schluckten. Da fiel für ihn immer was ab, vor allem wenn er Daddys Kreditkarten zum Glühen brachte.

Das hatte sich erst geändert, als er als Einziger aus der Klasse nach der Zehnten vom *Heime* abging und bei Sander eine Lehre anfing. Steffen wusste genau, dass alles hinter vorgehaltener Hand über ihn lästerte.

Aber er wusste noch um einiges genauer, dass immer am Ende abgerechnet wird und so sicher wie das Amen in der Kirche der Tag kommen würde, an dem er sie alle in den Hut stecken und ihnen die Nasen platt drücken würde.

Vielleicht war er nicht so klug wie die anderen, so beredt und gewandt mit seiner Größe und Eckigkeit. Aber im Unterschied zu allen anderen dachte er mit seinen neunzehn Jahren strategisch, Zug um Zug über die anderen hinaus und an ihnen vorbei. Sander hatte doch Recht. Wie wollten sich denn all die angehenden Ärzte, Anwälte, Betriebswirtschaftler und Kommunikationswissenschaftler durchwursteln? In fünf, zehn Jahren spielte die Musik längst in Russland und Asien und hier wurden die Krümel aufgepickt.

Aber gebaut wurde immer. Und vor allem: überall. Menschen wollten nun mal wohnen und außer Gemüse und Getreide wurde nichts auf freiem Feld produziert. Selbst wenn es eines Tages keinen deutschen Bauarbeiter mehr gäbe – das Know-how einer Firma wie Sander in Entwicklung, Planung, Projektierung, Finanzierung und Logistik war immer was wert. Und jeden Tag ging mehr und mehr davon stillschweigend auf ihn über.

Deswegen spielte er den Knecht, verbiss sich emsig und beflissen in jeden Vorgang und Ablauf. Das Würmchen würde kein Wurm bleiben. Eines Tages bekam der Papiertiger Zähne. Und dann würde er Beute machen.

Richtige. Eine, die satt macht.

Die einzige Beute, um die es ging, die zählte, die

galt, saß neben ihm, immer noch versunken in das Gequassel auf der Leinwand.

Wie zufällig ließ Steffen seine Finger an Brittas Hand vorbeistreifen. Keine Reaktion, nicht mal ein winziges Zucken. Aber die Hand war immer noch da, lag ungerührt, leicht geöffnet auf der Lehne.

Steffen sah angestrengt nach vorn. Brachte die Fingerspitzen seiner Rechten auf Tuchfühlung, um zuzugreifen. Entschlossen hielt er Brittas Hand. Kühl und kraftlos lag sie in seiner. Wie abgestorben. Abgestoßen.

Steffen war verunsichert. Ihm fehlte jeder Ansatzpunkt, Brittas Verhalten einzuordnen. Sie hatte ihre Hand nicht entzogen. Aber es kam nichts zurück. Britta ließ geschehen, über sich ergehen. Beteiligt unbeteiligt, als würde sie in Wirklichkeit in dem Film mitspielen, der gerade lief. Als Schauspielerin in einer Liebesszene, mit einem Partner, den sie nicht ausstehen konnte. Oder der ihr zumindest völlig gleichgültig war. Kein noch so geringer Funke Erregung, Erwiderung, geschweige denn Begeisterung war bei ihr spürbar.

Das setzte sich fort, als der Film endlich zu Ende war, Britta auch noch den Abspann mit wirklichem oder nur vorgetäuschtem Interesse las und Steffen ihr im Hinausgehen den Arm um die Schultern legte.

Wieder widersetzte sie sich nicht, ignorierte einfach nur alles, was geschah.

Die nachfolgende Einladung zu einem Drink oder Eis auf der Terrasse des Kinocenters oder an der nahe gelegenen Hafenmeile lehnte sie höflich ab, ließ sich weitgehend schweigend nach Hause kutschieren, lobte die Gradlinigkeit des Films und die Vielschichtigkeit der Charaktere und verabschiedete sich mit trancehaft angedeuteten Wangenküssen und einem dahingeworfenen »Danke. Bis bald.«.

Steffen jagte mit quietschenden Reifen los. Er hatte unglaublichen Durst und einiges mit sich zu besprechen. Er schaffte es gerade mal bis ins *Dock*. Heute brauchte er keine vertrauten Gesichter. Auch keine Kumpels. Und erst recht keine dummen Fragen.

Erst nach dem vierten Weißbier wurde ihm allmählich klar, dass noch längst nicht alles verloren war. Ganz im Gegenteil. Er hatte noch einen weiten Weg vor sich, aber der erste Schritt war gemacht. Jetzt konnte er die nächsten planen. Einschließlich aller Finten, Ablenkungsmanöver und Varianten.

Er wollte Britta. Und was immer er gewollt hatte, hatte er bekommen. Niemand durfte ihn unterschätzen. Wer das tat oder versuchte, würde ihn kennen lernen und sich wundern. Fürchterlich wundern.

8

Als Britta mittags aus der Schule kam, lag ein Brief für sie auf der Treppe, ohne Absender oder Aufkleber, die Adresse in handgeschriebenen Blockbuchstaben.

Jetzt versucht er's schon wieder, dachte Britta, als sie das Kuvert aufriss. Langsam wurde Steffen ganz schön lästig.

Eine Karte fürs Xinx-Konzert am Abend im Rheinpalast. Hoppla. Der Typ musste sich ganz schön ins Zeug gelegt haben. Der Gig war seit Wochen ausverkauft, höchstens auf dem Schwarzmarkt oder im Internet waren noch Tickets zu Phantasiepreisen zu kriegen.

Aber dann kam Britta ins Grübeln. Xinx, das passte so gar nicht zu Steffen. Das war schwarz. Zornig. Böse. Verletzt. Das war harter, manchmal gerappter Rock und Blues. Und Freeze O, der Frontmann mit den erschrockenen Augen, die immer aussahen, als hätten sie schon zu viel gesehen, war mit seinen Dreadlocks und den martialischen Tattoos der Schwiegermutterschreck schlechthin. Das war nicht Steffens Geschmack. Kein Mainstream. Bei Xinx war man nicht auf der sicheren Seite.

Außerdem würde er Britta auch nie allein zum Konzert bestellen. Steffen würde sie abholen, begleiten, ihr die Türen öffnen. Das passte alles nicht zu ihm. Und auf gar keinen Fall traute sie ihm zu, tief genug in sie hineingesehen zu haben, um zu wissen, warum sie bereit war, die mysteriöse Einladung anzunehmen. Warum sie in den Rheinpalast musste. Trotz der Punks und Hardrocker, der Grufties und Gothics, all der Leute, die ihr eine Heidenangst einjagten. Die garantiert wieder für Zoff und Krawall sorgen und rempeln und pöbeln würden. Dass sie nichts von dem Konzert abhalten konnte, hatte nur einen Grund. Xinx, diese verlorenen, verjagten, wütenden Schreihälse, der Band gewordene Mob, hatte einen Song geschrieben: *Love you 'cause you die*. Ich liebe dich, weil du stirbst. Vergänglich bist. Nie bleibst, wie du bist, im Augenblick. Diese zarte, sehnsüchtige, aufrichtige Ballade von Freeze O war ihr absoluter Lieblingssong. Nein, mehr als das, er war der Spiegel ihrer Seele.

Das hatte Steffen nicht erkannt. Niemals.

Aber wer hatte sie dann eingeladen? Wer hatte sich derart ins Zeug geschmissen, stundenlang angestanden oder seinen letzten Cent für sie riskiert? Der versnobte Charles? War der nicht genauso hohl und verkrampft wie all die anderen, die sie wie lästige Mücken umschwirrten? Na schön, er hatte sein umwerfendes Lachen, war manchmal aus dem Stand komisch. Und abgesehen von seinen ständigen Anzüglichkeiten konnte er manchmal die kompliziertesten Dinge derart auf den Punkt bringen, dass es jedem Lehrer die Sprache verschlug.

Der verschlagene Falco kam wohl kaum in Frage. Sicher hatte er Britta mindestens ein Dutzend Mal eingeladen. Aber wozu? Killerspiele und Splatter-Videos. Der war auf Crash-Kurs mit sich selbst und kriegte nur noch ab und zu im letzten Augenblick die Kurve, wenn er dann wie ein begossener Pudel angetrabt kam und rumnölte: »Mensch, Britta, ich langweil mich zu Tode. Ich brauch jemand wie dich, der mich da rausholt.«

Blieb noch Robert, der sich von niemand in die Karten gucken ließ. Das konnte schon eher hinhauen. Robert ging über alles und alle hinweg. Vielleicht war mehr an ihm als die unendlichen Mengen Wodka, die er in sich hineinkippte. Mehr als die Tausend-Euro-Schuhe aus dem Edelschuppen seiner Eltern. Mehr als die zynischen Bemerkungen, für die er berüchtigt war. Vielleicht waren seine Sprüche ja gar nicht so dumm und ätzend gemeint. Was hatte er letzte Woche gesagt? »Britta, du hast Klasse. Du musst bloß einsteigen.« Klar hatten alle gegackert und Katja war ihm dafür um den Hals gefallen. Aber vielleicht war's doch ganz anders gemeint. Vielleicht war Robert anders, konnte ein kleines bisschen in sie hineinsehen, ahnte etwas von Britta. Vielleicht mochte er sie wirklich, war nur zu schüchtern oder zu stolz, es zu zeigen, im Geheimen aber bereit mit ihr zu sehen, zu erkennen und zu entdecken. Ein bisschen wenigstens.

Als Britta noch mal mit dem Fahrrad losmusste, um sich beim verschrobenen Jansen neue Füllerpatronen zu besorgen, kam ihr Steffen auf dem Hof nachgehetzt und bewies auf Anhieb, dass er mit der geheimnisvollen Einladung nichts zu tun hatte.

»Spielen wir nachher 'ne Partie? Wir könnten von sieben bis neun den Turnierplatz haben. Oder auch bis zehn, der hat ja Flutlicht.«

Komplettausfall. Hatte Britta ja gleich gewusst.

»Tut mir Leid. Ich hab schon was vor.«

»Was denn?«

Oh nein. Nicht jetzt schon irgendwelche Besitzansprüche. Nach einmal Kino. Die musste man ihm gleich abgewöhnen.

»Nichts Besonderes. Kleine Orgie.«

Steffen schluckte. Sah aus, als ob sein Adamsapfel sich am liebsten überschlagen hätte. In seinen Augen schien ehrliche Verletztheit auf.

»Quatsch. Nimm nicht immer alles so ernst.« Britta knuffte ihn in die Seite und stieg ins Pedal.

»Mit mir ist aber nicht zu scherzen«, hörte Britta noch.

Ganz schön eingeschnappt und trotzig. Weshalb sie noch mal bremste.

»Okay, Steffen, morgen um zwei am Clubhaus? Ich mach dich nass.«

»Einverstanden. Sieh zu, dass du fit bist. Es wird grausam.«

Na bravo, dachte Britta. Das war ja fast schon Humor.

9

Der Rheinpalast war weiträumig abgesperrt. Vom Hofgarten, Kunstpavillon, der U-Bahn an der Tonhalle, aus dem Rheinpark, von überall her drängten aufgekratzte Massen zum einzigen Auftritt der Kult-Gruppe im Westen der Republik.

Alles war voll gepflastert mit Fanartikeln, CD-Ständen, Tourpromotion und Videowänden. Britta musste durch immer neue Schleusen und Kontrollen, bis sie sich endlich zum Eingang der Halle vorgeschoben hatte. Genau genommen war sie vorgeschoben worden wie ein Korken auf den Wellen.

Innen wummerte die Vorgruppe, was das Zeug hielt. Abgerissene Akkorde und jagende Rhythmen heizten die ohnehin elektrisierten Fans weiter an. Alles wippte und wogte, Köpfe kreisten und Haare flogen durch die Luft.

Britta war ganz überrascht, als sich ihr Ticket als Arenakarte herausstellte. Kein Sitzplatz, sondern die Kampfbahn direkt vor der Band. Toben und tanzen pur. Mitten im Auflauf, im dichtesten, schwitzendsten Gedränge. Sozusagen im Zentrum des Orkans.

Der geheimnisvolle Jemand musste sich ganz schön

tief in Brittas heimlichste Abgründe hineinversetzt haben.

Denn so zurückhaltend sie sich gab und wirkte. Wenn sie mal auftaute, sich fallen ließ, dann unbedingt und richtig. Ohne Netz und doppelten Boden. Das verlangte schon ihre Neugier von ihr. Deshalb war Arena genau nach ihrem Geschmack.

Aber zu den Leuten, die sie kannte, passte das überhaupt nicht. Die verdrückten sich lieber mit einem Gläschen Schampus in die Galerie und die Logen. Abfeiern war was für den Pöbel. Die Prolls. Wen interessierte die Musik, wenn man sich übers Fußvolk amüsieren konnte? Für die Katjas und Nicoles hieß Amüsement nun mal Dekadenz. Und Freude, Provokation und Verletzen.

Das Gedränge auf der unbestuhlten Fläche war unglaublich. Körper rieb sich an Körper, alles schob sich nach vorne, möglichst nah an die Rampe, um sich den besten Blick auf die Band zu sichern. Die Vorgruppe ließ es noch mal richtig krachen, jagte ihren Song in ein euphorisches Trommelsolo, dann war der Spuk vorbei.

Ein unglaubliches Getrampel, Gejohle und Gepfeife brach los. Genug Vorspiel. Jetzt wurde Xinx auf die Bühne beschworen. Countdown für den Act. Die Atmosphäre war schon jetzt kurz vorm Überkochen. Britta hatte sich bis auf etwa zwei Meter an die Absperrung herangearbeitet. Vor und neben ihr sprang, wippte, hüpfte alles in die Höhe, reckte die Hälse, balancierte auf den Zehenspitzen. Die Roadies platzierten betont gelassen die Drums, Monitore und Verstärker, richteten die Mikros aus.

Dann ein Aufkreischen aus tausend Kehlen gleichzeitig. Der Bühnenvorhang hatte sich leicht geöffnet, ein Spalt ins gleißende Licht der Hinterbühne.

»Ninko!!!«

Die drei Grazien neben Britta glaubten den Lead-Gitarristen durch den Vorhangspalt erkannt zu haben. Sie drängten weiter vor, besinnungslos schreiend, kreischend. Britta wurde weggekickt, beiseite gedrückt, fast auf den Boden geschleudert.

»Britta!!!« Ein gedehnter, fordernder Schrei von oben. »Hierher!!!«

Britta sah erst instinktiv zur Seite, suchte dann die Galerie ab. Nur mühsam konnten ihre Augen die winkenden, sich immer wieder kreuzenden Arme im Halbdunkel der Empore ausmachen.

Robert. In seiner typischen, fast exaltierten Gelassenheit. Britta zwängte sich durch den Wall der Leiber, schaffte es eben noch bis unter die Brüstung.

Robert musste sich halsbrecherisch vorbeugen, bis er Blickkontakt zu Britta fand. »Oh Mann! Super, dass du da bist! Komm doch rauf. Ich hab uns Backstage-Ausweise besorgt.«

»Ich tue mein Bestes.« Schien so, als hätte Britta mit ihrer Vermutung richtig gelegen.

Robert lehnte sich noch weiter vor. »Komm, ich zieh dich hoch. Geht gleich los.«

Britta musste lachen. Selbst mit Anlauf hätte sie die zwei Meter bis in Roberts Hände nicht geschafft.

Über dem Bühnenhimmel flackerten Scheinwerfer auf. Verfolger blitzten los, fingen an, Kreise über dem Publikum zu zeichnen.

Jetzt konnte Britta sie alle sehen. Die ganze Loge voll gepfropft mit den üblichen Verdächtigen: Kim, Charles, Katja, Falco, Robert, Nicole und ein halbes Dutzend Gesichter, die sie nur vom Sehen kannte.

Silke war komischerweise auch da, winkte ihr aufgekratzt zu. »Na, komm endlich hoch, Schatz! Wenn Ninko auftritt, musst du mich festhalten!«

»Was machst du denn hier?«, fragte Britta. Silke hatte kein Sterbenswörtchen rausgelassen, dass und wie sie an die Karten gekommen war.

»Hast du die SMS nicht gekriegt?«

»Was für 'ne SMS?«

»Na von Robby. Dass er die Karten geschnappt hat.«

»Keine Spur.«

»Kapier ich nicht. Na, egal. Hat ja doch noch hingehauen. Jetzt komm endlich, Süße. Wir haben leckere Sachen dabei.« Silke feixte über das ganze Gesicht.

»Da hinten ist die Treppe.« Robert deutete lässig auf einen der endlosen Betonschläuche, die sich von der Stirnseite der Arena wie Streben eines Fächers nach oben wanden. Jeder einzelne von rhythmisch wogenden Körpern umzäunt.

»Da komm ich doch nie durch.« Jede mittelprächtige Burg war leichter zu stürmen.

»Zu schade. Du verpasst was.« Katja zeigte ihr Haifischlächeln.

Britta interessierte etwas ganz anderes. Und zwar brennend. »Hab ich dir das Ticket zu verdanken?«, fragte sie Robert.

»Na mindestens. Oder glaubst du noch an den

Weihnachtsmann?« Robert erntete für seine ausgelutschte Pointe anderthalb anerkennende Blicke, korrigierte dann aber vorsichtshalber die eigene Flapsigkeit. »Quatsch. Ich dachte einfach, du solltest dabei sein.«

Kim sonderte einen giftigen Blick ab.

Silke jubelte: »Genau!«

Währenddessen dröhnte Falco Robert ziemlich uncharmant und unüberhörbar ins Ohr: »Gib Gas, Junge. Mach das Mädel klar. Die ist reif heute.«

Robert wehrte die allzu plumpe Vertraulichkeit mit einem dezenten Nasenstüber ab. »Falco – kusch! Hör auf, mich voll zu sabbern.« Mit einem Ruck schwang er sich auf die Brüstung, thronte jetzt wagemutig und fast majestätisch über den Massen. »Ich würde mal sagen, Britta, von hier oben siehst du entschieden mehr. Und wenn wir genug abgefeiert haben, gehen wir auf ein Gläschen mit Mister Freeze und Ninko und dem Rest der Combo. Hört sich doch gut an, oder?«

»Warum hast du nichts dazugeschrieben?«

»Kleine Überraschung für kleine Ladys.« Robert zeigte ein leinwandreifes Lachen. »Sei nicht immer so misstrauisch.«

In dem Moment fetzte ohrenbetäubendes Geschrei los. Ninko, Clash und Woody der Drummer staksten auf die Bühne und machten sich an ihren Instrumenten zu schaffen.

»Okay, freaks, go a rock ya!« Clash nuschelte in seinem Dockarbeiter-Slang ins Mikro, ließ den Bass vor den Lenden tanzen, entriss ihm ein paar wütende Bumps. Plötzlich fing er an zu kichern. »Our manager told us: Say ›hello Dusseldorf! Hello Leute! We love you!‹ But – I love nobody. Enough problems get along with me!!!«

Und dann legte er los. Den Rücken überdehnt, als müsste er jeden Moment nach hinten wegkippen. Ninko gab ihm eine Hand voll brennende Akkorde. Woody trommelte lustlos mit einem Stick. Jeff kam angeschlurft, wie immer im ausgebleichten Frack über den durchlöcherten Jeans, ließ sich an die Sound-Maschine fallen, spielte an den unzähligen Tasten, Knöpfen und Monitoren herum, fegte zwei LPs auf die Turntables, scratschte sie beiläufig mit seinen Spinnenfingern, bis der Ton fast die Halle zersägte.

Dann Stille wie in einer Gruft.

»Komm endlich, sonst spring ich runter«, drohte Robert schelmisch.

»Gut, ich versuch's mal.«

Britta zwängte sich durch die Menge, die um jeden Zentimeter kämpfte, wankte, aber nicht wich. Eine vibrierende Armee von Xinx-Gierigen.

»Britta! Ich warte auf dich!« Robert schrie seine Worte geradezu hinaus. Unwirklich laut und hemmungslos für einen Snob wie ihn. Ohne den ständigen Beiklang von Ironie und Zynismus.

Anscheinend war doch mehr an ihm dran, als er sich anmerken ließ. Anscheinend war da was unter der gelackten Oberfläche.

Vielleicht hatte sie sich in vielem getäuscht. In allem. Und allen. Vielleicht waren die ja gar nicht so. Vielleicht waren sie nur so schroff und kantig und unzugänglich, weil sie unsicher waren und sich noch suchten und ausprobieren mussten. Und vielleicht hatten sie Recht, Nicole und vor allem Silke, dass sie sich viel zu sehr abschottete. Dass sie sich regelrecht in sich verkroch, zumachte, sich abschloss und damit von allen anderen wegschloss. War ihre Sehnsucht nach ehrlichen, ungekünstelten Gesprächen, unbefangener Freundschaft, die jede Eigenart und Ungereimtheit zuließ und aushielt, der Traum eines Miteinander ohne Zwänge, Vorbehalte und Vorbedingungen nicht genauso engstirnig wie all das Haben, Hecheln und Vorführen, das sie den anderen stillschweigend vorwarf?

War sie nicht schon immer vor der Welt geflüchtet? Den Augen ihres Vaters? Den Allüren ihrer Mutter? Als Kind ins Baulager? Als Mädchen auf ihr »Schiff«? Als Teenager in ihre Träume und Verzweiflung? War sie nicht immer schon weggelaufen, entschlüpft? Hatte sie nicht immer schon ihre Freundinnen so lange mit Fragen genervt, auf die es sowieso keine Antworten gab, bis sie sie allein in der Ecke stehen lassen hatten? Hatte sie jemals einem Jungen die Chance gegeben, sie zu fühlen, zu schmecken, sie zu berühren, was in der Bibel »erkennen« hieß? Wer war sie? Die Jungfrau von Orleans? Oder ein weiblicher Don Quichotte? War sie wirklich so gescheit, wie die Schulnoten behaupteten?

Was hatte sie denn erreicht, mit ihren verspielten Hoffnungen, Ideen und Idealen? In der dünnen Luft ihrer Phantasie?

Sie war allein. Schlicht allein. Völlig gleichgültig, ob sie über, neben, vor oder hinter den anderen stand.

Das Ergebnis war immer dasselbe. Sie war allein. Verwirrt vor lauter Gedanken. Eine Stimme ohne Echo.

Sie hatten ihr die Hand hingehalten. Robert vor allem. Wie auch immer er das angestellt hatte, an die Tickets zu kommen. Und vor allem an die Backstage-Pässe. Er hatte an sie gedacht. Sie einbezogen. Er wollte sie um sich haben. Bei sich. Er wartete auf sie.

Mit unermüdlichem Knuffen und Quetschen war es ihr gelungen, sich durch die tobenden Massen zu schlängeln. Nur noch zwei, drei Schritte zur Treppe.

Freeze O hatte sich gerade seinen *Woodo-War* aus der Seele geschrien, gestöhnt und geröchelt, die Halle kochte fast über. Jetzt wurde das Licht gedimmt. Die Verfolger erloschen. Das Lichtermeer verglühte. Nur noch ein paar weiße, ungefilterte Strahler tauchten die Bühne ins ungewisse Licht eines grobkörnigen Schwarzweißfilms.

Ninkos Gitarre suchte wie unentschlossen, fast zaghaft nach leisen, warmen Tönen. Die Ahnung eines Sounds. Fremd. Verführerisch. Ohne jedes Stakkato.

Britta war an der Treppe. Oben war es nicht ganz so voll. Sie konnte es gerade noch schaffen. Sie wusste ja, was jetzt kam. Weshalb sie überhaupt hier hingemusst hatte. Sie sah sich um. Freeze O war noch nicht am Mikro. Hastig zwängte sie sich eine Gasse auf der Treppe frei.

Robert wartete auf sie. Und gleich, jeden Moment würde Freeze …

Und dann stand er vor ihr.

Mitten auf der Treppe.

Er sagte nichts. Gar nichts. Er versuchte nicht mal,

was zu sagen. Brauchte er auch gar nicht. Denn mit einem Mal wusste Britta alles. Sie brauchte nur in sein Gesicht zu sehen. Seine Augen, die sich ihr öffneten. Ruhig, konzentriert, selbstverständlich.

Reglos stand er da mit seinen wirren Locken. Der unmöglichen, ausgebeulten Jeans und dem ekelhaft grünen Pulli, der aussah wie der Lieblingslandeplatz aller Motten.

Bob schwieg. Verzog nicht mal den Mund. Stumm und ernst stand er da, als gehörte er schon immer hierhin.

Und Freeze setzte an, mit dieser Stimme, die nicht seine war, die er sich aus einer anderen Welt lieh, wenn er den Song sang, den einzigen, auf den es jetzt und immer und für immer ankam und ankommen konnte: *Love you 'cause you die.*

Und Britta konnte gar nicht anders. Schließlich war es so leicht, so selbstverständlich, wie zu atmen oder die Augenlider zu schließen, um endlich in seine Träume zu tauchen.

Sie küsste Bob. Nicht verhalten. Nicht schüchtern. Nicht zaghaft.

Und genauso wenig stürmisch. Oder gierig.

Keine Inbesitznahme.

Kein großer, bedeutungsvoller Schritt.

Brittas Lippen fanden Bobs blasse, pochende Lippen, weil sie schon immer zueinander gehört hatten.

Dieser Kuss war nichts. Nicht unschuldig. Nicht verdorben. Nicht reif. Nicht naiv. Er war kein Schrecken und keine Offenbarung.

Er war einfach nur Britta.

Bob sagte noch immer nichts. Wozu auch? Britta war angekommen.

Ein letztes Mal füllte Freeze die Halle mit der Wahrheit seiner Angst: *Love you 'cause you die.*

Mit dem letzten Ton der Ballade nahm Bob Brittas Hände und schob sie unter seinen kratzigen Pulli. In seiner Brust pochte es, als würde sie gleich platzen.

Befangen schüttelte er die Haare aus der Stirn und ging leicht in die Knie, um ihr besser in die Augen sehen zu können.

»Ich habe so gehofft, dass du kommst.«

Dann küsste er sie noch mal auf den Haaransatz und war verschwunden.

Britta stand allein da. Aber sie war nicht mehr allein.

Sie kämpfte sich zu den Logen vor, um noch kurz Hallo zu sagen. Die Türen und Treppen zur Galerie waren voll gequetscht mit Leuten. Nur mühsam konnte sie sich vorarbeiten.

Robert, Katja, Falco, Silke und der Rest hingen wie Sprotten über der Brüstung. Niemand bekam mit, dass Britta hinter ihnen stand.

»Das darf doch nicht wahr sein! Hast du das gesehen?«, keifte Kim mit gequältem Lachen.

»Die kleine Schlampe und der Waldschrat? Lachhaft.« Katja konnte es nicht fassen.

»Also, hört mal. Britta ist keine Schlampe«, warf Silke zaghaft ein.

»Ach, wirklich? Na, du hast ja seltsame Maßstäbe.«

Kim zog die Lippen nach und genoss sich im Taschenspiegel.

»War wohl nichts mit flachlegen?«, erinnerte Falco Robert hämisch.

»Das war auch nicht meine Absicht. Alles 'ne Stilfrage. Falls du eine Ahnung hast, wovon ich spreche.«

»Kaum. Unser Falco übt noch«, gab Charles seinen Senf dazu. »Trotzdem finde ich es kümmerlich, sich mit so einem Penner abzugeben. Pardon, sagt man ja nicht mehr. Also – so einem ungepflegten Läusemelker.«

Robert musste grinsen. »Wer melkt da wen?«

»Frag mal bei Britta nach, wenn sie ihre Eroberung näher kennt. Bestimmt aufschlussreich.«

»Verbiestertes, kleines Schandmaul«, stichelte Robert. Es klang wie ein Kompliment.

»So was würde ich nicht mal mit der Kneifzange anpacken«, schauderte es Kim.

»Schon alleine geruchstechnisch. Ich riech bis hier, wo der herkommt«, spielte Katja die nächste Karte aus und legte wie zufällig den Arm um Robert.

»Was ihr nicht sagt. Habt ihr euch den Body mal angesehen?« Als keiner reagierte, konnte sich Silke nicht verkneifen, noch einen draufzusetzen. »Einfach Gänsehaut, wie der sich die Mähne aus dem Gesicht streicht.«

»Voll-Asi!«, zischelte Katja.

»Aber Asi mit Niveau. Mein lieber Schwan!« Silke leckte sich die Lippen. »Die kleine Britta weiß ganz genau, was Sahne ist. Nur schade, dass unser Schätzchen lieber heimlich nascht.«

Dann musste der Rest der Magnumflasche dran glauben.

Britta duckte sich hinter ein voll gedröhntes Groupie-Quartett und verdrückte sich, bevor die Bagage sie entdeckte.

10

Britta knotete die Haare zusammen und stopfte sie unter die Baseballkappe. Bei der Hitze war jeder Zentimeter Haut kostbar, an den ein Luftzug kommen konnte.

»Na, was war das denn gestern für 'n kultiger Auftritt, Süße?« Sah so aus, als hätte Silke lange genug darauf gewartet, dass Britta endlich mit der Beichte loslegte. Wenn es um Jungs ging, musste sie alles ganz genau wissen. Wie sagte sie immer? Man muss doch über den Marktwert Bescheid wissen! Jungs und Sex, das war Börse und Spekulation. Die ging manchmal auf und manchmal nicht.

»Was gestern?« Britta suchte unter der alten Kastanie Schutz vor der Sonne, die heute gnadenlos zuschlug.

So, wie Konsul Röper und sein Trainer den Platz abzogen, konnte das noch Stunden dauern. In stummem Protest schlurfte der Konsul in Zeitlupe über den roten Sand. Jeder Winkel seines Gesichts spiegelte theatralisch die Abscheu wider, als Mann seiner Stellung mit der Fronarbeit eines Zugesels am Schleppnetz behelligt zu werden.

»Na, was wohl? Dein schnuckel-wuschel Holzfäller mit dem Mega-Body«, stellte Silke ungeduldig klar.

»Soweit ich weiß, handelt es sich da um kein Was, sondern einen Wer. Und wenn du zufällig mit Holzfäller Bob meinst, dann weiß Miss Adlerauge vermutlich besser als ich, was für einen Body er hat.«

Silke stutzte. Aber nur ganz kurz. »Mensch, Süße, spann mich nicht auf die Folter. Du verrätst deiner besten Freundin jetzt endlich, was da mit dem Typ läuft. Ich will alles wissen. Jede Einzelheit. Lass bloß nichts aus! Robert und Katja und alle waren natürlich total am Lästern. Und ich steh da wie doof und kann sehen, wie ich dich da raushaue. Manno! Britta! Ich bin so was von neugierig!«

»Ganz neuer Charakterzug an dir. Aber schön, dass du mich verteidigt hast.« Brittas Ironie prallte spurlos an Silke ab. Vermutlich hatte sie wirklich das Gefühl, sich unglaublich ins Zeug gelegt zu haben.

»Kannst dir ja vorstellen, was da abging: Hey, womit gibt die sich denn ab? Katja hat sofort wieder Pickel gekriegt und rumgestänkert. So von wegen pervers und Doppelleben. Und die Jungs haben rumgetönt, jetzt wär wenigstens klar, warum mit dir nichts läuft. Nur Charles war lustig: Meine Lieben, der Hang zum Personal kommt in den besten Familien vor. Da haben alle erst richtig gebrüllt.«

»Das gelangweilte Volk soll sich mal um sich selbst kümmern.«

»Hab ich auch gesagt«, behauptete Silke inbrünstig, »aber … guck dir das mal an. Eigentlich wollte ich dir das ja ersparen …«

Silke hielt Britta zwei Bilder vor die Nase, die an Eindeutigkeit nicht zu übertreffen waren und vermutlich in jedem Pornomagazin der härteren Gangart der Zensur zum Opfer gefallen wären. Das Widerlichste von allem war aber, dass das Mädchen, das sich zwischen den beiden Muskelmännern verrenkte, unzweifelhaft Brittas Züge hatte. Eine Computermontage. Wenn auch erst auf den dritten Blick als solche an den Rändern unterm Hals zu erkennen.

»Um Gottes willen. Soll ich das sein?« Brittas Hände zitterten richtig. Sie starrte ihre Freundin hilflos an.

»Sieht so aus. Furchtbar, nicht? Irgendjemand muss das Zeug in Umlauf bringen.«

»Schmeiß das bloß weg. Mir wird ganz schlecht.«

»Sinnlos.«

»Warum?«

»Na, weil die überall rumflattern. Im Ernst, Süße, so beliebt, wie du dich machst, ist das doch ein gefundenes Fressen fürs ganze *Heime*.« Silke zuckte schicksalsergeben die Achseln. »Ist nun mal so. Aber ich kann mich ja mal umhören. Tu ich gern für dich. Das heißt«, sie lehnte sich vertrauensvoll an ihre Freundin, »Katja hat doch jetzt was mit 'nem Fotoheini aus 'm Hafen. Der Typ mit der Matte, der sie immer zu den speziellen Fotos überreden will. Alles klar?«

Katja war alles andere als ein Engel, dachte Britta. Aber so was?

»Bloß, Schatz, der ist so mies, der tut nichts umsonst. Wie viel könntest du denn auftreiben?«

»Nichts. Keinen Cent kriegt so ein Arsch von mir.«

»Tja. Wie du meinst … vermutlich hast du Recht.«

Silkes Gesicht verdunkelte sich. »Also, zurück zu deinem Typ. Kim und Nicole haben gleich rumgefragt, wer den kennt. Natürlich Fehlanzeige. Wo hast du deinen Crocodile Dundee denn aufgetrieben?«

»Bob arbeitet bei uns.«

»Da sitzt die direkt an der Quelle! Ich glaub, ich muss dich öfter mal besuchen! Scheint ja ein heißer Laden zu sein. Und wieso kennt den keiner? Wo hängt der denn normalerweise ab?«

»Keine Ahnung.«

»Mensch, Britta. Den nimmt dir doch keiner weg.« Silke rückte die Sonnenbrille auf ihrer frisch begradigten Nase zurecht. Die kleinen, koketten Gesten hatte sie perfekt drauf.

»Du, ich weiß wirklich nicht, was Bob in seiner Freizeit macht. Ich kenne ihn doch gar nicht.«

»Hä?« Silke lachte künstlich schallend. »Du kennst den gar nicht? Bisschen rumknutschen und so. Ist das bei euch so 'ne Art Firmenpolitik?«

Manchmal konnte Silke so was von gehässig sein. Aber heute war Britta immun dagegen.

»Bob ist noch nicht lange bei uns. Er war bei 'ner Firma in Berlin, die Pleite gegangen ist. Jetzt macht er bei uns die Lehre zu Ende.«

»Lehrling? Unsere Prinzessin treibt's mit 'nem Lehrling? Einfach so? Uiuiui! Sag mal, ich glaub, ich steh im Urwald. Okay, schön, der Typ is 'n Tier. Mach, was du willst. Aber dabei lässt man sich doch nicht erwischen, Engelchen. Das kommt überhaupt nicht gut.«

»Stopp. Das reicht. Es gibt nichts zu erwischen, weil da nichts ist. Hey, Silke, da läuft gar nichts! Ich hab keine Ahnung, ob Bob ein Tier ist, und das interessiert mich auch nicht. Ich weiß nur, dass er mehr draufhat als die meisten Jungs, die wir kennen. Dass er nicht den ganzen Tag blöd in der Gegend rumlabert. Bloß rumhängt und überlegt, was gerade angesagt sein könnte. Und dass er sich ab und zu mal Gedanken über andere macht. Und vor allem weiß ich, dass er ziemlich allein ist. Und wir uns jede Menge zu sagen haben.«

Silke pfiff anerkennend durch ihre dezent angemalten Lippen. »Ich glaube, uns hat's erwischt!«

»Dich vielleicht.« Britta sprang auf, um einen Ball auf der Bespannung tanzen zu lassen. Langsam ödete sie das Verhör an. Besser Idiotenspiele als Idiotengewäsch.

»Gut fürs Ballgefühl, hm?« Konsul Röper stakste mit eingezogener Wampe auf Britta zu und zog die Dritten blank. »Sie sind doch die kleine Sander, nicht?«

Britta hatte überhaupt keine Lust, auf den knittrigen Charme des stadtbekannten Lustgreises einzugehen. Weshalb sie erst mal den Ball vom Schläger abtropfen ließ, um ihn hingebungsvoll suchen zu können. Leider verstolperte sich der Ball in Röpers Richtung, woraufhin der sich ungefragt entschloss, bei der Suche mitzumachen. Tief hinuntergebeugt, was sich bei seiner argen Kurzsichtigkeit auch empfahl, suchte Herr Konsul die Sitzreihen der kleinen Tribüne ab.

»Da ist er ja.« Triumphierend hielt er den gelben Filz in die Höhe, als hätte er soeben den Oskar gewonnen.

Mit einem möglichst beiläufigen »Danke« und

ohne groß hinzusehen, holte Britta sich ihren Ball, lief dann direkt aufs Spielfeld durch. Bis sie die Grundlinie erreicht hatte, würdigte Herr Konsul sie noch einer eingehenden optischen Begutachtung, bevor er sich endlich Richtung Clubhaus verzog.

Doch kaum hatte sich Britta mit Silke eingeschlagen, die langen Bälle kamen auf der Vorhand ziemlich hart und präzise und brachten Silke nicht nur ins Schwitzen, sondern ins Grübeln, da tauchte Monsieur wieder weiß gewandet auf der Tribüne auf und nahm leicht ächzend mit einer Kollektion Energy-Drinks und einer Cohiba Platz. Ungeniert nebelte Herr Konsul das halbe Spielfeld ein und heftete seine Blicke an die Akteurinnen.

Gott sei Dank tauchte Steffen mit Brittas Vater auf, dem er soeben auf einem der hinteren Plätze eine gehörige Abreibung verpasst hatte. Da trug Britta sich normalerweise auch immer ein, aber diesmal hatte sie die Platzreservierung idiotischerweise Silke und ihrem Geltungsdrang überlassen. Mal wieder ein Beweis, dass man für Bequemlichkeit meistens büßen musste.

Dafür erwies Steffen sich diesmal als Göttergeschenk. Und zwar auf Anhieb. Mit ein paar geschickten Floskeln fädelte er ein Gespräch zwischen Max Sander und dem Konsul ein. Dann brachte er das Gespräch elegant auf die Gerüchte um Röpers neue Niederlassung in Mülheim. Dabei schmierte er dem aus der Schrotthändler-Schickeria aufgestiegenen ehemaligen Gebrauchtwagenhändler derart viel Honig ums Maul, dass der am Ende Brittas Vater von sich aus bat, ihm ein Angebot als Generalübernehmer des Projekts zu unterbreiten. Steffen krönte seine Leistung, indem er das größte Untalent des Clubs um ein Match bat, was dem »Rhesusäffchen«, wie Röper mit seinen überlangen, unkoordinierten Armen und den zwei linken Händen im Club hieß, derart schmeichelte, dass er Max Sander schon mal vorab die Schultern betatschte und versprach: »Wir kommen zusammen.«

Brittas Vater war denn auch gewieft genug sich nicht lumpen zu lassen und erkundigte sich scheinheilig-spontan, ob das Rhesusäffchen nicht Lust hätte, noch ein paar Bälle zu schlagen. Röper wuchs mehrere Millimeter über seine eins neunundsechzig hinaus und willigte begeistert ein, was Britta endlich einen Vorwand lieferte, ihre fahrige Vorstellung abzubrechen.

Als brave Tochter räumte sie nur zu gern den Platz für die Herren. Auch Steffen, mit dem sie sich ja eigentlich noch verabredet hatte, verzichtete selbstredend auf die ausgemachte Partie.

»Mensch, Britta, ist doch gar keine Frage. Das holen wir nächste Woche nach. Hauptsache, der Laden brummt.« Und dann kam die entscheidende und nach Steffens Glanzleistung nicht mal unberechtigte Frage. »Und? Wie war ich?«

»Widerlich.« Britta legte eine Kunstpause ein, damit Steffens Gesichtszüge Zeit hatten, schlagartig nach unten zu sacken. »Widerlich schleimig und unglaublich clever. Ein Schmierentheater zum Frösteln und Niederknien. Wenn du so weitermachst, küsst Paps dir noch mal die Füße.«

»Andere Küsse sind mir lieber.«

»Aber die kann man sich nicht bei Konsul Röper verdienen.«

Steffen war Britta ganz schön nah auf die Pelle gerückt und stierte ihr so übermütig wie verzückt auf die Nase. »Bist du dir da ganz sicher?«

»Ja«, kam es kurz, trocken und schmerzlos von Britta, »nicht jeder ist käuflich.«

»Hängt von der Summe ab«, fasste Steffen sämtliche Lebenserfahrungen Düsseldorfs zusammen.

»Tut mir Leid, mein Herz bekommt man nur geschenkt.«

»Meins bestimmt nicht«, quetschte sich Silke lächelnd dazwischen, nachdem sie schon mindestens drei Minuten unbeachtet daneben gestanden hatte. »Und was machen wir jetzt, Leute? Ich hab keinen Nerv, hier Wurzeln zu schlagen.«

»Na, dann rechnen wir doch mal zusammen.« Steffen war sichtlich gut drauf und übernahm schmunzelnd die Initiative. »Es ist kurz nach zwei. Es ist warm. Nein, richtig heiß. Es ist Samstag. Ich habe ein Cabrio. In zwanzig Minuten sind wir am Kaarster See. Also fahren wir baden.«

»Kluges Köpfchen.« Silke lobte ihn mit einem leicht angefeuchteten Kuss auf die Schläfe.

Britta sah die beiden an. »Na wunderbar. Habt ihr denn Badeklamotten dabei?«

Sie hätte gar nicht erst zu fragen brauchen, so synchron nickten Silke und Steffen.

»Können wir vielleicht vorher noch schnell bei mir vorbeifahren?«

»Wozu denn, Süße, wir machen einfach FKK.«

Silkes dreister Vorschlag brachte Steffens Adamsapfel zum Zucken. Er musste sich räuspern.

»Das kann ich mir bei meiner Figur leider nicht leisten«, bewies Britta ihren Sinn für Selbstironie.

»Stimmt.« Eine derartige Vorlage konnte sich Silke nun mal nicht entgehen lassen. Besser, die beste Freundin verlieren, als eine Pointe auszulassen. »Aber wenn ich dabei bin, sind doch sowieso nur Blinde unterwegs.«

»Schaffen wir das heute noch?« Steffen hatte es eilig, mit Britta an den See zu kommen.

Die ahnte schon, was auf sie zukam. Ein bisschen Romantik. Geplätscher der Wellen. Die warme Sonne auf der Haut. Kannst du mich mal eincremen? Oder: Soll ich dich mal eincremen? Und Silke würde er irgendwie auch noch los. Mit ziemlicher Sicherheit trieben sich ein paar Nasen am See rum, die sie ihm mit Kusshand abnahmen. Und sobald knackige Kerle in Sichtweite kamen, war für Silke sogar die beste Freundin Luft.

11

Steffen knallte das Cabrio derart schwungvoll auf den Hof, dass eine mächtige Staubwolke hochwirbelte. Das war sonst nicht seine Art und er bedauerte es schlagartig, denn die schöne schwarzblaue Karosse war gleichmäßig eingepudert. Missmutig würgte er den Motor ab, um die Bescherung in Augenschein zu nehmen.

»Scheiße, was ist das denn?« Der Staub war halb so wild, aber zwei riesige Taubenfladen machten sich auf dem rechten Kotflügel breit.

Das Firmengelände war ausgestorben wie an jedem Wochenende. Nur auf Höhe der Schreinerei war ein vorsichtiges Schleifen und Klopfen zu hören.

»Ich beeil mich«, versicherte Britta.

»Soll ich mitkommen?« Silke musste partout überall dabei sein.

»Nö. Aber du kannst was zu trinken in der Küche holen. Am Kiosk nehmen die für 'ne kleine Cola zwei Euro.«

Na und, zeigte Silkes schnippische Schnute. Aber irgendwie schien ihr dann klar zu werden, dass es auch noch so was wie offene Handyrechnungen und überzogene Kreditkarten gab und dass die Cola im Eisschrank gar nichts kostete, und machte sich mit einem schicksalsschwangeren Seufzer auf den Weg.

Steffen fegte derweil ins Büro, um mit jeder Menge feuchtem Klopapier herauszukommen und sich an die Taubenscheiße zu machen.

»Erst einweichen lassen. So machst du dir den ganzen Lack kaputt.« In Bobs Stimme lag nichts als gut gemeinter Rat.

Kein Grund für Steffen, nicht patzig zu reagieren. »Du glaubst wohl, du hast die Weisheit mit Schaumlöffeln gefressen.«

»Ich wollt's dir bloß sagen. Ist 'n richtig schönes Auto.«

»Sicher. Wenn man sich's leisten kann.«

»Ja. Klar.« Bob sagte das mit aller Selbstverständlichkeit der Welt. Ohne jeden Anflug von Neid oder Verletztheit.

Jede Provokation schien an ihm abzutropfen, was Steffen nur noch mehr auf die Palme brachte. Wie besessen wienerte er auf dem Kotflügel herum, bis das bisschen Wasser verdunstet war und sich allerliebste Strudel von Riefen auf dem Lack kräuselten.

Bob hielt sich zurück.

Trotzdem fuhr Steffen herum. »Was hast du gesagt?«

»Nichts.«

»Komm, sag das noch mal.«

»Ich sag doch, ich hab nichts gesagt.«

»Das ist auch verdammt gut so. Wir mögen's hier nämlich gar nicht, wenn Lehrlinge die Klappe aufreißen. Weißt du, was ein guter Lehrling ist? Hat dir das schon mal jemand gesagt? Immer da, wenn man ihn braucht. Für jeden Mist zu gebrauchen. Tut, was man ihm sagt, ohne zu quengeln und zu motzen. Fleißig. Und ansonsten unsichtbar. Wie die Heinzelmännchen. Aber davon versteht ihr Ossis ja sowieso nichts.«

»Wenn du meinst.«

»Und ob ich das meine. Verdammt.« Steffen polierte den Kotflügel mit dem Ärmel seines Sweatshirts. Aber die Kratzer blieben, wo sie waren. »Sag mal, was willst du überhaupt hier? Was hast du hier am Wochenende zu suchen? Klauen, oder was?«

Bob pustete sich gelassen die letzten Spuren Holzstaub von den Händen, Überbleibsel seiner Schleifarbeit. »Wenn's dich interessiert, kann ich's dir gerne zeigen.«

Steffen hatte nicht die geringste Lust, auf das Angebot einzugehen. »Tut mir wirklich Leid, ich hab was Besseres vor.«

Das Bessere kam gerade mit der in einen Schokokuss versunkenen Silke aus der Tür.

Mehr als ein »Hi« brachte Britta nicht heraus. Und einen lachhaften förmlichen Händedruck, nachdem sie ihren Rucksack auf Steffens Rückbank geschmissen hatte.

»Hallo. Wie geht's?« Bob lächelte entspannt.

»Gut. Super. Prima.« Britta hätte sich ohrfeigen können.

Silke schluckte den Rest vom Schokokuss weg, so schnell es ging, und baute sich mit Zuckerlächeln vor

Bob auf. Ihre Zunge schleckte sich die Mundwinkel. »Schokoküsse. Könnt ich für sterben. Ich bin die Silke.«

»Hallo.« Bob gab ihr ultrasteif die Hand, um sich dann gleich zu verabschieden. »Ich muss dann wieder. Viel Spaß noch.« Und schon marschierte er mit seinen Springerstiefeln und hochgekrempeltem Blaumann auf die Holzverarbeitung zu.

Ungefähr zehn Meter weit.

Dann federte er herum, war mit drei, vier Riesensätzen bei Britta, nahm sie bei der Hand. »Ich muss dir was zeigen.«

Und als wären sie schon so auf die Welt gekommen, verschwanden die beiden Hand in Hand Richtung Schreinerei.

»Sag mal ...«, murmelte Silke.

Aber Steffen sagte gar nichts, warf sich stattdessen wütend auf den Fahrersitz. Silke rutschte achselzuckend daneben und klappte den Kosmetikspiegel auf.

Steffen blinzelte ein paarmal in die Sonne, fand seine verdammte Sonnenbrille nicht und stieg wieder aus.

So leicht ließ sich ein Mann seines Kalibers nicht zum Trottel machen. Keine Frage, dass er da nachsehen musste.

Was sich allerdings vor der Holzwerkstatt abspielte, ging ihm gehörig gegen den Strich.

Britta staunte geradezu herzallerliebst. Als hätte sie noch nie so etwas Schönes, Liebevolles und Perfektes gesehen. Eine Uhr von vielleicht drei Metern Durchmesser mit einem hölzernen Zifferblatt voller Intarsien in allen Schattierungen lag auf dem Rasen vor der Werkstatt.

»Daran bastle ich gerade«, untertrieb Bob, wobei er überflüssigerweise den Arm um Britta legte. »Für unseren Kirchturm. Die Uhr, die wir jetzt haben, ist kurz vor der Wende stehen geblieben. Verrückt, oder? Der Michels, unser Pfarrer, hat mich zum ersten Mal an Holz gelassen. Laubsägearbeiten. Im Gemeindekeller. Mann, das hat so toll gerochen. Nach Harz und Laub und Wald und Erde.«

Britta konnte sich anscheinend gar nicht satt sehen und ging in die Knie, um die Details besser zu erfassen.

»Gefällt's dir?«

Britta nickte stumm.

Bob fingerte umständlich etwas aus seinem Overall. Bepustete es ausgiebig von allen Seiten. Um es dann Britta in die Hände zu legen. Ein winziges Holzfahrrad, kaum größer als ein Centstück an einem Lederbändchen.

»Zedernholz ... genau deine Haarfarbe.«

Steffen kochte.

»Für mich?«

»Für wen denn sonst.«

Britta legte sich verzückt den Anhänger um, drehte Bob den Rücken zu, damit er das Bändchen verknoten konnte.

»Wie macht man so was?«

»Mit der Feile. Unterm Mikroskop.«

»Verrückt.«

»Schon. Ich hab den gleichen.« Bob schob mit seinen schwieligen Händen den Halsausschnitt seines Pullis herunter, bis der Anhänger sichtbar wurde.

Britta sah kurz auf die Miniatur. Dann in Bobs kantiges Gesicht. Als wollte sie in seine Augen hineintauchen. »Kommst du mit zum Kaarster See?«

»Ich glaube nicht, dass deine Freunde von der Idee begeistert sind.«

Brittas Nicken kam mechanisch, als würde sie einen Augenblick überlegen.

Nur einen winzigen Augenblick. Dann saß sie hinter Bob auf der alten Vespa, klammerte sich an seinen Blaumann und knatterte an Steffens Cabrio vorbei, ohne ihn oder Silke überhaupt noch wahrzunehmen.

»Na hoppla«, flötete Silke, als Steffen zurückkam.

Auf dessen Stirn zogen mittelschwere Unwetter auf. Er biss sich eine Spur zu fest auf die Unterlippe und brummelte »Nicht mit mir« und »Ich mach nicht den Affen für dich«. Dabei kam ein winziger Blutstropfen aus seiner Lippe, der ausgerechnet auf Silkes schneeweißen Shorts landete, als er die Beifahrertür aufriss und Silke ziemlich unsanft aus dem Wagen zog.

»Sorry, ich hab's eilig.«

Und schon fegte Steffen mit quietschenden Reifen vor die Schreinerei und bretterte mit Vollgas über das Rasenstück, bis die Trägerkonstruktion der Uhr in tausend Stücke barst und die Holzstücke wie Funken durch die Luft stoben.

Steffen legte den Rückwärtsgang ein, um erneut über die erbärmlichen Überreste zu donnern.

Dann raste er los, Britta und dem unverschämten Rivalen hinterher.

Im Vorbeifahren sah er Silke noch allein und verflixt unpassend auf dem Hof herumstehen. Vermutlich, weil ihr so was noch nie passiert war, zog sie einen Schmollmund.

Auch nicht übel, dachte sich Steffen noch.

Aber jetzt hatte er was Wichtigeres vor.

12

Als Britta mit Bob am See ankam, strömten ihnen die Leute nur so entgegen. Decken, Liegestühle, Luftmatratzen und Kühltaschen unter den Armen, kämpften sie sich schnaufend und schwitzend zum Parkplatz vor. Manche vertilgten rasch noch die letzten Kekse und mitgebrachten Brote, um sie nicht mit nach Hause schleppen zu müssen. Am Horizont zogen schwarze Wolkenstapel auf, türmten sich hoch über dem unwirklich flimmernden Himmel. Nur am Kiosk drängten sich noch Kunden, die wohl oder übel auf die Fritten oder Schaschliks warten mussten, die sie bestellt hatten. Und wer noch irgendwo am Ufer ein Surfbrett hatte, machte, dass er auf den See hinauskam, denn unter dem nahenden Gewitter kam Wind auf.

Bob bockte den Roller auf, löste die Plane vom Gepäckträger, in die ein Handtuch eingerollt war. Sozusagen für alle Fälle. Sah fast so aus, als könnte einer wie er nie wissen, wohin es ihn gerade verschlug. Ein Getriebener, immer auf der Walz.

Sanft legte er den Arm um Britta. »Willst du lieber zurück?«

»Bestimmt nicht.«

»Schön.« Bob lachte sein Jungenlächeln mit der perfekten Silhouette perlweißer Zähne, nur verschandelt von dem dunklen Eckzahn im Unterkiefer.

Gelöst, unbefangen, wie ein großes Kind, schritt er schwungvoll aus, warf die Plane mit dem Handtuch immer wieder in die Höhe. Von Hand zu Hand, bis er sie Britta zupasste, die sie mit einer geschmeidigen Drehung zurückschmiss. In dem Rhythmus ging es weiter, ein regelloses, sich hochschaukelndes Spiel, bis beide hinter dem Kastanienwäldchen im Ufergras landeten. Aufgekratzt, erhitzt, zum Bersten voller Lebendigkeit. Bob rollte Plane und Handtuch aus, stieß die Springerstiefel mit Schwung vom Fuß, dass sie über die Böschung kullerten. Dann zog er den Overall von den Schultern, stand, einen Hauch Verlegenheit im Gesicht, vor Britta und wusste nicht, wohin mit den Händen.

Bis er sie ihr entgegenstreckte und sie an den Handfesseln in die Höhe zog.

»Komm, wir schwimmen 'ne Runde. Bevor's losgeht.«

»Wie denn? So?« Sie sah an sich herunter.

»Na ja.« Bob schien nachzudenken.

Britta war alles andere als prüde oder verklemmt. Aber für sie kam Scham von Nähe. Und Bob fühlte sie sich so nah wie noch nie jemandem. In Holland am Strand hatte sie auch schon nackt im Sand gefläzt oder war mit ihrer Urlaubsclique ohne Klamotten in die Wellen gehüpft. Aber da ging's nur um Party und Laune und ganz viel Wasserspritzen.

Aber hier ging es nicht um Spaß. Nicht um falsche Scham. Sondern um Britta. Und Bob. Also um alles.

Bob schien sie ohne jede Erklärung zu verstehen. »Schon klar«, sagte er, fast ein bisschen erleichtert, »ich spring nur mal schnell rein. Bin gleich zurück.«

Wie eine Katze schnellte er ins dunkle Wasser des Sees, kraulte mit ein paar mächtigen Zügen über die Schilfgrenze hinaus, schnellte mitten im Wasser hoch, um Britta zuzuwinken, dann tauchte er, wurde unsichtbar, bis Britta vor Furcht und Anspannung ans Ufer lief und den matt glänzenden Spiegel mit flackernden Augen absuchte.

Bis Bob wie aus dem Nichts ein paar Meter neben ihr auftauchte, hochgereckt wie eine Statue. Als seine dunklen Augen unter den verwuschelten Haaren sie entdeckten, flackerten sie auf wie schwarze Kerzen.

Britta zog ihn an sich, mit sich auf die Plane, immer enger, fester an sich, bis ihr fast die Luft wegblieb und sie schon längst nicht mehr wusste, wo sie war und was geschah. Und alles in ihr nur noch die torfige Feuchtigkeit von Bobs Körper roch und schmeckte, und ihr Mund nach Lippen, Wangen, Stirn und Augen auch seinen Hals und Nacken, die Schultern und die Brust in Besitz genommen hatte und ihr schwindlig wurde von so viel Glück und eigenem Mut.

Hunderte Gedanken drehten sich gleichzeitig in ihrem Kopf, bis sie von ihr abfielen. Platzten wie Seifenblasen. Schillernd und flüchtig.

Nur einer blieb. Ein einziger. Der, dass es Zeit war. Dass die Zeit gekommen war. Ganz nah war und sie schon berührte.

Alles in ihr wusste, dass es bald passieren würde.

Und alles in ihr fühlte, wie es sein würde.

Mit ihm.

Ineinander aufzugehen. Zu verschmelzen. Eins zu sein. Eins zu werden mit ihm. Mit sich. Und in der Einheit neu geboren zu werden.

Für all das war Britta jetzt reif und bereit.

Behutsam drehte sie Bob auf den Rücken, rutschte rittlings auf seine Lenden, um ihn in ihrem schmalen Körper zu bergen. Ihn mit Haaren zuzudecken und ihm mit spitzen Küssen stumm ihre Liebe ins Ohr zu flüstern.

»Willst du mich?«

Bob sah sie nur an, wie ein Kind, das sein Geschenk nicht fassen kann.

»Bleibst du bei mir?«

Klare, einfache Fragen, die Bob in Verwirrung stürzen mussten, weil es keine klaren, einfachen Antworten gab. Britta wusste selbst, dass er so gar nicht zu ihr passte. Zu ihren eleganten Freundinnen. Zu den großkotzigen Steffens und den anderen mit ihren hochgeklappten Polohemdkragen. Und schon gar nicht zum *Heime*, wo alles so gepflegt und gebohnert aussah, dass einer wie er nur ausrutschen konnte.

»Ich bin nichts für dich.«

Britta war, als ob Bob sich selbst wehtat. Wehtun musste. Scheußlich weh. Schlimmer als Zähneziehen. Oder die Stiche, die sie damals nach dem Fahrradunfall bekommen hatte.

»Idiot«, sagte Britta nur. Dann raffte sie die Haare, steckte sie mit einer Doppelnadel zusammen und stand auf. »Idiot«, sagte sie noch mal.

Ihre Augen glänzten dabei. Denn es war kein Vorwurf, sondern ein »Danke«. Danke, dass du an mich denkst. Mit mir denkst. Für mich denkst. Danke, dass du uns beide siehst. Nicht einfach nimmst, was dir gerade schmeckt. Danke, dass du wartest. Auf mich wartest. Mit mir wartest. Danke, dass du uns die Zeit gibst, den wichtigsten Moment unserer Liebe so zu erleben, dass er unvergesslich wird. Dass wir uns Flügel wachsen lassen können, bevor wir abheben.

»Jetzt muss ich ins Wasser. Augen zu.«

Wie absichtslos, ja hilflos er lächeln konnte.

»Augen zu, hab ich gesagt.«

Gekünstelt drehte er sich auf den Bauch, klemmte die Hände wie Scheuklappen vors Gesicht.

Britta streifte das Top ab und zog die Shorts runter. Lief in ungelenker Hast zum See vor, bis sie kurz vor dem Ufer hüpfend aus dem Slip schlüpfte. Beim Hineinlaufen ins Wasser spiegelten sich ihre Konturen und der See nahm sie warm und streichelnd auf.

Bald fühlte sie sich erfrischt und machte, dass sie zurück auf die Wiese kam. Zu ihm.

»Nicht gucken! Ich komm jetzt raus!!!«

Bob sagte nichts, ließ nur ein kehliges Lachen hören. Natürlich konnte sie sehen, dass er ein bisschen durch die Finger lauerte. Und sie sah auch, wie atemberaubend und elektrisierend er fand, was er da sah.

Und dann passierte es. Kein Mensch war mehr zu sehen. Die Wolken stülpten sich schon über den See. Alles war still. Mucksmäuschenstill. Britta hatte ihre Haare ausgeschüttelt und bewegte sich strahlend auf den Slip zu, der vor ihr auf der Uferböschung lag, als ein schnarrendes Klicken die Ruhe zerschnitt.

Ein Klicken. Und noch ein »Klick«.

Instinktiv presste sich Britta die Arme vor Scham und Brust. »Spinnst du, hier rumzuknipsen? Gib sofort den Apparat her!«

»Das war ich nicht.« Bob schien sich keiner Schuld bewusst.

Hastig zog Britta Slip, Top und Shorts über und kam wie eine Furie über Bob. »Wo ist das Ding?« Sie tastete seinen Overall ab. »Ich will wissen, wo du die Kamera hast.«

»Ich hab keine Kamera. Jedenfalls nicht hier«, verteidigte sich Bob, so gut es eben ging.

»Also dann«, mit zittrigen Fingern fischte Britta Bobs Handy aus der Hosentasche, »wollen wir mal sehen, was wir hier haben.«

Ziemlich fachkundig suchte sie die Kamerafunktion und rief die gespeicherten Bilder ab. Turmuhr. Noch mal Turmuhr. Eine abgearbeitete Frau mit kleinem Jungen auf dem Schoß, in einer Küche, die nach fünfziger Jahren aussah. Und ein leicht verwackelter Schnappschuss von ihr auf dem Fahrrad.

»Na also. Wo sind die andern?«

»Es gibt keine andern.«

»Dann hab ich das eben geträumt. Verarsch mich bitte nicht. Da hat jemand fotografiert.«

»Ich nicht, Britta. Glaub mir.«

»Na schön.« Britta warf Bob sein Handy zu. »Wenn du was zum Aufgeilen brauchst. Aber wehe, du zeigst jemandem die Bilder.«

Bob sah ganz schön wütend aus. Und beleidigt. Als müsste er jeden Moment in die Luft gehen. Aber dann machte er nur ratlos den Mund auf und trat unbedarft von einem Bein aufs andere, bevor er loslegte.

»Ich hab dich nicht fotografiert. Das brauch ich nicht. Du bist doch da drin.« Bob zeigte mit nervösen Händen auf seinen Brustkorb. »Da drin bist du. Und da bleibst du. Für immer. Genau da, wo's schrecklich wehtut.«

Britta kaute, so fest sie konnte, auf ihren Lippen herum, damit ja nichts rauskam.

Bis ihr dann doch wieder Bobs Augen in die Quere kamen und sie gar nicht anders konnte, als ihn zu küssen. Nur, dass die Küsse diesmal irgendwie erschrocken wirkten und ganz schön salzig schmeckten.

13

Steffen war immer noch ziemlich geladen, als er im *K2* aufkreuzte. Kurz nach acht. Normalerweise war es um die Zeit noch nicht so gesteckt voll. Und am Samstag schon gar nicht. Da war man in Holland auf dem Boot. Oder auf Sylt. Notfalls noch auf Mallorca. Aber nicht in der Stadt. Und erst recht nicht im *K2*, dem Schaufenster. Da kam der Plebs aus Bochum und Erkelenz und bestaunte, worüber in den Kolumnen und Klatschspalten getuschelt wurde. Nur dumm, dass es nichts zu sehen gab, wenn andere freihatten. Weil sich dann nämlich die Jeunesse dorée und der B- und C-Promi-Pulk aus dem Laufstall verdrückte. Nicht anders als in Hamburg oder München, wo die ganz schnieken Adressen am Wochenende einfach dichtmachten.

Aber heute war alles anders. Es regnete, als würde der Monsun neue Standorte ausprobieren. Die Kanalisation wurde einem Härtetest unterzogen, den sie nicht überall geruchsfrei bestand. Das Gewitter hatte die Nebelkrähen des Viertels in ihr Wohnzimmer getrieben.

»Eva!!!«, schrie Steffen energisch aus der dritten Reihe über den Tresen.

Die war zwar prinzipiell berufsgenervt, zeigte aber mit den Händen ein routiniertes »klein« und »groß« und griff, nachdem Steffen sein martialisches »groß« zurücksignalisiert hatte, blind nach einem Weißbierglas.

Die beiden Schmalrücken vor Steffen sahen sich angesichts derartiger Insiderleistungen bewundernd um, was den allerdings nur dazu verleitete, blasiert in den durchlaufenden Wandspiegel zu sehen und eine Zigarette aus dem Blazer zu fummeln.

»Hör mal, du Schluffi. Was sollte das vorhin? Soweit ich weiß, hatte ich keine Firmenbesichtigung gebucht«, kam es ziemlich angestochen von hinten.

Steffen gab sich erst mal genüsslich Feuer und legte ein bittersüßes Lächeln auf, bevor er gekonnt auf den Hacken kehrtmachte.

»Ach, Silke. Tut mir so Leid. Ich hatte was zu regeln.«

Im Handumdrehen hatten sich Robert, Falco, Katja, Nicole und die andern zu Silke gesellt. Das Plappermäulchen musste in seiner Wut ganz schön Propaganda gegen Steffen gemacht haben. Deswegen ließ er sie auch in aller Seelenruhe noch mal einen kleinen Aufstand versuchen.

»Oh, der Herr hatte was zu regeln. Wie aufregend. Steffen, du bist und bleibst ein Arschloch.«

»Nicht doch. Man posaunt seine Vorlieben nicht so einfach heraus.« Die Lacher der Meute bewiesen ihm, dass er den richtigen Knopf gedrückt hatte. Deshalb pustete er Silke denn auch unverschämt den Rauch um die Nase, bevor er weitermachte. »Schätzchen, glaubst du vielleicht, ich guck mir seelenruhig an, wie so 'n ungewaschener Penner unserer Kleinen an die fein bestickte Wäsche geht?«

Das war mehrdeutig. Und damit gut. Falco und Nicole klappte das Kinn runter und Charles kratzte sich geziert mit dem kleinen Finger im Nacken.

»Hey hallo! Das glaub ich jetzt aber nicht. Du nicht, mein Freund. Meine Britta …«, setzte Silke an.

»Du hast nicht mal 'nen Schimmer von Ahnung, Baby.« Steffen kümmerte sich erst mal um sein Weißbier. Stieß formvollendet mit jedem an und nahm einen turnierreifen Schluck.

»Hast du sie flachgelegt?«, stocherte Falco, nachdem er sein Kinn wieder halbwegs hochbekommen hatte.

»Also bitte, Freunde. Jetzt nicht wie bei Proll auf'm Sofa. Ihr wisst doch, der Gentleman …« Er nahm das Weizenglas mit zwei Fingern und leerte es wie James Bond persönlich. In einer der schlechteren Besetzungen. Und einer abgenudelten Kopie, bei der man nur noch ansatzweise erkennen kann, worum es geht.

Aber es funktionierte. Schließlich arbeitet Kino ja auch nur mit Andeutungen und Illusionen. Weshalb Steffen sich jedes weiteren Kommentars enthielt, bloß das Handy rauszog und das Display aufleuchten ließ.

Die Gesichter schnellten alle derart gleichzeitig vor, dass Charles, Katja und Falco mit den Köpfen zusammenstießen.

Außer ein paar »Wows« und »Boahs« und Falcos »Guck dir mal die Möpse an« war nicht viel zu hören.

Steffen kletterte innerlich schon mal aufs Siegertreppchen. Das war doppelt so hoch wie bei der Formel 1. Und fünfmal so umschwärmt wie bei der Tour de France.

»Eine Minute später war alles klar.« Er sagte das so leise und beiläufig wie möglich. Es klang unglaublich professionell.

Zeit, die Neidparade abzunehmen.

»Na, aber hallo, à la bonne heure!« Charles hielt ihm das Glas hin. Und alles beeilte sich nachzuziehen.

»Gleich«, wiegelte Steffen ab, grölte ein schneidendes »Eva!!!« und stippte den Zeigefinger in die Luft – samt zwischen den restlichen Fingern baumelndem Handy.

»Na, amüsierst du dich gut?« Die Stimme klang befremdlich und nicht auf Schmeicheleien eingestellt.

»Was …?« Steffen fuhr herum, wobei sich das Display des Mobiltelefons automatisch mitdrehte und in Bobs Blickwinkel kam.

Unwillkürlich zuckten seine Mundwinkel zusammen, als legte sich ihm ein Geschmack von Ekel auf die Zunge. Wie eine Handschelle klammerte er seine Linke um Steffens knochiges Gelenk und zog den Arm an sich.

»Die Nummer mit meiner Uhr ist eine Sauerei. Aber das ist das Letzte.«

Blicke wie Eiszapfen bohrten sich in Steffens Pupillen, die fahrig auszuweichen versuchten.

»Das war ich nicht.«

»Das sehe ich.« Bob verstärkte seinen Griff, um Steffen das Handy aus der Hand zu winden.

Aber der jaulte nur schrill auf, zappelte und wand sich wie ein Fisch im Netz. Wobei er unentwegt auf seine Kumpels einjammerte. »Jetzt tut doch was. Helft mir endlich. Haltet mir den Waldschrat vom Leib.«

Der Waldschrat sah sich vorsichtshalber um. Die Krähen hatten sich düster um ihren Artgenossen geschart, aber noch machte keine von ihnen Anstalten, Bobs Entschlossenheit entgegenzutreten.

»Autsch, jetzt reicht's aber. Sander schmeißt dich hochkant raus«, quengelte Steffen, als würde er nach dem großen Bruder schreien.

»Gib mir das Handy.«

Bob wollte gerade zupacken, als Falco und Robert ihm die Arme um den Hals quetschten und den Kopf nach hinten rissen. Er bekam kaum noch Luft, röchelte erstickt. Trotzdem versuchte er verbissen, Steffens Handgelenk festzuhalten, bis seine Adern an Händen und Schläfen bedrohlich anschwollen. Steffen wand sich keifend, versuchte der stählernen Klammer zu entschlüpfen. Aber erst als sich der Rest der Clique auch noch auf Bob stürzte und fünf, sechs Hände gleichzeitig an jedem seiner Arme zerrten, gelang es ihm, seinen inzwischen schweißnassen Unterarm zu befreien, indem er sich mit dem ganzen Körpergewicht nach hinten fallen ließ. Wobei auch das Handy auf der Strecke blieb und zu Boden fiel.

Die Chance vor Augen, stemmte sich Bob umso entschiedener gegen seine Widersacher, schulterte sie fast, während er mit den Füßen versuchte, den Apparat näher an sich heranzuschieben. Eine Traube von Körpern hing an ihm, als er unter Aufbietung der letzten Kräfte in die Hocke ging, um sich mit einem wuchtigen Sidekick der Ellbogen und einer gleichzeitigen Drehung Raum zu verschaffen. Die Finte hatte freilich nur für den Bruchteil einer Sekunde Erfolg, dann stürzte sich die Meute umso entschlossener auf ihn, geifernd angefeuert von Steffen.

»Macht das Schwein doch fertig! Los, macht ihn alle!« Wie ein Kobold hüpfte er um das Leiberknäuel.

Als Steffen mitbekam, wie Silke sich unbemerkt sein Handy schnappte, ins Menü ging und ihr eigenes in Position brachte, war schon alles zu spät. Nur einen Moment leuchteten die beiden roten Dioden auf, dann ließ sie Steffens Handy wieder zuklappen und schmiss es ungefähr da hin zurück, wo sie es aufgelesen hatte.

Steffen beendete das Gerangel, indem er Bob mit aller Gewalt sein Knie ins Gesicht rammte. Dem schoss sofort eine Fontäne von Blut aus der Nase, dann sackte er bewusstlos zusammen.

»Na also«, Steffen rieb sich die Patschhändchen, »sieht doch schon ganz nett aus.«

»Jetzt reicht's aber auch.« Robert bewies einen Rest von Fairness und hinderte Steffen mit einer sachten Handbewegung, noch mal nachzutreten.

»Aber echt. Lasst noch was von ihm übrig.« Silke machte einen auf Nachtschwester.

»Okay. Leute, Feierabend.« Eva war um die Theke herumgekommen und schubste die Gaffer zurück zu ihren Tischen und Stühlen. »Hier gibt's nichts mehr zu sehen. Die Show ist vorbei.«

Bob kam zu sich. Noch im Liegen stürzte er sich wie

ein Football-Profi auf Steffens Handy und löschte den gesamten Bildspeicher.

Dann rappelte er sich hoch. Überall in seinem Gesicht war Blut, es quoll aus den Augenbrauen, der aufgeplatzten Oberlippe. Aus den Nasenlöchern floss es nur so.

Bob schien hart im Nehmen. Ein Gewächs der Straße. Vermutlich nur deshalb konnte er noch halbwegs gerade stehen, ohne sich festzuhalten.

»Da.« Er schmiss Steffen sein Handy zu. Leicht schwankend.

»Du fliegst«, drohte Steffen und wienerte die winzigen Blutspritzer von seinem Handy.

Bob kam langsam auf ihn zu, stoppte erst, als er bis auf eine Handbreit vor seinem Gesicht stand. »Du machst mir nichts kaputt. Und Britta erst recht nicht.«

Bevor er verschwand, schleuderte er noch einen Drachentöter-Blick auf Steffen. Was den allerdings nicht weiter beeindrucken konnte. Schließlich war die Runde an ihn gegangen. Und so ganz nebenbei hatte er sich im Handgemenge ein kleines Souvenir besorgt. Bobs Fahrrad-Anhänger. Für irgendwas konnte so was immer mal gut sein.

Aber dann kam doch wieder alles anders.

»Hey«, meinte Silke, »was haben wir denn da? Ich denk mal, das gehört der Witwe.«

Steffen war Gentleman. Man konnte ja nie wissen.

14

Den ganzen Sonntag kam Britta sich vor wie in Barbies Puppenstube. Alles war bonbonrosa und roch nach Zuckerwatte und Popcorn. Und Mutsch und Paps hatten sich lieb wie die Waltons auf ihrer kleinen Farm oder irgendeine andere Kitschfamilie aus einer Sechziger-Jahre-Serie. Jedenfalls gab es keinen richtigen Krach. Paps schaffte beim Mittagessen geschlagene zehn Minuten ohne Zeitung oder Akten. Mama kam heute mal ohne ihren Masseur aus und verzichtete aufs Golfen, um bei Oma Kaffee zu trinken.

Die erzählte ausnahmsweise mal nicht vom englischen Königshaus. Wie es schien, hatten auch Spanien, Holland und sogar Monaco Sendepause. Stattdessen erzählte sie von ihrer Jugend in Niederkassel, von Jungs, die sie zu einem »Apfelröschen« eingeladen hatten, was immer das gewesen sein mochte. Angeblich verbarg sich dahinter das köstlichste Getränk aller Zeiten und ein Geheimrezept, das der Erfinder mit ins Grab genommen hatte. Vermutlich war's aber nur so 'ne Art Apfelschorle. Aber weil Paps heute ein frisches weißes Hemd angezogen hatte und trotz der Bullenhitze eine Krawatte trug und Mama ihr beiges

Langweilerkostüm und Britta ausnahmsweise mal die affige Rüschenbluse, die ihr Oma zu Ostern geschenkt hatte, samt eierschalenfarbigem Faltenrock, waren alle ganz friedlich und fast ein bisschen glücklich und die alte Dame bis auf eine Bindehautentzündung total gesund.

In ihrem Bilderbuchgarten zwitscherten die Vögel. Ein Rotkehlchen bediente sich aus dem Zierbrunnen und ab und zu flitzte ein Eichhörnchen eine der Tannen hoch oder turnte über den Zaun.

Britta aß zwei Stücke Kuchen, sagte nichts, hörte sich all die Belanglosigkeiten gelassen an, lächelte vor sich hin, was alle für artig hielten, aber nur ihre Erinnerungen an gestern spiegelte, und war ganz nah bei Bob, wo immer der jetzt auch sein mochte.

Später verabschiedete sie sich mit so vielen Küssen auf Omis mürbes Gesicht, wie schon lange nicht mehr, und ging so früh auf ihr Zimmer, dass es schien, als bekämen Paps und Mama richtig Angst, was sie jetzt den ganzen Abend allein mit sich anfangen sollten.

Britta fiel aufs Bett und machte ganz schnell die Augen zu, um ihn vor sich zu sehen.

Dann gestand ihr Bob, wie sehr er sie liebte, und sie sagte immer nur »Ich auch«, »Ja, ich auch« und konnte sich gar nicht satt sehen und hören an ihren Träumen, bis sie sich in die Kissen wühlte und einschlief, ohne sich auszuziehen, in ihrem idiotischen Oma-Sonntags-Aufzug.

Noch am nächsten Morgen schwebte sie auf Wolken und strampelte auf ihrem Fahrrad wie auf einem

Hochseil zum *Heime*. Gelassen über alle Köpfe und Baukastenhäuschen hinweg.

Als Britta ihr Rad abgestellt hatte und auf die Traube von Mitschülerinnen zukam, die die Köpfe zusammensteckten, ahnte sie noch nicht, wie schnell ihre Träume sich in Albträume verwandeln würden.

»Na, das sind vielleicht Quarkstreifen«, sagte Michelle aus der Parallelklasse, »also, entweder ... oder.«

»Guck mal, Nicole, wie niedlich. Zellulitis! Da. Und da. Oder? Doch nicht so perfekt, das Fahrgestell«, steuerte Katja kritisch bei.

»Kann ich jetzt nicht sehen. Aber die Linke hängt doch schon ein bisschen runter oder bilde ich mir das ein?«, ätzte Nicole.

»Nee, Leute, das liegt an der Bewegung«, wusste jemand besser, »die kommt ja so von vorne angerannt.«

»Gibt's was Interessantes?«, schaltete sich Britta unbefangen ein.

»Tja. Wie man's nimmt.« Nicole griente und alles kicherte und gickerte.

»Was habt ihr denn da?«

Wortlos hielt ihr Nicole das Handy vors Gesicht wie eine rote Karte.

Britta wurde erst schwindlig, dann übel, dann schien der Boden unter ihr wegzukippen. »Wo hast du das denn her?«

»Jetzt reg dich nicht auf. Ich vermute mal, einer deiner Lover wollte Andenken sammeln«, prustete Nicole.

»Ist ja nicht die feine Art. Tut mir Leid, Britta. Echt. Aber mit manchen Typen lässt man sich besser nicht ein. Tja, hinterher ist man immer schlauer.« Bevor Katja ihr schwesterlich den Arm auf die Schulter legen konnte, zog Britta sie weg. »Hey. Ich kann nichts dafür. Aber Kompliment, meine Liebe. Du hast uns ganz schön an der Nase rumgeführt. Erst mimst du ewig die Unschuld vom Lande und dann ...«

Britta wäre am liebsten heulend weggelaufen, aber das gehässige Gegacker zeigte ihr, dass sie damit alles bloß noch schlimmer machen würde.

»Wer hatte denn da das Vergnügen?«, legte Nicole betont unschuldig nach. »Steffen? Oder doch nicht? Ich meine, es geht mich ja nichts an. Aber Steffen und du ... habt ihr 'ne offene Beziehung oder so was? Dass du so einfach ... ist der denn überhaupt nicht eifersüchtig? Ich meine, vielleicht ist das okay, wenn man sich, na ja, sagen wir mal ... besonders hingezogen fühlt? Weil ... guck mal hier auf dem Bild, der Schatten da ... sieht ein bisschen aus wie der Mopp, den dein Naturkind auf dem Kopf hat.«

Und schon wieder wieherte alles über den Scherz wie eine Ziegenherde.

»Würdest du die Bilder bitte sofort löschen?« Britta war viel zu verletzt, um viele Worte zu machen.

»Aber natürlich, Britta. Gern«, überraschte sie Nicole, »damit die Sache ein für alle Mal aus der Welt ist. Ich denke mal, sonst kennt sie ja keiner.«

»Nö. Niemand!!!«

Wie zum Hohn ließ der Klassenmob die Displays aufblitzen.

»Übrigens, falls du mal Langeweile hast, Britta. Schau doch einfach ins Internet. Was man da so alles findet! Du weißt ja, ich hab immer schon gesagt: Du machst noch mal 'ne Model-Karriere. Oder so ähnlich«, feixte Katja.

Britta hatte verstanden. Sie war nicht nur angeschlagen, sondern längst ausgezählt. Sechs Jahre Neid und Rache aus dem *Heime* schlugen ihr an diesem Morgen in einem Schwall entgegen. Was konnte sie dem noch entgegensetzen?

So wenig sie der Mischpoke Bitten oder Tränen gönnte, sie musste über ihren Schatten springen, ehe es zur Katastrophe kam.

Wie versteinert schluckte sie alle Wut und Grimm auf einmal hinunter.

»Na schön. Ich gönn euch den Spaß. Tut mir bloß einen Gefallen und sorgt dafür, dass mein Vater nichts davon mitkriegt. Er hatte schon zwei Herzinfarkte«, flehte sie Katja und Nicole an, gerade als Silke auftauchte.

»Unmöglich!«, rief Silke. »So 'ne Scheißspannerei! Du armes Ding. Ich find das so was von gemein. Wenn ich rauskriege, wer dahinter steckt ... dem reiß ich alle Haare aus! Ohne Quatsch.«

»Davon wird auch nichts besser.«

»Na ja, schon. Aber wer dir was tut! Du kennst mich doch.«

Bevor Britta etwas sagen konnte, blubberte Nick aus der 12 A auf seiner Chopper an und Silke entschwand mit einem vielsagenden »Bin gleich wieder da«.

Vor der Klassentür lümmelte Falco mit seiner Grinsstarre.

»Na? Probleme, Süße? Du siehst irgendwie mitgenommen aus.«

»Jetzt tu nicht so. Du weißt ganz genau, worum es geht«, wehrte sich Britta.

»Schon möglich. Man hört so dies und das. Aber da lässt sich natürlich immer was machen.«

»Glaubst du?« Falco war für alles andere bekannt als ein Helfersyndrom.

»Wenn ich die Sache in die Hand nehme, hast du ratzfatz null Probleme mehr, ehrlich. Du kennst unsern Falco doch«, nuschelte er selbstbewusst, »kostet natürlich was.«

»Tut mir Leid, ich hab kein Geld.«

»Ist bekannt«, flötete Falco und bewies mal wieder, dass sein Gehirn leicht auf einer Briefmarke Platz fände, »aber der liebe Falco könnte ja aushelfen.«

Klar, dachte Britta, seit deine Eltern mit dem Flugzeug abgestürzt sind, hast du ja nichts Wichtigeres zu tun, als deine Erbschaft unter die Leute zu bringen. Wie sagte er immer? Ich scheiß alles zu mit meiner Kohle. Die ganze Stadt! Das war aber auch das Einzige, was er konnte.

»Vergiss es. Ich kann's dir bestimmt nicht zurückgeben.«

»Na und, Britta. Geld ist nicht alles. Streng doch zur Abwechslung mal deine Phantasie an.« Falco streckte die Zunge raus wie ein gichtkranker Papagei.

Britta kapierte schlagartig. »Hör mal zu, du eingelaufener Hering. Da hast du dich aber gründlich geschnitten. Das Einzige, was du bei mir auslöst, ist Brechreiz. Und tschüss!« Sie schob ihn beiseite, um in die Klasse zu gehen.

Falco blieb ungerührt. »Babylein, du machst einen Fehler. Einen entscheidenden. Manchmal bringt das kleinste Steinchen eine Lawine ins Rollen.«

»Du Steinchen bestimmt nicht!«, erwiderte sie ungerührt.

»Hör zu, Mäuschen. Von jetzt an hast du keine ruhige Minute mehr.«

Sah so aus, als hätte Britta einen Todfeind mehr.

15

Und schon am nächsten Tag musste sie feststellen, dass sie mit ihrer verflixten Naivität, ihrem kindischen Glauben an Menschlichkeit und einen Rest von so was wie Anstand auch noch die letzten schlafenden Hunde geweckt und damit all ihre Träume von Glück und Liebe für lange Zeit zerstört hatte.

Noch bevor sie aus der Schule gekommen war, musste jemand das Kuvert unter der Haustür durchgeschoben haben. Hochglanzabzüge im DIN-A4-Format. Die Mädels hatten sich nicht lumpen lassen, um sie zu vernichten. Auch der Zeitpunkt war bestens gewählt. Ende der Woche entschied der Stadtrat über die Ausschreibung fürs neue Stadion.

Egal, ob Zufall oder Arglist. Für Brittas Vater und sein angeschlagenes Herz war es zu viel. Viel zu viel.

Röchelnd zuckte er in ihren Armen, nachdem sie ihr Bewusstsein wiedererlangt hatte. Ein rasselndes, unwirkliches Röcheln, das sich in Brittas Gehör schnitt wie das Kratzen einer Gabel auf Porzellan.

Es schellte.

Britta rannte zur Tür, als ginge es um ihr eigenes Leben. »Gott sei Dank, dass du da bist.«

»Wo ist er?« Mischa kam schwerfällig herein.

Ohne zu antworten, rannte Britta ins Büro vor. Ihr Bruder kurzatmig hinterher.

Max Sander krümmte sich noch immer schmerzverzerrt auf dem Teppich, die Arme vor der Brust verklammert, röchelte er nach Luft.

Während er mit der Linken den Puls fühlte, fischte Mischa mit der freien Hand sein Stethoskop aus dem Arztkoffer, setzte es auf die Ohren, knöpfte routiniert das Hemd seines Vaters auf.

»Was hat er?«, wollte Britta wissen. Ihre Stimme brach fast vor Angst.

Mischa sprühte seinem Patienten eine rötliche Flüssigkeit auf die Zunge, zog eine Spritze auf und setzte sie in Max Sanders Vene.

»Und?«

»Na ja. Leichtes Flimmern der linken Herzkammer. Du weißt ja, dass er seit seinem Infarkt Rhythmusstörungen hat. Und wenn dann noch eine Panikattacke dazukommt ...«

»Panikattacke?« So was hatte sie selbst gerade.

»Du glaubst gar nicht, was unsere Psyche mit dem Körper anstellen kann. Kleiner Kontrollverlust und schon spielen unsere Organe verrückt. Wenn da nicht alles picobello läuft ... gerade beim Herz. Dazu noch bei einer Vorschädigung. Die geringste Aufregung. Der Muskel fängt an zu jagen. Oder stolpert rum. Dann kommt Angst dazu. Todesangst. Und bums, brennt die Sicherung durch.«

»Stirbt man daran?«

»Manchmal. Kann schon vorkommen. Aber wenn

der Onkel Doktor rechtzeitig mit ein bisschen Nitro und Sedativa nachhilft, kriegt man meistens noch mal die Kurve.«

Britta wusste, wie so oft bei Mischa, nicht hundertprozentig, woran sie war. Seine langatmige, umständliche Art, alles erst gründlich zu zerpflücken und dann im Ungefähren zu lassen, konnte einen zur Verzweiflung bringen. Einfache, gradlinige Sätze wie: *Mach dir mal keine Sorgen,* oder: *Er kommt garantiert durch,* kamen ihm nicht über die Lippen. Bloß nicht festlegen! Geheimnisschwanger andeuten! So war das bei Paps erstem Infarkt gewesen, als sie ihn auf der Intensivstation gleich mit Stellwänden abgeschirmt hatten und Mischa nur gemeint hatte: *Heieiei, das machen die gern, wenn sie nicht viel Hoffnung haben, dass einer durchkommt, aber sie neigen gelegentlich auch zu Überreaktionen.* Wie beruhigend! Im zweiten Anlauf. Dass Britta Hoffnung gebraucht hatte und Mams erst recht, war dem Herrn Doktor anscheinend nur quälend langsam in den Quadratschädel getröpfelt. Als Paps dann kurz danach den zweiten Infarkt bekommen hatte, hatte sich ihr Bruder gleich wieder an Einfühlungsvermögen übertroffen. Mama hatte sich Mischa heulend an die Brust geschmissen, hatte nicht mehr, als ein »Bitte, bitte« rauszittern können. Und Mischa hatte staubtrockene Studienweisheiten verkündet: *Bei einem wiederholten Infarkt nach so kurzer Rekonvaleszenz sind die Überlebenschancen minimal.*

Britta packte ihren Bruder am Kragen. »Mischa! Ich will einfach nur wissen, ob er durchkommt!«

Michael Sander begutachtete seinen Patienten mit

betrübter Miene, zog die Nase hoch und meinte dann: »Scheißschnupfen … mitten im Sommer. Na, ich denk schon, dass er's schafft.«

Britta fielen drei Gebirge gleichzeitig vom Herz, was sogar einem Gefühlsautisten wie ihrem Bruder nicht entgehen konnte.

»Nanana. Jetzt aber halblang. Was ist denn mit dir?«

»Ich war das.«

»Was – das?«

»Ich …« Brittas Drucksen wurde bestimmt. »Ich bin an allem schuld.«

»Jetzt mal ganz langsam, Britta. Für Doofe. Was hast du denn angestellt?«

Schuldbewusst pflückte Britta die Fotos vom Schreibtisch, ohne sie dabei noch mal anzusehen.

Mischa überflog sie mit einem Gleichmut, der jeden einigermaßen lebendigen Menschen in null Komma nichts auf die Palme bringen musste. »Sag ich nicht immer, dass du 'ne umwerfende Figur hast?«

Wenn Britta ihren Bruder für eins hasste, dann für seinen ständigen Sarkasmus im unpassendsten Augenblick. Lernte man angeblich im Krankenhaus. Im Angesicht des Todes und so.

»Mehr fällt dir dazu nicht ein?«

»Doch. Schöne Scheiße. Aber ich hab schon Schlimmeres gesehen. Wenn Daddy richtig fit ist, rede ich mal mit ihm.«

»Wenn.« Brittas Schuldgefühle ließen sie immer noch nicht zur Ruhe kommen.

»Das wird schon. Na, wie haben wir's denn?« Mischa patschte seinem Vater ein paar sanfte Backpfeifen ins Gesicht.

Max Sander kam allmählich zu Atem und schlug die Augen auf. Ungläubig. Mit dem leicht befremdeten Staunen eines Kindes. Als hätte er sich innerlich schon verabschiedet gehabt. Mühsam hob er den Kopf, wollte hoch wie ein angezählter Boxer.

»Nu mal langsam mit den jungen Pferden, Paps«, kommandierte Mischa in seinem gewohnten Ärztejargon, der weder Zweifel noch Widerspruch kannte.

Seltsam, dachte Britta, in der Beziehung sind sich die beiden ganz schön ähnlich. Ohne es voneinander zu wissen.

»Jetzt bleiben wir mal schön auf dem Teppich. Ich hab dir 'ne Ladung verpasst, die normalerweise 'nen ganzen Wagon Hooligans außer Gefecht setzt.«

»Lass mich ... aufstehen ... verdammt noch mal ...« Es ging nicht. »Was ... ist ... denn ... bloß ...«, stammelte Brittas Vater, während sie ihm hastig zwei Sofakissen unter den schweißnassen Kopf schob.

»Kleiner Aussetzer. Das kommt davon, wenn man nicht auf seinen Arzt hört, bloß weil es sich um den Sohnemann handelt.« Mischa besah sich kopfschüttelnd die ansehnliche Sammlung von Medikamenten auf dem Schreibtisch. »Ziemlich jungfräulich, die Beta-Blocker. Und mit dem Valium stehen wir sowieso auf Kriegsfuß, oder?«

Max Sander drehte den Kopf zur Seite, als könnte er die Vorhaltungen damit abstellen.

»Willst du mir nicht mal irgendwann vertrauen, Paps? So hat das doch alles keinen Zweck. Versuch mal, den Dingen ins Auge zu sehen. Du bist zweiundfünfzig. Eigentlich kein Alter. Aber du hast zwei Infarkte hinter dir. Und was tust du? Rumrennen. Aufträge. Wettbewerbe. Kinocenter. Krankenhaus. Bibliothek. Stadion. Kungeln. Seilschaften. Intrigen. Essen mit dem Bürgermeister. Saufen mit dem Stadtrat. Das kann auf Dauer nicht gut gehen. Merkst du nicht, was dir dein Körper sagt? Weißt du, was er sagt: Es reicht, mein Freund!« Mischa hatte sich ausnahmsweise mal in Rage geredet.

»Was weißt du denn schon, Junge?« Schwerfällig richtete sich Max Sander ein wenig auf. »Irgendwie muss es weitergehen. Ihr habt doch alle keinen blassen Schimmer, wie wir dastehen. Weißt du, was mir die Bank sagt? Was wir an Außenständen haben? Die wir abschreiben können? Du hast dich fein aus der Affäre gezogen. Habt ihr doch alle. Und mich lasst ihr allein.« Immer wieder versuchte Brittas Vater hochzukommen, stemmte sich auf die Ellbogen, um dann kraftlos zurückzusacken.

Britta wusste nicht ein noch aus. Versuchte ihn zu stützen, wenn er hochwollte. Bettete seinen Kopf auf die Kissen, wenn er herabsank. Dabei pochte ihr Herz wie eine Dampframme und in ihrem Kopf wiederholte sich alles wie eine hängen gebliebene CD: Hör auf, Mischa! Hör endlich auf. Quäl ihn doch nicht. Ich bin schuld. Ich allein. Ich hab ihn auf dem Gewissen. Ich hab ihm das angetan. Mit meinem Leichtsinn. Meiner Dummheit. Ich hab mich verrannt. Vertan. Verguckt. Schmetterlinge im Bauch? Die haben sich verflogen. Verliebt sein. Na und? Das hab ich jetzt davon. Das hab ich damit angerichtet!

Und dann hörte sie sich schreien: »Hört auf!« Mit einer Stimme, wie sie sie noch nie gehört hatte. »Hört endlich auf!« Und alle Kraft verließ sie schlagartig und alles in ihr wurde still und sie rutschte weg, weit weg und sackte neben ihren Vater.

Als sie wieder zu sich kam, nur Sekunden später, fühlte sie, wie Mischa die Spritze aus ihrer Vene zog.

»Kind!«, flüsterte Brittas Vater. Und richtete sich fast mühelos auf, um sich über sie zu beugen und ihr Gesicht zwischen seine Hände zu nehmen. »Du bist ja kreidebleich.«

Weiter, dachte Britta, als sie wieder denken konnte. Weiter, Paps! Das sind meine Wangen. Versuch einmal, sie zu streicheln. Einmal nur. Du brauchst bloß loszulassen. Die Hand locker lassen und ein wenig krümmen. Dann kannst du mich streicheln und wieder lebendig machen.

Aber Max Sanders Hände bewegten sich nicht, drückten auf Brittas Wangen wie ein Schraubstock.

»Um Himmels willen, was ist denn hier los?« Petra Sander kam ins Arbeitszimmer gestürmt, wobei sie noch im Türrahmen ihre erlesene Kollektion von Einkaufstüten fallen ließ. »Mein Gott, Britta, was ist denn mit dir?«

Noch bevor jemand antworten konnte, hatte sich ihr Blick zu ihrem Mann verirrt. In ihrer Fassungslosigkeit musterte Petra Sander ihn befremdet und wurde offensichtlich zu einem grausamen Fehlschluss verleitet. »Sag mal, Max, wie siehst du denn aus? Trinkst du jetzt etwa schon am helllichten Tag?«

»Paps hatte einen furchtbaren Herzanfall«, versuchte Britta ihn matt und hilflos zu verteidigen.

»Um Gottes willen, Max! Wie kannst du mir das antun? Hab ich's dir nicht immer gesagt? Hör endlich auf, dich voll zu stopfen und in der Gegend rumzusüffeln. Aber was nützt das alles. Wo man's doch nur gut meint.«

»Ja, ja«, knurrte Max Sander.

»So, jetzt sind wir mal alle vernünftig und hören mit den Vorwürfen auf. Einsicht ist der erste Weg zur Besserung. Aber die muss man erst mal haben. Genau deswegen gibt's solche Warnschüsse.« Mischa sah sich triumphierend um. »Sehe ich da andächtige Gesichter? Nein? Kein Respekt vor dem Medizinmann? Typisch meine Familie.« Er konnte sich das Grinsen kaum verkneifen.

»Also, mein Schatz, ab sofort machen wir Diät.« Brittas Mutter setzte ihr automatisches Lächeln auf. »Damit mein jugendlicher Held wieder in Form kommt.«

Britta verdrehte die Augen. Nicht schon wieder!

Ihre Mutter konnte die beste Freundin sein. Aber genauso ein Quälgeist. Eine kindische Egomanin, die nur sich selbst als Maßstab aller Dinge duldete. Sobald man sie mit sich und ihren unerfüllten, unerfüllbaren Träumen allein ließ, zerfloss Petra Sander in Selbstmitleid.

Wenn man ihr allerdings zeigte, dass man sie gern hatte, sie brauchte, dass sie nützlich, wichtig war, stieß man auf einen Engel, der einen auf seinen Flügeln mit in den Himmel tragen konnte. Leider hatte Paps das nie gelernt. Noch nicht mal begriffen.

Für ihn war Brittas Mutter immer das geblieben, als was er sie kennen gelernt hatte. Das einzige Kind einer Gutsbesitzerfamilie aus dem ehemaligen Ostpreußen. Mit entsprechendem Dünkel und Größenwahn. Aber ohne Wurzeln und gesellschaftliche Bühne. Beachtung fand sie nur, wenn sie sich aufdrängte, in Posen schmiss. Um das zu finden, was sie für Respekt hielt, wurde sie immer schriller und überkandidelter. Wie hatte ihr Vater das letztes Weihnachten nach der dritten Flasche Burgunder ausgedrückt, als er plötzlich redselig und wortgewaltig wurde? »Als ich sie kennen lernte, war sie so ein Irrwisch in einer Kö-Boutique. Voll gestopft mit Träumen von Tinnef und Zuckerwatte. Aber bildschön. Klar, dass ich über sie gestolpert bin. Ich war ja nur zweite Wahl. Aber ich roch nach Boden und Fundament. Da hatte deine Mutter endlich mal was, worauf sie ihre Luftschlösser bauen konnte.«

Dann wurde geheiratet. Und geschwiegen. Irgendwann waren dann die Fehler und Fehltritte des andern das einzig Lebendige.

Zum Glück gab's Britta und Mischa. Kitt, der die Ehe notdürftig zusammenhielt.

Ihre Eltern taten Britta Leid. Aber sie hätte sich nie getraut, das zu sagen. Nicht mal, es sich anmerken zu lassen.

»Paps kann nichts dafür. Er hat sich furchtbar aufgeregt – meinetwegen«, legte Britta deshalb bereitwillig ein Geständnis ab. Besser das Gewitter kam auf sie runter. Schließlich war es weniger schmerzhaft, angeschrien zu werden, als zuzuhören, wie die andern sich anschrien. »Ich war schwimmen und hatte keinen Bikini dabei. Irgendjemand hat mich heimlich fotografiert …«

Mischa überreichte seiner Mutter die Bilder mit einem lausbübischen Augenaufschlag. »Halb so wild. Einfach 'n knackiges Mädchen.«

»… jedenfalls wird am Wochenende übers Stadion entschieden und da hat Paps natürlich Angst …«

»Furchtbar«, meldete sich Petra Sander mit Weltuntergangsmiene, »noch dazu mit unrasierten Beinen.«

»Schluss jetzt!« Britta spürte genau, dass das Aufbrausen ihres Vaters diesmal nur aufgesetzt war. In dem Blick, den er ihr zuwarf, lag jede Menge Respekt und Dankbarkeit. Was er aber nie zugeben würde. »Das mit dem Stadion krieg ich schon wieder auf die Reihe. Morgen Abend bei der Weinprobe knöpf ich mir die Jungs von der Fraktionsspitze noch mal vor und vergattere jeden einzeln.«

»Was mein armes Bärchen für schreckliche Opfer bringen muss.« Petra umarmte die ansehnliche Wampe ihres Mannes. Vorsichtshalber einarmig, von hinten und mit der linken Hand auf der frisch gelegten Frisur. Aber mit Zahnpastastrahlen. »Wisst ihr was, Kinder, wir sollten mal richtig ausspannen. Nelly und Katrin fahren am Wochenende nach Sylt. Was hältst du davon, Schatz?«, wandte sie sich ihrem sichtlich abgeneigten Bärchen zu. »Ach übrigens«, bekam Britta dann auch ihren Senf ab, »der Neffe von

Frau von Gleiwitz kommt mit. Reizender Junge. Studiert Jura. Will mal Diplomat werden. Hm? Du als Frau Botschafterin?«

Britta und ihr Vater hielten beide nicht allzu viel vom diplomatischen Parkett, geschweige denn von Gleiwitz'schen Neffen.

»Samstag sind Hochstädt und ich mit den Projektplanern der *InterCineGlobe* verabredet«, sagte Max Sander deshalb. Sehr kurz, bündig und entschieden.

»Verstehe. *Zum Glöckchen. Lindenstube.* Deftige Schlachtplatte. Dann die eine oder andere Bar und anschließend Damenprogramm. Dann fahren wir Hübschen eben alleine.« Sie knuffte Britta augenzwinkernd in die Rippen.

»Mama, du weißt doch, dass so was nichts für mich ist.«

»Aber so was ist was für meine Tochter?« Ihre Mutter rieb ihr die Fotos unter die Nase. Nicht wirklich ernst gemeint. »Pudelnackt und ungepflegt mit irgendwelchen Banausen am Baggerloch. Na, prost Mahlzeit. Das kann ja was werden.«

»Bob ist kein Banause.« An der Stelle war Britta nun mal empfindlich. Sie konnte nicht anders.

»Wer Bob heißt, ist ein Banause. Und wer solche Fotos schießt, erst recht.«

»Das war nicht Bob.«

»Na ja, aber Helmut Newton vermutlich auch nicht«, setzte Mischa sarkastisch einen seiner berühmten Tiefschläge.

»Wer auch immer das war, es kommt nicht wieder vor.« Brittas Vater schien entschlossen, die Situation zu bereinigen. »Diesen Bob triffst du nicht mehr und damit gut und basta.«

Nichts war gut und nichts war basta.

Britta musste sich abstützen, um auf die Beine zu kommen. »Ich muss Bob treffen. Ich liebe ihn.«

»Das werden wir noch sehen«, raunzte Max Sander und schüttete sich einen doppelten Cognac ein. »Mit Liebe verplempert man nur seine Zeit.«

»Also so was.« Brittas Mutter hatte es die Sprache verschlagen. Bis sie sich den eingeschenkten Cognac schnappte und in einem Zug wegkippte. »Und wer ist jetzt dieser Bob?«

Max Sander musste lachen. Dröhnend und kehlig, wie seit Jahren nicht mehr.

»Gute Frage«, grölte es aus ihm heraus, »gute Frage.«

»Wie ich sehe, läuft hier ja wieder alles bestens«, schaltete sich Mischa ein und klappte demonstrativ seinen Arztkoffer zu. »Schönen Tag noch. Und viel Spaß. Und du, Daddy, passt gefälligst ein bisschen auf dich auf!«

16

Bob kam kurz vor Feierabend endlich mal dazu, in sein Pausenbrot zu beißen, als Otto Heise, der Polier der Schreiner- und Zimmermannbrigade, ihn schon wieder aufscheuchte.

»Die Sparren müssen morgen alle mit. Und sechzig 18er Balken. Aber die müssen noch zugeschnitten werden.« Großmütig überließ Otto ihm seinen Plan vom Dachfirst der Bibliothek.

»'tschuldigung, Meister, ich lern Schreiner ...«, konnte Bob gerade noch zu bedenken geben.

»Jetzt hab dich doch nich so, Junge.« Otto pulte mit seinen Wurstfingern eine Kippe aus seiner Schachtel, um sie Bob vor die Nase zu halten. »Holz is Holz.«

»Tschüss«, »tschö«, »also«, machte sich der Rest des Trupps schleunigst vom Acker. Bevor der »olle Otto« noch auf die Idee kam, ein zweites Opfer für die Sisyphosarbeit einzuteilen, dachte sich Bob. An die hundert Sparren auf Hänger verladen. Sechzig Balken auf Nut und Feder zuschneiden und die zentnerschweren Hölzer auf die Ladefläche hebeln, das war Arbeit bis zum frühen Morgen.

»Is ’n Haufen Arbeit, Junge«, zeigte sich Otto einsichtig, »aber einer muss se ja machen.«

Bob versuchte erst gar nicht, sich weiter zu beschweren. Es hätte auch nichts genutzt.

Trotzig schmiss er die Kreissäge an und wuchtete den ersten Balken auf die Schneidebahn, als er Britta beim Wäscheaufhängen auf dem Hof entdeckte. Jeans, T-Shirts, zwei Blusen und ein paar unverfängliche Blümchen-Slips hingen über der Leine, als Bob hinkam.

Britta klammerte gerade die letzten Socken an, als sie ihn bemerkte.

»Alles klar?« Bob ärgerte sich, dass ihm nichts Originelleres einfiel.

»Hm.«

»Und? Was hast du gestern so gemacht?« Manchmal fällt Reden ganz leicht, dachte Bob. Bloß wenn man jemand mag, wird alles Kaugummi.

»Nichts Besonderes … wie ist das denn passiert?« Erst jetzt hatte Britta hingeschaut und sich angesichts Bobs ramponierter Visage erschrocken.

»Kleiner Unfall. Im *K2*.«

»Das ist doch gar nicht deine Baustelle.«

Bob musste lachen. Wirklich nicht. »Ich hatte was zu erledigen.«

Seine knappen Auskünfte schienen Britta nur noch neugieriger zu machen. »Da bin ich aber gespannt.«

»Na ja, ich hab Steffen gesucht. Irgendjemand hat aus meiner Uhr Kleinholz gemacht.«

»Und? Weiter.«

»Nichts weiter.« Bob zuckte mit den Schultern.

Warum sollte er freiwillig seine Niederlage eingestehen? Nur dumm, dass sich das für Britta wie schlechtes Gewissen anhören musste.

»War er's?«

»Wie soll ich das wissen. Er war mit seiner ganzen Clique da.«

»Robert? Falco? Charles?«

Bob breitete hilflos die Hände aus. Namen sagten ihm nichts.

»War Katja auch da? Und Silke und Nicole?«

Mit Silke konnte Bob was anfangen, deshalb nickte er leicht. Er konnte ja nicht ahnen, was er damit anrichtete.

Britta pfiff durch die Zähne wie eine Geheimagentin. »Sieh mal an, jetzt wird mir einiges klar.«

»Was wird dir klar?«

Bob hatte keinen Schimmer, wovon Britta sprach. Er merkte nur, dass sie völlig anders war als am See. Wie ausgewechselt. Argwöhnisch. Verschlossen. Irgendwie auf der Lauer.

Und dass plötzlich alles explodierte.

»Welcher Arsch den Weibern die Fotos besorgt hat!«, keifte Britta und rannte weg, als wäre die Pest ausgebrochen.

»Britta! Britta! Ich hab doch alle Fotos gelöscht!«, schrie Bob treuherzig hinterher.

»Das hab ich gemerkt«, rief sie nach hinten. Um sich dann doch für einen Augenblick umzusehen. Und Bob mit ihrem verheulten Gesicht zu erschrecken.

»Ich dachte, wir ...«, brüllte Bob hilflos und bekam ein noch hilfloseres »Vergiss es!« zurück.

»Na schön. Ich bin sowieso nichts für dich!«, schrie Bob trotzig. Hier und heute war es vermutlich das Dämlichste, was er sagen konnte.

17

Steffen und Max Sander entdeckten Britta fast gleichzeitig. Wie ein Zombie schlich sie unter dem Bürofenster vorbei.

Ein knappes »Na?« und ein aufmunternder Klaps seines Chefs genügten, um Steffen in Bewegung zu setzen.

Wie angestochen kam er auf Britta zugerannt. »Was hast du denn?« Eine von Steffens Stärken war, jede Menge Rollen draufzuhaben. Wenn's sein musste auch den Kümmerer.

»Nichts«, schniefte Britta. Dabei konnte ein Blinder auf hundert Meter Entfernung erkennen, dass sie total in den Seilen hing.

»Komm schon. Du bist doch völlig fertig.« Mit einer lässigen Geste zupfte Steffen sein Einstecktuch heraus. Dass Britta es nahm, ohne hinzusehen, und sich die Nase damit schnäuzte, konnte er schließlich nicht ahnen. Mist, dachte er sich. Hat fast fünfzig Euro gekostet. Und dann: Scheißegal, das ist jetzt meine Chance.

»Besser?« Er legte vorsichtig beide Hände gleichzeitig auf Brittas Schultern. Die nickte nur andeutungsweise.

»Jetzt erzähl mal.« Steffen dirigierte Britta auf eine der Steinbänke vor dem Büro, die den Mitarbeitern im Sommer als Kantine dienten.

Langsam fing sie sich wieder, hörte auf zu schluchzen.

»Was war am Samstag im *K2* los?«

»Du meinst den kleinen Vorfall mit dem Flegel da hinten?« Steffen deutete beiläufig Richtung Werkstatt. Brittas Schweigen gab ihm Gelegenheit zu ein paar taktischen Winkelzügen. »Na ja, ich war mit den Jungs auf ein Glas da und dann kommt der Arsch rein und schreit rum: Ich hab sie flachgelegt! Ich sag noch: Moment mal, Freundchen, von wem redest du? So was sagt man hier nicht. Aber der krakeelt nur: Da! Und zeigt sein Scheißhandy rum. Na ja. Und da warst du drauf.«

Britta wurde weiß wie die Wand hinter ihr, was Steffen als Gelegenheit nahm, sie in den Arm zu nehmen. Er strich ihr die Haare aus den verheulten Augen. »Ich hab ihm das Ding natürlich sofort weggenommen und ihm eine verpasst. Aber bevor ich alles löschen konnte, ging's ganz schön zur Sache. Und ich fürchte, irgendwie sind die Fotos hinter meinem Rücken rumgewandert.«

»Schon klar.«

Steffen zog Britta näher an sich ran. »Ich hab getan, was ich konnte.«

»Ja. Danke.« Britta stand auf, wischte sich mit den Ärmeln den Rotz von der Nase wie ein kleines Mädchen. »Ich geh jetzt aufs Schiff und erzähl alles Puck.«

Steffen verstand kein Wort.

Dafür war er clever genug, Silke anzurufen, um sie mit seiner Version der Dinge zu impfen, bevor er ins Büro zurückging. Schließlich war absehbar, dass Britta ihre beste Freundin auch noch löchern würde.

»Was war denn jetzt schon wieder los?«, empfing ihn Max Sander mit ungewohnter Neugier.

»Nichts weiter, Chef«, gab Steffen den Gentleman, »Britta hat sich nur darüber aufgeregt, dass unser Ossi-Lehrling ihr dauernd nachsteigt und dann auch noch so tut, als würde da was laufen.«

»Jetzt hör mir mal gut zu, mein Freund.« Max Sander wurde so ernst, dass es fast vertraulich wirkte. »Du weißt, wie ich das mit Britta und dir sehe. Halt ihr den Kerl vom Hals. Ich weiß nicht, was der vorhat. Aber nichts Gutes. Ich hab mich schon genug über den aufgeregt. Am liebsten würde ich den hochkant rausschmeißen. Lieber heute als morgen. Aber du weißt, wie das heutzutage ist, mit unseren so genannten Azubis«, es war, als würde schon das Wort allein Brechreiz bei ihm verursachen, »und Kündigungsschutz. Die Laus hab ich mir in den Pelz gesetzt, weil ich einem Freund einen Gefallen tun wollte. Und jetzt müssen wir die Suppe bis zum bitteren Ende auslöffeln. Es sei denn, er schmeißt freiwillig das Handtuch.«

Max Sanders Blick ließ bei Steffen sämtliche Glocken läuten. Ein wohliger Schauer der Vorfreude perlte über seinen Rücken.

»Haben wir uns verstanden?« Das Nachhaken hätte sich Sander sparen können.

Steffen grinste genüsslich. Bob war zum Abschuss freigegeben.

18

In Britta wühlte und rumorte es, als wollten alle Säfte und Eingeweide auf einmal aus ihr flüchten. Dann wieder war alles in ihr taub und dämmrig.

Die immer gleichen Fragen kreisten in ihr wie Gebetsmühlen. Warum hatte Bob diese idiotischen Fotos gemacht? Warum musste er sie herumzeigen? Ausgerechnet im *K2*? Wollte er sich wichtig machen? Und warum hatte sie die Bilder nicht in seinem Handy gefunden? Hatte sie etwas im Speicher übersehen? Oder gab es so was wie einen Zusatzspeicher?

Hastig suchte Britta nach ihrem eigenen Handy, spielte alle Funktionen durch. Dann hatte sie die Lösung. Bob musste die Aufnahmen sofort per Internet auf einen Computer kopiert haben. Danach konnte er sie dann seelenruhig löschen und das Unschuldslamm spielen. Und sie wieder aufs Handy laden.

Beinahe zufrieden schmiss sie ihr Handy aufs Sofa. Sie hatte die Lösung.

Ihr Bauch dagegen nicht. Wie denn auch, wenn sie nie auf ihn hörte? Gerade jetzt rebellierte er mal wieder völlig umsonst. Als wollte er sagen: He, so mies und durchtrieben ist Bob nicht. Das passt einfach nicht zu ihm. Vertrau doch einmal auf das, was du fühlst.

Die Zweifel wurden immer drängender. Britta blieb gar nichts anderes übrig, als sich noch mal aufs Fahrrad zu schmeißen und zu Silke zu strampeln.

Erst an Silkes verdutztem Gesichtsausdruck merkte sie, dass sie völlig außer Atem war und Sturm geklingelt hatte.

»Ach, Süße. Du bist das.« Es dauerte einen Moment, bis Silke nachsetzte: »Komm doch rein.«

In der Wohnung roch es nach Selbstgebackenem.

Silkes Mutter, eine etwas rundliche Blondine im Jogginganzug, machte sich am Herd zu schaffen und nahm außer einem verhuschten Begrüßungswink keine Notiz von den beiden.

Das Zimmer von Brittas Klassenkameradin war klein, dunkel und über und über mit Postern bepflastert.

Silke blieb kaum etwas anderes übrig, als sich aufs Bett zu kauern und Britta per Handklatsch neben sich auf die Steppdecke zu ordern.

»Schieß los«, nuschelte sie, nachdem sie eine Zigarette in den Mund gesteckt und mit Feuer versorgt hatte. »Hast du gestern *Immer wieder Herzrasen* gesehen? Wie Chris den Walli rumgekriegt hat? Lädt ihn ganz harmlos zum Essen ein und dann steht sie voll aufgestrapst vor ihm. Irre, ne? Ich hab mich gekringelt. Aber das gibt nichts mit den beiden. Sag mal, findest du den Typ, der den Walli spielt, nicht auch voll obersüß?«

»Du, Silke. Eigentlich wollte ich dich was fragen.«

»Klar doch. Los. Was gibt's denn?« Silke pustete kugelige Rauchwölkchen durch die Lippen.

»Wie war das genau am Samstag im *K2*?«

»Im *K2*? Mit dem Typ?« Die Wolken fransten aus.

Britta nickte, so gelassen sie konnte, obwohl alles in ihr schrie: Mit wem denn sonst, du dumme Kuh!

»Also, das war so. Der kam rein und hatte die Fotos von dir auf dem Handy.«

»Und woher wusstet ihr das?«

»Na, weil er sie rumgezeigt hat. Erst mal hat er selbst dauernd aufs Handy geglotzt und so. Und irgendwie waren dann alle neugierig. Und da hat er sie gezeigt.«

»Wirklich?«

»Klar. Mit so 'm ganz fetten Grinsen.«

»Und dann? Weiter?«

»Na, wie das dann so abgeht. Er hat auf den Putz gehauen und gesagt, dass er dich flachgelegt hat. Und ...«, Silke überlegte sichtlich angestrengt, statt Wolken kamen jetzt nervöse Fähnchen aus ihrem Kussmund, »dann ist Steffen gekommen und hat ihm gesagt, dass er so nicht von dir reden soll ... und ... ähm ...« Wie gut, dass es Zigaretten gab, um die Denkpausen zu überbrücken. Silke schielte vorsichtshalber schon mal in das fast leere Päckchen auf dem Nachttisch, um zu sehen, wie viele noch übrig waren. »Also, und dann hat er sich den Typ geschnappt ... und ...« Ihre Augen irrten durchs fahle Licht des Zimmers, als suchten sie krampfhaft Halt.

»Dabei ist das Handy hingefallen?«

»Kann sein. Ist doch scheißegal.« Knatschig stippte

Silke die Zigarettenkippe in den Aschenbecher, um sofort die nächste anzuzünden.

»Mir nicht.« Trotz ihrer inneren Anspannung ging Britta mehr und mehr auf, was hier gespielt wurde.

»Hey, Süße, hör mal, so gigantisch ist der Typ auch wieder nicht. Ich meine, der sieht toll aus, aber ...« Silke bekam gar nicht mit, dass ihre Augen aufleuchteten wie ein Feuerwerk. »Jedenfalls ... irgendwie lag das Ding am Boden.«

»Und wer hat es sich geschnappt?«

»Keine Ahnung. Hat Steffen was gesagt?«

Silke musste ein unendlich schlechtes Gewissen haben. Da hatte sie sich mit einem Satz gleich zwei Fallen auf einmal gestellt. Und dann das Kunststück fertig gebracht, in beide gleichzeitig zu tappen.

Britta musste schmunzeln. Ende der Märchenstunde. »Also dir hab ich meine Starfotos zu verdanken.«

»Quatsch ... ich ... du bist doch meine allerbeste Freundin«, flunkerte Silke hastig drauflos und wurde trotz Solariumsbräune ziemlich weiß. Das Rotwerden hatte sie sich wie die meisten im *Heime* schon lange abgewöhnt.

»Klar. Wer sonst.« Britta musste schlucken, um nicht wieder loszuheulen. »Warum erzählst du mir denselben Senf wie Steffen? Willst du was von ihm?«

Silke verdrehte angeödet die Augäpfel. Ausnahmsweise ziemlich überzeugend.

Britta sah endlich klar. Zu klar. »Ach, so läuft das! Du hast es auf Bob abgesehen!«

»Blödsinn!«, lachte Silke abwehrend auf. »Spinnst

du jetzt total?« Dabei räkelte sie sich wie ein Möchtegern-Vamp auf der Bettdecke.

Britta zog ihre Füße aufs Bett und beugte sich über sie. »Weißt du was, Schätzchen? Den kannst du dir auch ein für alle Mal abschminken. Und zwar gründlich.«

Und schon war sie auf den Beinen und wusste endlich wieder, für welchen Weg sie die brauchte.

»Wart mal, Britta …« Silke krabbelte aus dem Bett.

Aber die war schon weg.

19

Die Holzwerkstatt war komplett eingenebelt. Schwaden von Sägemehl und Spänen raubten Britta die Luft.

Nur vage konnte sie mitten in dem Dunst eine Gestalt ausmachen. Obwohl es schon fast Mitternacht war, kämpfte Bob noch an der Bandsäge.

»Bob!«, rief Britta. Wieder und wieder.

Bob reagierte nicht. Lärm und Ohrenschützer schotteten ihn von allem ab.

Es dauerte eine halbe Ewigkeit, bis sie sich durch die Staubwolken getastet und den Hauptschalter der Werkstatt gefunden hatte.

Mit dem Kreischen der Säge erstarb auch das Licht. Nur die gelbe Notbeleuchtung am Durchgang zum Glaslager funzelte noch.

Bob schob die Schutzbrille in die Stirn und nahm die Ohrmuscheln ab. Verdutzt drehte er sich um.

Der Staub legte sich. Endlich konnte er Britta in der Tür ausmachen. Unwirklich hob sie sich von der achtlos getünchten Wand ab.

Wie in Trance ließ er den Balken aus der Hand gleiten, den er gerade noch zugeschnitten hatte, und kam mit gewaltigen Sätzen auf Britta zugerannt. Als ginge es um sein Leben.

Es ging um sein Leben. Und das von Britta. Sie flog in seine Arme. Und wurde in diesem Moment zur Frau. Bereit, mit einem anderen Menschen zu verschmelzen.

Die Säcke, in denen Sägemehl und Holzreste gesammelt wurden, gaben ein karges Lager ab. Das Plastik scheuerte die Haut auf, bei jeder Bewegung bohrten sich Splitter wie Nadeln ins Fleisch.

Britta spürte fast nichts davon. Sie lag in einem Himmelbett und segelte auf fliegenden Teppichen durch die Unendlichkeit. Und in der Ferne, noch hinter den Sternen, flüsterte eine Stimme von Liebe. Es war ihre eigene.

Von den ersten Strahlen der Morgensonne aufgeschreckt, fiel Britta die grausame Strecke unerledigter Arbeit ein, die Bob noch vor sich hatte. Als sie ihn in seinem engelhaften Schlummer sah, wusste sie, was sie zu tun hatte.

Sie überflog die Maße, die er sich aus Ottos Plänen abgeschrieben hatte, und schaltete die Sicherung ein. Die Kreissäge jaulte auf und riss Bob jäh aus dem Schlaf. Ein Hauch von Verletztheit spielte über sein Gesicht. Aber nachdem er sich einigermaßen orientiert hatte, quälte er sich von den zusammengekeilten Säcken und umklammerte Britta von hinten, als könnte sie ihm wegfliegen.

»Lass mich das machen.«

»Wir machen das zusammen«, sagte sie.

»Das kannst du doch gar nicht«, sagte Bob.

»Ich bin hier aufgewachsen.« Gekonnt kantete Britta den Balken, um die Nut mit dem Sägeblatt anzuschrägen.

»Wow.« Bob lachte beeindruckt, nachdem sie den Balken abgelegt hatte. »Da kann ja Otto noch lernen.« Trotzdem schob er Britta sachte von der Säge weg. »Du gehst jetzt ins Haus und schläfst noch ein bisschen.«

»Allein schaffst du das aber nie«, stellte Britta mit einem fassungslosen Blick auf den Stapel fest, den Bob neben der Säge zurechtgelegt hatte. »Also, los, du legst sie auf die Säge und ich schneide zu«, kommandierte sie ohne Umstände und krempelte die Ärmel ihres Sweatshirts hoch.

Bob starrte sie ungläubig an.

»Worauf wartest du noch?« Sie packte sich den nächsten Balken und hebelte ihn mit Bobs Hilfe auf die Schneidebahn.

Der zögerte loszulassen. Auch wenn die Schnittfläche den Großteil des Gewichts trug, war es noch ganz schön mühsam, das zentnerschwere Holz in der Führung zu jonglieren.

»Das ist zu schwer für dich.«

»Für uns darf nichts zu schwer sein!«, schrie Britta gegen die Säge an, biss die Zähne zusammen und stemmte den Balken in den Schnitt.

Es war schon fast acht, als sie alles auf Maß gebracht und noch den letzten Sparren verladen hatten.

»Mann, ich muss zur Schule!« Britta gab Bob einen hastigen Kuss und sprintete zum Haus rüber.

Steffen staunte nicht schlecht, als Britta, mit Holzmehl und Sägespänen übersät, an ihm vorbeihuschte. Als sie sich dann auch noch leichtfüßig umdrehte, um ihm wie eine Straßengöre die Zunge rauszustrecken, kriegte er den Mund gar nicht mehr zu.

Brittas Übermut wurde schlagartig gebremst. Das Gesicht ihres Vaters im Küchenfenster schien unwirklich, wie ein versteinertes Monument.

Sie war kaum in der Eingangshalle, als sie seine Stimme hörte. Belegt, fast krächzend, aber sehr laut.

»Kein Frühstück heute?«

»Ich muss mich ranhalten. Der Geißler nimmt's ganz genau. Typischer Chemiker.« Britta versuchte ein beiläufiges Lächeln aufzusetzen, um sich an der Küchentür vorbeizuschummeln. Ihr war klar, dass drinnen das Jüngste Gericht auf sie wartete.

»Ohne Frühstück gehst du mir nicht aus dem Haus. Also?« Max Sanders Stimme hallte wie ein Echo durchs Haus.

Britta schob sich unsicher durch die Tür.

»Setz dich.«

Vorsichtig rutschte sie auf den Stuhl am Kopfende des Küchentischs.

»Kaffee?«

Britta wollte keinen. Trotzdem goss ihr Vater ihr ein, schob die Tasse rüber. Dann die Milch und die Zuckerdose. Britta rührte nichts von allem an.

Ungerührt reichte ihr Vater ihr den Korb mit den Brötchen. »Bitte!« Das war ein Befehl.

Britta fischte ein Brötchen aus dem Korb, legte es auf den Tisch.

»Nana, wo sind wir denn?«, sagte Brittas Vater und griff hinter sich, um einen Teller und Besteck aus dem Küchenbord zu holen. »Guten Appetit.«

Der war Britta längst vergangen.

»Probier mal Omas Marmelade. Das letzte Glas. Das mit dem Einkochen ist langsam auch vorbei.«

Britta wusste genau, dass sie keinen Bissen runterkriegen konnte.

»Iss.«

Gar nicht so einfach, ein Brötchen aufzuschneiden, wenn die Hände zittern wie beim Gokartfahren.

»Ganz frisch. Ich war eben selbst bei Biermann. Weißt du, nach dem kleinen Malheur gestern hab ich mir gedacht: Vielleicht solltest du dich wirklich mehr um die Familie kümmern. Wer weiß, wie lange du sie noch hast. Tja, und da hab ich gedacht, geh mal Brötchen holen. Wie früher. Als du gerade in die Schule kamst. Da bin ich jeden Morgen zu Biermann. Deine Mutter hat dir Kakao gemacht. Der war immer zu heiß und ich musste pusten. Und die Brötchen hab ich hier in der Eckbank versteckt. Und jeden Morgen hast du gemault: Gibt's heute keine Brötchen? Und dann hab ich die Tüte rausgeholt und du hast gestrahlt und hast gesagt: Papi, du kannst ja zaubern.« Max Sander machte eine Pause, um nachdenklich an seinem Kaffee zu nippen.

Britta konnte nichts sagen. Ihr Hals war wie zugeschnürt.

»Tja«, ihr Vater setzte die Tasse ab, »hat sich ausgezaubert. Die eine liegt den ganzen Morgen in der Kiste, weil all die Peelings und Packungen und Massagen sie so mitnehmen. Und die andere entdeckt am frühen Morgen ihr handwerkliches Talent.«

Er musste sie beobachtet haben. Zu überrascht, nein, erschrocken, um sich zu rühren.

»Schön, dass du dich plötzlich für die Firma interessierst. Aber mich wundert, dass meine Tochter als Handlanger einsteigen will.« Ihr Vater musterte sie mit betont aufgesetzter Verachtung, konnte aber nicht verhindern, dass zwischendrin ein Hauch Bewunderung über sein Gesicht huschte. »Ich sage dir nur eins: Da wird nichts draus. Du machst dein Abitur, egal wie. Dafür sorge ich. Und für den passenden Umgang.«

Britta nahm allen Mut zusammen. »Paps, ich liebe Bob.«

Max Sander lehnte sich ruckartig zurück und verschränkte die Arme vor der Brust. »Soso. Ich glaube nicht, dass dir das bekommen wird. Und dem jungen Mann erst recht nicht.«

Die letzte Nacht hatte alles geändert. Britta ließ sich nicht länger einschüchtern. Nicht von sentimentalen Geschichten. Und von Drohungen schon gar nicht.

»Was hast du gegen Bob? Du kennst ihn ja nicht mal. Du hast auch klein angefangen.«

»Genau.« Max Sander lehnte sich weit über den Tisch. »Ganz genau. Und deshalb nimmt mir auch kein hergelaufener Prolet weg, was ich geschafft habe. Ich riech doch, was los ist. Weißt du, warum? Weil ich selbst ein Junge von der Straße bin.«

»Bob liebt mich«, beharrte Britta tapfer.

»Kein Mensch liebt jemanden. Es geht immer nur

darum: Was haste? Was kriegste? Frag mal deine Mutter.«

Es war seltsam. Zum ersten Mal in ihrem Leben konnte Britta die tiefe Verletztheit und Verbitterung ihres Vaters spüren.

»Weißt du, wie Leid du mir tust?«, sagte sie.

Max Sander starrte seine Tochter an. Das war Meuterei. Mehr als das. Ein Genickschuss. Denn es war die Wahrheit. Die endlich ausgesprochene Wahrheit.

»Na ja«, sagte Max Sander, weil er sonst nichts mehr sagen konnte. Und dann, als er seinen Teller und mit ihm die halbe Tischdecke weggeschoben hatte und aufgestanden war, sagte er noch: »So weit sind wir also schon.«

Um beim Hinausgehen alle Türen offen zu lassen.

20

So was von geladen hatte Steffen den Chef noch nie erlebt.

»Hol mir den Heise. Aber sofort!«, fuhr Sander Steffen an, kaum dass er in der Tür stand. Dann marschierte er in sein Büro wie auf einen Feldzug.

Steffen musste erst auf der Baustelle nachfragen, um zu erfahren, dass Otto noch mit den Installateuren die Pläne für den Sanitärbereich im Obergeschoss der Bibliothek durchging. Die Chefetage mit tausend Sonderwünschen. Natürlich hatte Otto als Polier ein Firmenhandy. Aber als alter Klabautermann ließ er derart neumodisches Quälzeug gewöhnlich ausgeschaltet.

Weshalb Steffen nichts anderes übrig blieb, als den Auftrag sozusagen per Fuß zu erledigen. Freundlicherweise kam gerade ein kräftiger Gewitterschauer runter.

»Hui, hoher Besuch«, flötete Möller, den alle nur »Kaninchen« nannten, weil seine Schneidezähne so allerliebst über die Unterlippe ragten.

»Och, der Steffen. Is was, Junge?« Otto ließ sich so schnell nicht aus der Ruhe bringen.

»Sie sollen zum Chef.«

»Wir sind gleich so weit.«

»Nee. Sofort.«

»Dicke Luft?« Otto überlegte sichtlich, wo der Hund diesmal begraben sein könnte.

Aber Steffen wusste auch nicht mehr als er. Entweder war aufgeflogen, dass bei der Bibliothek doppelt so viele Zwischenwände mit Tuffsteinen vermauert waren, wie in der Baubeschreibung angegeben. Im Firmenslang hieß so was »der neue 500er für den Chef« und musste bei jedem Projekt drin sein. Oder die Gewerbeaufsicht spielte mal wieder verrückt und hatte sich die Ukrainer vorgeknöpft, die in den Boxen der Tiefgarage hausten. Wenn einer von denen gesungen hatte, gab es eine saftige Geldbuße. Und was noch viel schlimmer war: ein Mordsgezeter in der Lokalpresse. Das konnte Max Sander bekanntlich gar nicht ab, denn dann gab's Druck von seiner Madame. Außerdem musste er in diesen Elendszeiten überwiegend von öffentlichen Aufträgen leben.

Um auch genau mitzukriegen, warum Sander derart fuchsteufelswild war, ließ Steffen die Doppeltür zum Chefzimmer eine Handbreit geöffnet, nachdem er Otto abgeliefert hatte. Dann besorgte er sich schnell einen Stapel Papiere, um sich eingehend dem Kopierer zu widmen, der direkt neben der Tür stand und beste Sicht auf das Geschehen nebenan garantierte.

»Otto«, setzte Sander bewusst umständlich an, »wie lange kennen wir uns jetzt schon?« Anscheinend ging es diesmal um nichts, wofür Otto den Kopf hinhalten sollte. Hörte sich eher so an, als müsste er für irgendeine Sauerei herhalten.

»Och, fast vierzig Jahre, Chef. Warten Se mal, als Sie in die Lehre kamen, war ich grad verheiratet ...«

»Jetzt setz dich mal hin.« Sander drückte Otto geradezu in den Polstersessel vor dem Aquarium. »Ich hab da 'n echtes Problem, Otto. Der kleine Schreiner-Ossi liegt mir gewaltig im Magen.«

»Was habt ihr denn alle mit dem? Der Lulatsch da vorne«, er deutete Richtung Steffen, »hat mir die letzten Tage auch schon in den Ohren gelegen, den richtig ranzunehmen. Der Junge ist doch gar nicht so übel. Ham Se schon mal die Kirchturmuhr gesehen, an der der bastelt? Vom Feinsten. So was von genau und mit Geschmack. Kann ich nur sagen, Hut ab.«

»Dann soll er nicht an meiner Tochter rumbasteln! Ich weiß nicht, wie, aber der verdreht ihr total den Kopf. Mensch, Otto, irgendwie müssen wir den doch rauskriegen.«

Steffens unschuldiges Herz hüpfte vor Begeisterung und er sah Britta bereits in seinen Armen wie Scarlett O'Hara in denen von Rhett Butler.

»Nee, Chef, bei aller Liebe. Der ist schon zur Prüfung angemeldet. Da macht die Handwerkskammer nie mit.«

»Otto!!!«

Heise schüttelte beherzt das müde Haupt. »Keine Schangse. Das wissen Se doch genau.«

»Na dann wollen wir wenigstens mal dafür sorgen, dass der so klein mit Hut wird und sich nicht mehr muckst. Weißte, Otto, ich hab da so 'ne Idee. Der beknackte Mülders will doch unbedingt seine Galerie getäfelt haben.«

»Schwachsinn«, brachte es Otto auf den Punkt. »Bei der Schräge und dem Unterputz kommt doch alles sofort wieder runter, wenn man nicht *solche* Dübel durch das Holz jagt! Mahagoni und sieht hinterher aus wie Schweizer Käse.«

»Das darf nicht sein, Otto«, beschwor ihn Sander vielsagend.

Steffen war auf Anhieb begeistert. Der Alte war ein Fuchs. Ab und zu konnte man wirklich noch von ihm lernen.

Allmählich schien es auch Otto zu dämmern. »Och nee, Chef, dat wär aber 'n richtiger Knüppel vors Schienbein.« Sanders Idee war anscheinend ganz und gar nicht nach seinem Geschmack. Otto war nun mal ein Gemütsmensch mit einem Herz wie Butterkuchen.

Na warte, wenn's drauf ankommt, ist dir auch das Hemd näher als der Rock, dachte Steffen. Und lag ziemlich richtig mit seiner Vermutung. Schließlich ging fast die Hälfte von Ottos Gehalt für die Hypotheken seines ein bisschen groß geratenen Häuschens drauf.

»Hör mal, Otto. Du weißt, ich bin nicht pingelig. Aber die Schlamperei mit dem Unterputz hätte dir doch auffallen müssen. Onkel Walter sagt, da wären so winzige Bläschen aus dem Zement gekommen. Die Mischung stimmte hinten und vorne nicht. Aber soweit ich weiß, hast du das abgenommen.«

Otto sank in sich zusammen, als hätte ihm jemand die Luft abgedreht.

»Alles porös. Muss alles abgeschlagen werden.

Kannst du mir verraten, wie wir das bis morgen schaffen sollen? Ich blas die Übergabe nicht ab, mit all den Wichtigtuern.«

Steffen war beeindruckt. Sander spielte auf seinen Leuten wie auf einem Klavier.

Otto kaute auf seinen eingetrockneten Lippen.

»Also, Otto. Du weißt, was du zu tun hast. Da machen wir 'nen schönen Versicherungsfall draus.«

»Verdient hat der Junge dat nich«, wehrte sich Otto zum letzten Mal kleinlaut.

»Keiner bekommt, was er verdient«, beruhigte Sander das Gewissen des altgedienten Poliers mit einem aufmunternden Schulterklopfen.

Es sei denn, man holt es sich, dachte Steffen beschwingt und steckte sich die Kopien, die er doppelt durchgenudelt hatte, in die Innentasche seines Sakkos.

Als Heise dann wie ein Schwerverbrecher aus Sanders Zimmer geschlichen kam, konnte er sich nicht verkneifen ihm noch ein so überflüssiges wie übermütiges »Kopf hoch, Otto, wird schon alles« hinterherzurufen.

21

Sie schikanierten Bob schon den ganzen Tag. Allen voran »Onkel« Walter.

Walter Kravschick, ein Betonklotz von Kolonnenführer und menschlich weit jenseits von Dschingis Khan.Wahrscheinlich weil er aus Kasachstan kam, musste er sich ständig als der deutscheste Deutsche Deutschlands aufführen, obwohl er gerade mal die Schlagzeilen der Boulevardblätter lesen konnte.

Seit drei Stunden ließ er Bob die Balken mit dem Flaschenzug ins Dachgeschoss hieven. Eine Mörderarbeit, weil schon nach einer halben Stunde wie üblich der Motor streikte und das Stahlseil mit der Hand gekurbelt werden musste. Als dann endlich alle Balken oben waren, ließ Onkel Walter »antreten« und spielte vor versammelter Mannschaft das beliebte Kommiss-Spielchen »Freiwillige vor«. Wer astete sich die Balken für den First auf den Buckel, damit die anderen sie verschrauben konnten? Ein Job, der jeden Schwergewichtler nach fünf Minuten in die Knie zwang.

Alles feixte nur. Keine Frage, in wen sich Onkel Walters Zeigefinger am Ende bohren würde, nachdem er genug in der Luft herumgekreist hatte.

»Na ich sach ma … du machs dat.«

»Bin ich Zimmermann?«, versuchte sich Bob noch vergeblich zu drücken.

»Nee, Lehrling«, stellte Walter in seiner betont schlichten Weltsicht fest und alles gackerte los.

Natürlich war Bob nicht zufällig zum Fußabtreter der Firma geworden. Bevor die andern ihn ausgestoßen hatten, hatte er sich ausgeschlossen. Er tüftelte und werkelte nun mal am liebsten solo vor sich hin. Die plumpe, unverbindliche, zuweilen boshafte Vertraulichkeit der Rheinländer war ihm fremd. Dazu war Bob viel zu geradeheraus. Anfangs hatte er ab und zu mitgemacht, wenn sie ihn eingeladen hatten. Skat. Würfeln. Fußballgucken. Saufen. Aber all das Männlichkeitsgetue ging ihm auf den Geist. Er war kein Typ zum Verbrüdern. Und genauso wenig an wiedergekäuten Witzen und Stänkereien interessiert. Statt Altbier um die Wette zu kippen, drehte Bob lieber seine Runden mit dem Rennrad.

Alleingänge. Gedankenfahrten.

Ihm war schon klar: Für die Kollegen war er kein Kumpel. Wer sich entzog, musste entsorgt werden.

Hintenherum hatte er ja doch mitgekriegt, was los war, als Steffen die Kolonne am letzten Ersten ins Büro bestellte. Ohne Bob. Zu den üblichen Gehaltsschecks wurden diesmal Bierchen serviert und die dezente Aufforderung, Bob »Feuer unterm Arsch zu machen«. »Wird mir 'n innerer Vorbeimarsch«, sollte Onkel Walter angeblich gesagt haben. Ob's stimmte, wusste Bob nicht. Aber gepasst hätte es. Vorausgesetzt, er hatte sich sprachlich selbst übertroffen.

»Na los, wodrauf warteste noch?«, fauchte ihn der Kapo an.

Zum Glück kam Otto Heise gerade auf den Speicher geklettert. Bob konnte sich kaum noch auf den Beinen halten. Seine Gelenke brannten wie Feuer und die Muskeln zuckten, als wären sie dauernden Stromschlägen ausgesetzt.

»Verdammte Scheiße!«, fluchte Otto. »Was ist mit der Galerie unten?«

»Wir ham hier genug zu tun«, nölte Onkel Walter los.

»Von wegen. Morgen ist Schicht. Sämtliche Bonzen tanzen da unten an. Punkt acht ist das Parkett verlegt und die Vertäfelung dran. Und alles versiegelt, Herrschaften!«

»Nee, Otto, nich schon wieder Überstunden. Hör ma, Fortuna spielt gegen Schalke!«, wehrte sich Walter und alles nickte im Akkord.

»Freundschaftsspiel«, stellte Otto so sachlich wie entschieden fest.

»Na und?« Walter tippte sich vor die Stirn. »Haste 'n Knall, Otto? Wir gehen sowieso auf'm Zahnfleisch.«

»Lass dir was einfallen.«

Hätte Otto gar nicht zu sagen brauchen. Bob wusste genau, was kommen würde. Walter war berühmt für die Einseitigkeit seiner Einfälle.

»Also jut, wenn's sein muss … dann machst du dat«, pfiff Walter ihn in seinem Kasernenhofton an. »Is 'ne schöne Schreinerarbeit. Kannste was lernen.«

»Ich hab aber schon die ganze Nacht durchgeschuftet«, wehrte sich Bob.

»Na dann red nicht rum und fang an. Umso schneller wirste fertig«, fletschte Walter die Zähne. »Können wir dann hier weitermachen, Otto?«

»Nur zu, Freunde. Und du kommst mal mit.« Heise legte Bob väterlich die Hand um die Schultern. »Alles halb so wild. Haste dein Werkzeug?«

Die Galerie war nicht allzu groß. Fünfzehn, sechzehn Quadratmeter Parkett. Und vielleicht vierzig Vertäfelung, schätzte Bob. Dafür war in dem Erker alles extrem verwinkelt und die Wand spannte sich wie eine Muschel zur Decke.

Kein Kinderspiel, bei dem anspruchsvollen Material. Erlesenster Kirschbaum für den Boden und das Geländer. Mahagoni für Wände und Decke. Das musste alles nach Maserung verarbeitet werden, damit es die richtige Wirkung bekam.

Zu allem Überfluss sah der Putz saumäßig aus. Die reinste Berg- und Talfahrt. Da musste man alle paar Zentimeter unterfüttern. Und sobald man hinfasste, rieselte alles wie Schnee.

»Das bröckelt ganz schön.«

»Geht schon. Da musste bloß ganz vorsichtig rangehen«, beschönigte Otto die Katastrophe.

»Ich glaub, bei der Wand bleibt nichts anderes übrig, als alles zu verdübeln«, meinte Bob fachkundig.

»Bist du verrückt? Bloß keine Löcher! Die reißen uns den Kopf ab. Hör mal«, schwer keuchend kam Otto auf die unwirtlich nackte Galerie geklettert und packte Bob kumpelhaft am Latz seiner Arbeitshose, »ich bin ganz froh, dass du das in die Hand nimmst.

Du weißt ja, dass ich dir 'ne Menge zutraue. Also, enttäusch mich nicht. Keine Kratzer. Und bloß kein Verschnitt. Das Zeug is so arschteuer, das is auf 'n Zentimeter kalkuliert.«

»Schon klar.« Eigentlich war das genau die Art von Arbeit, die Bob Spaß machte. Nur nicht, wenn er seit sechsunddreißig Stunden schuftete wie ein Sträfling im Steinbruch.

»Na dann viel Spaß!« Otto tätschelte ihn jovial im Kreuz. »Morgen kommste zwei, drei Stunden später. Auf meine Kappe.« Und weil er kein Unmensch war, steckte er Bob noch drei Zigaretten zu. »Damit die Nacht nicht so lang wird.«

Die Nacht wurde lang. Es war schon kurz nach fünf, als Bob die letzten Holme des Geländers eingepasst und alles minutiös versiegelt hatte.

Nicht ohne Stolz rauchte er die letzte Zigarette und sah sich sein Werk noch mal in Ruhe an, bevor er die Jeansjacke überzog. Dann machte er, dass er aufs Mofa kam, um wenigstens noch eine Mütze Schlaf abzubekommen.

22

Als Bob gegen zehn Uhr sein Mofa vor dem Bauwagen abstellte, kam Onkel Walter wie angestochen aus dem Haus gerannt.

»Ach nee. Auch schon da. Brauchst gar nicht abschließen. Sollst sofort zum Chef.«

»Worum geht's denn?«

»Wirste schon sehen. Und nu mach voran!« Walter scheuchte Bob mit rudernden Armen von der Baustelle.

»Du wirst schon sehnsüchtig erwartet.« Steffen winkte Bob ins Chefzimmer durch. Ein Metzger an der Schlachtbank konnte nicht hämischer feixen.

Bob hatte kaum einen Fuß in Sanders Büro gesetzt, als der mit hochrotem Kopf und gefährlich schwellenden Adern aufsprang.

»Weißt du, was mich deine Schlamperei kostet?«, polterte er los.

Bob hatte nicht die geringste Ahnung, worüber sich sein Chef derart aufregte.

»Das Holz alleine zwanzigtausend. Und das ist nicht mal das Schlimmste!«

Allmählich schwante Bob, was man ihm anhängen wollte.

»Ich mache vorhin meinen Rundgang mit den Herrschaften.« Sander redete sich immer mehr in Rage. »Natürlich alles da. Die Direktoren. Presse. Das ganze Kulturdezernat. Sind auch alle ganz angetan. Bis wir in Mülders' Zimmer kommen. Hast du überhaupt eine Ahnung, wer Mülders ist?«

Hatte Bob nicht. Was seinen Chef offensichtlich an den Rand der Verzweiflung brachte.

»Hast du schon mal eine Zeitung aufgeschlagen? Ich meine, eine von hier?«, schnaubte Sander wie ein erkälteter Drache.

Abwehrend verschränkte Bob die Hände vor der Brust, als würde er aufs Schafott geführt.

»Ingo Mülders«, belehrte ihn sein Chef daraufhin mit schriller Stimme, »ist der einzige Sohn unseres Finanzministers. Man wird ja nicht zufällig Bibliotheksdirektor. Ich habe mit Ingo Mülders zwei geschlagene Abende verbracht, um das Holz für seine Scheißgalerie auszusuchen! Für das Mahagoni bin ich selbst nach Amsterdam gefahren! Und was sehen meine entzündeten Augen heute Morgen?« Wie um die Spannung zu steigern, nestelte er sich umständlich die Schuppen von seinem dunklen Geschäftszwirn. »Wellfleisch! Alles aufgesprungen! Das Parkett stippt vom Boden wie Gräten aus 'nem abgefressenen Fisch. Erstklassige Arbeit kann ich da nur sagen.«

Bob war wie betäubt. Er musste erst mal schlucken, bevor er zur Besinnung kam. »Ich habe alles beidseitig verklebt. Schrauben durfte ich ja nicht.«

»Das hab ich gesehen, was du geklebt hast. Die Kassetten hängen von der Wand wie 'ne Achterbahn! Geh's dir ruhig angucken. Ich hab mich in Grund und Boden geschämt. Weißt du, wohin ich mir die nächsten Ausschreibungen für die Stadt stecken kann?« Max Sander lief allmählich zur Hochform auf, als Märtyrer des Wirtschaftswunders. »Nee, junger Mann, mit der Arbeitsauffassung gehste besser da hin, wo du hergekommen bist.«

»Tut mir Leid, Herr Sander. Ich hab ja gesagt, dass die Grundierung porös ist.« Bob spürte genau, wie sinnlos jedes Wort war. Jemand hatte ihn hereingelegt. Mit Absicht.

»Dann hätte Otto die vermutlich nicht abgenommen, oder? Willst du deine Schlamperei jetzt auf Herrn Heise abwälzen?«

Bob ließ betreten den Kopf sinken. Er wollte einfach nicht glauben, dass Otto derart linke Touren ausheckte.

»Also. Wenn man Mist baut, muss man wenigstens dafür gradestehen. Oder was meinst du?« Max Sander wippte auf den Zehenspitzen.

»Schon«, murmelte Bob. »Trotzdem verstehe ich das alles nicht.«

»Das verlangt auch keiner von dir. Das Einzige, was wir hier verlangen, ist korrekte Arbeit. Wenn du dazu nicht in der Lage bist, holst du dir besser die Papiere.« Das hörte sich verflixt endgültig an.

»Sie wollen mich rausschmeißen? So kurz vor der Prüfung? Was glauben Sie, was das Arbeitsgericht dazu sagt?« So selbstsicher das klang, in Wahrheit war Bob ganz schön mulmig.

»Sei froh, wenn ich dir den Schaden nicht in Rechnung stelle.«

So hatte er sich das vorgestellt! Sander wollte ihn einschüchtern. Aber so kurz vor dem Ziel ließ Bob sich nicht einfach abservieren. Dazu hatte er mit seiner Mutter in Berlin zu viel Dreck gefressen und Opfer gebracht.

»Ich habe mich nie beschwert. Egal, wie man mich getriezt hat. Vorgestern hab ich die Nacht durchgemacht und ...«

»Ist mir nicht entgangen«, konnte sich Brittas Vater nicht verkneifen.

Das bereute er aber sofort, denn jetzt war Bob klar, worum es wirklich ging. Aus seinen Augen schlug Feuer. »Ach, daher weht der Wind. Ich soll weg von Britta.«

Max Sander dachte nach. Dabei schien ihn jede schiefe Franse am Teppich zu stören, die er sorgsam mit dem Schuh zurechtschob. »Sagen wir mal lieber, junge Leute in der Ausbildung sollten sich genau darauf konzentrieren.« Sander sah Bob direkt ins Gesicht. »Wenn da zu viel Ablenkung ist, muss sie weg. So oder so.«

»Das heißt?«, hakte Bob unerschrocken nach.

»Du kümmerst dich ab jetzt nur noch um deine Prüfung. Und danach sehen wir beide uns mal um, wo wir was Passendes für dich finden.«

»Und wenn's mir hier gefällt?« Allmählich bekam Bob wieder Aufwind.

»Dann bleibt mir nichts anderes übrig, als meine Tochter da hinzuschicken, wo sie wirklich Ruhe hat.«

Sander starrte unnachgiebig ins Leere. »Wirklich Ruhe hat.«

Bob erschrak. Wenn er nicht klein beigab, bekam Britta die Rechnung. »Sie meinen, ein Internat, oder so was?«

Sander ging ans Fenster und hob die Gardine. »Ich gehe davon aus, wir haben uns verstanden. Ach, eins noch. Falls es irgendwelche dummen Fragen von der Handwerkskammer oder der Gewerkschaft geben sollte, geht die Angelegenheit direkt zu meinem Anwalt. Dann wird's richtig teuer.«

Max Sander begann hingebungsvoll, die Stechpalmen und Yuccas auf der Fensterbank zu gießen.

Das übliche »Wiedersehen« verkniff sich Bob. Schließlich hatte sein Chef ihm klar gemacht, dass ihm daran ganz und gar nicht lag.

23

Bob erkannte Brittas Stimme sofort. Auch wenn er durch sein Kellerfenster nur ihre Schuhe sah. Gegenüber von Specki Mohns Gummilatschen, den sie gerade weich klopfte. Vermutlich hatte sie den ollen Küttel so lange mit ihrem Kleinmädchencharme bearbeitet, bis er seinen Unterschlupf verraten hatte.

»Na schön, Mäuschen, weil du's bis'. Da unten wohnt er.« Bob hörte, wie Specki sich mit einem klagenden Seufzer in sein Schicksal ergab. »Aber kein Wort zu deinem Alten. Von mir weißte nich, wo der Knabe steckt.«

»Versprochen.« Brittas Stimme hörte sich fast feierlich an. »Und – danke noch mal. Hast einen gut.«

Bob bekam mit, wie sie hastig an die windschiefe Tür gehetzt kam und viel zu fest klopfte. Das Sperrholzblatt zitterte in den Angeln.

Bob strich mit beiden Händen durch die Haare, um sie wenigstens ansatzweise zu bändigen. Mit drei Schritten war er an der Tür. Bevor er öffnete, musste er noch mal durchatmen.

Britta starrte ihn an wie einen Geist aus einer fremden Sphäre. Durch das Souterrain des zusammengepfuschten Zweckbaus aus den frühen fünfziger Jahren zog ein säuerlicher Geruch.

»Hi.«

»Hi. Woher weißt du, wo ich wohne?«

»Ist das alles, was dich interessiert?«

Bob schüttelte den Kopf. Trotz der Hitze draußen, trug er einen seiner schlabberigen Pullis. Aber hier unten war's auch ganz schön klamm.

»Hast du Besuch?«

»Nee. Wieso?«

»Weil du da rumstehst wie ein Zinnsoldat.«

Britta hatte Recht. Er klebte wie angewurzelt im Türrahmen. Als wüsste er nicht, wohin mit sich.

»Hier kommt kein Besuch. Höchstens mal Speckis Frau mit 'nem Rest Suppe. Oder die Oma, wenn die Gerichtsshows im Fernsehen vorbei sind.« Bob spürte selbst, was für einen belanglosen Müll er quatschte.

»Weißt du, wie lange ich schon nach dir suche?«, fragte Britta. Es klang eher verzweifelt als vorwurfsvoll.

»Ich hab viel um die Ohren«, entschuldigte sich Bob. Schon wieder nichtssagend und unpassend. Sobald er Britta sah, ging sein Gehirn flöten. Er kam sich vor wie eine Kaulquappe.

»Kann ich vielleicht reinkommen?«

Weil ihm keine passende Antwort einfiel, zog Bob die Tür eine Spur weiter auf. Er konnte Britta doch nicht sagen, wie peinlich ihm ihr Besuch war. In seinem nachlässig getünchten Kellerloch mit Bett, Tisch, Stuhl und ein paar Nägeln an der Wand.

»Gemütlich hast du's.«

Das sollte vermutlich ein Witz sein, aber weil Bob es in den falschen Hals bekam, klang es nur hochnäsig.

»Für fünfzig Euro bekommt man nun mal kein Penthouse.«

Britta kam langsam mit zusammengekniffenen Augen auf ihn zu. »Warum meldest du dich nicht?«, fragte sie. Eine Spur zu hastig.

Alles, was Bob liebte, stand vor ihm. Verschrocken und ein bisschen überheblich. Am liebsten hätte Bob Britta jetzt einfach bei der Hand gepackt, die drei Klamotten von den Nägeln gerissen und wäre mit ihr zusammen abgehauen.

»Also. Warum nicht?«

Manche Fragen brennen Löcher ins Herz. Bob konnte nicht antworten, grübelte nur fiebrig vor sich hin. Sollte er erzählen, was passiert war? Womit ihr Vater gedroht hatte? Dass er sie wegsperren wollte vor ihm? In ein Internat. Wie eine läufige Hündin.

Britta legte Bob die Arme um den Hals, stupste ihn mit der Nase, zog seinen Kopf auf Mundhöhe herunter.

Bob konnte sich nicht rühren. Alles in ihm war eingerostet.

Britta ließ los. In ihrem Gesicht war nur noch Schmerz und Leere. Und Angst.

»Hast du eine andere?«

Wie kannst du so was denken, dachte Bob. Als ob es je eine andere geben könnte.

Deshalb musste er sie doch beschützen. Durfte sie nicht festhalten, wenn er ihr damit alles nahm. So sehr er sie auch liebte. Wollte. Brauchte. Alles war aussichtslos. Zerstörerisch.

Bob schloss die Augen, damit Britta nicht in ihnen lesen konnte, wovon er wirklich träumte.

»Ich will wissen, ob es eine andere gibt!« Wütend rüttelte sie an Bobs Schultern.

Widerwillig nickte sein Kopf. Ganz von allein.

Britta schrak zurück.

Um sprachlos aus dem fahlen Licht des Kellers zu verschwinden. Wie ein Schatten unter den Wolken.

24

Britta hasste Alkohol. Sie hasste es, die Kontrolle zu verlieren. Ab und zu mal trank sie ein Glas mit, mehr aus Sympathie. Aber heute, als sie im *K2* auf die Sitzbank über der Heizung fiel, wollte sie nur noch eins: dichtmachen. Sich betäuben.

»Was kann ich dir bringen?«, erkundigte sich Inga, die üppige Nachmittagsbedienung, routiniert.

»Ein Caipi.«

Erst jetzt schien Inga genauer hinzusehen. »Caipirinha?«, fragte sie vorsichtshalber noch mal nach. Die Bestellung passte so gar nicht zu dem seltenen Gast.

»Ja. Aber keinen für Mädchen.« Britta schnappte sich die nächstbeste abgelesene Illustrierte, blätterte darin, ohne wirklich hinzusehen.

Drei Caipirinhas später flogen ihre Gedanken immer noch aufgewühlt und zerfleddert durchs Nirgendwo. Nichts in ihrem Kopf war mehr klar. Und das lag nicht an den Getränken. Jedenfalls kam es ihr nicht so vor.

»Noch einen.« Sie hob das Glas Richtung Bar. Unwirsch.

»Ich glaube, das reicht jetzt.« Jemand rutschte unaufgefordert neben ihr auf die Bank.

Steffen.

»Wer sagt das?« Britta war selbst ganz überrascht, wie schnippisch sie sein konnte.

»Ich.«

»Interessant. Du hast aber nichts zu sagen.« Demonstrativ schmiss sie den Strohhalm aus dem Glas, das Inga vor ihr abstellte, und nahm einen gewaltigen Schluck.

»Ich glaube, ich muss mich mehr um dich kümmern.«

»Wer sagt das?«

Steffen zuckte zusammen.

Herrlich, wie man Leute auf die Palme bringen konnte, indem man immer das Gleiche sagte.

»Ich«, behauptete Steffen.

»Nee.«

Jetzt sah Steffen ziemlich verdutzt aus der Wäsche.

»Du plapperst nur nach, was mein Vater dir vorkaut.«

»Quatsch.« Steffen war stinksauer. Jedenfalls tat er so.

Britta beschäftigte sich wieder mit ihrem Caipirinha.

Mit einem schnellen Griff nahm ihr Steffen das Glas aus der Hand. »So. Jetzt hörst du mir mal zu. Ich kann nichts dafür. Du gefällst mir.« Jetzt, wo es raus war, brauchte er selbst was zu trinken und bediente sich an Brittas Caipirinha. »Ich mag dich. Ich steh auf dich. Das braucht mir keiner zu sagen. Das weiß ich.

Weil ich's spüre. Da drin.« Steffen klopfte sich vor die Brust. In seiner Aufregung samt Glas. »Scheiße!« Sein Sakko schwamm in Rum.

Britta konnte sich ein Lachen nicht verkneifen.

Ausnahmsweise tat Steffen einmal das Richtige und lachte mit.

»Ich bin ein Idiot«, sagte er.

»Wem sagste das«, lachte Britta. Dann sagte sie nichts mehr, sah Steffen nur an. Ruhig. Sorgfältig. Als würde sie etwas Neues in ihm entdecken.

»Also«, Steffen zog sein Sakko aus und knautschte es auf die Bank, »trinken wir noch was?«

»Klar«, meinte Britta, »die Party geht doch erst los.«

»Was feiern wir denn?«

Britta überlegte. Stützte das Kinn auf die Hände. Lehnte sich dann nach hinten. Drehte den Kopf, weil die Nackenmuskeln spannten, mit einem zischenden »Puhhhh!«. Schließlich hatte sie genug Anlauf für die einzige Frage, die sie interessierte.

»Hast du 'ne Ahnung, was mit Bob los ist?«

Steffen lächelte zweideutig. Als witterte er Morgenluft. »Na ja«, zierte er sich gekonnt, »weiß nicht. Jedenfalls nichts Genaues.«

»Red nicht rum.«

»Na schön, weiß ja sowieso jeder. Dein Starfotograf knipst jetzt an jemand anderem rum ...«

»Silke?« Du heulst jetzt nicht los, versprach sich Britta und versuchte ein möglichst gelangweiltes Gesicht hinzukriegen.

»Exakt.« Steffen setzte eine mittlere Portion Mitgefühl auf.

»Ich hab's mir gedacht.« Das kam noch halbwegs elegant. Aber dann schossen die Tränen nur so raus.

»Tja«, sagte Steffen. Dann nahm er Britta in den Arm und wischte ihr mit der flachen Hand die Tränen weg, die an der Wange runterrutschten. »War doch sowieso ein Arschloch. Erst die kindischen Fotos. Dann macht er den Liebeskasper. Dabei bescheißt er dich, wo er nur kann. In der Firma baut er sowieso nur Mist, weil er nichts als Weiber im Kopf hat. Gestern hat er uns für zwanzigtausend Euro Edelholz ruiniert. Vergiss den Penner.« Er zog Brittas Kopf auf seine Schulter.

Britta glaubte ihm. Beinah. Weil sie ihm glauben wollte. Es hätte viel zu wehgetan, es nicht zu tun.

»Ich bring dich nach Hause«, bot Steffen an.

Er nahm sie bei der Hand und bezahlte. Dann brachte er sie zum Auto, das wie immer schräg gegenüber in der zweiten Reihe geparkt war. Bevor er losfuhr, ließ er das Dach heruntersurren.

Das Polster roch nach Leder. Britta legte den Kopf auf die Rückenlehne. Es fühlte sich gut an. Gut und kühl.

Steffen fuhr los. Der Wind spielte in Brittas Haaren.

»Was hältst du davon, wenn wir am Samstag zusammen auf Charles' Fete gehen?«, schlug Steffen vor, als er sie zu Hause absetzte.

»Hört sich gut an«, sagte Britta im Aussteigen.

Aber Steffen zog sie noch mal zurück, um ihr ein Freundschaftsbändchen ums Handgelenk zu knoten. Schwarz, mit zwei Holzperlen und winzigen weißen Muscheln.

»Wo hast du das denn her?«

»Gefällt's dir?« Er ließ Britta keine Zeit zu antworten. Blitzschnell beugte er sich zu ihr und küsste sie. Wie eine Schlange kroch seine Zunge zwischen ihre Lippen.

»Fühlt sich gut an«, sagte er, nachdem er sie losgelassen hatte.

»Wenn du meinst.« Das Einzige, was Britta gefühlt hatte, war ein leichter Geschmack von Caipirinha.

Immerhin.

25

Steffen hatte alles genau geplant. Die Knoop und die Wefel waren gebrieft und würden funktionieren wie aufgezogen. Silke war der Köder. Und der zappelte schon im Netz.

»Och, das tut mir Leid. Steffen ist in einer Sitzung«, plapperte Frau Wefel wie ein Maschinengewehr los, »aber wenn Sie die junge Dame wegen dem Roller sind, soll ich Ihnen die Schlüssel geben ... ach ja, und die Papiere und Steffen lässt auch schön grüßen und ich soll noch mal Danke sagen, weiß aber nicht, wofür. Und ich soll Ihnen ausrichten, dass er Sie heute Abend leider nicht auf die Party von Herrn Charles begleiten kann.«

Gute Frau! Das Letzte war besonders wichtig! Nur das verlegene Lachen hätte sie sich besser verkniffen, fand Steffen.

»Ah ja, danke dann.« Silke stöckelte auf ihren Pumps nach draußen.

Steffens Sitzung fand hinter den zugezogenen Gardinen von Sanders Büro statt und war eine ziemlich einsame Angelegenheit. Von seinem Ausguck aus beobachtete er genüsslich, wie Silke sich vergeblich bemühte, die schwarz glänzende Kenzaghi flottzumachen.

Das Schätzchen war ganz schön durcheinander, als sie anrief, um ihn anzupumpen. Den Motor ihres eigenen Rollers hatte sie sauer gefahren. Und keinen Cent für die Reparatur. Sollte sie sich vielleicht die Designerschühchen durchlaufen, an denen sie so schrecklich hing? Am liebsten hätte er ihr gesagt: Stell dich doch an die Charlottenstraße. Aber dann hatte er eine viel bessere Idee. Mit Speck fängt man Mäuse. Und mit Mäuschen wie Silke Männer.

Die war inzwischen mit ihren drei Nerven am Ende und prügelte mit ihrem winzigen Handtäschchen wütend auf der Sitzbank rum.

Herrlich! Der Köder machte sich bemerkbar.

Und siehe da. Schon nahte der Retter. Genau, wie Steffen sich das gedacht hatte. War doch einfach niedlich, wie man sie alle an der Strippe führen konnte, wenn man nur eins und eins zusammenrechnete. Die meisten Menschen waren eben bloß dressierte Äffchen. Und der Gorilla, der jetzt die Abdeckhaube vom Roller schraubte, war nun mal notorisch auf Anteilnahme und Hilfsbereitschaft programmiert.

Bob brauchte keine zwei Minuten, um die gelockerten Zündkerzen zu finden und festzuschrauben. Jetzt probierte er den Anlasser. Die Mühle startete problemlos und der Motor schnurrte wie eine Nähmaschine.

Silke flog ihrem Heimwerker um den Hals. Dann quälte sie sich kokett mit ihrem viel zu kurzen Röckchen auf den Sitz. Nahm Bob noch mal unauffällig in Augenschein. Dann beugte sie sich zu Bob und fragte ihn was. Der wollte anscheinend nicht. Pikiert nahm Silke die Hände vom Lenker und stemmte sie in die Hüften. Versuchte es wieder, diesmal mit Dackelblick.

Und schon klappte es. Bob nickte ein müdes Ja.

Der Fisch hatte den Köder geschluckt und hing an Steffens Angel.

Die kleine Schlampe würde morgen mit dem Waldschrat bei Charles einlaufen. Der hatte schließlich keine Ahnung, dass er mit dem berüchtigtsten Wanderpokal der Stadt unterwegs war. Britta würde platzen vor Begeisterung.

26

Britta lehnte an der Zarge der riesigen Schiebetür zum Garten. Draußen funkelte der Pool. Er hatte olympische Ausmaße und war von Bodenscheinwerfern umrandet, die eine Art Lichtvorhang in den Himmel leuchteten.

Das Innere der Villa sah aus wie eine Marmorgruft auf mehreren Ebenen. Ein Pharaonengrab für Lebende.

Komisch, musste Britta denken, alle bauen sich Denkmäler. Das von Charles' Eltern war noch ein paar Nummern größenwahnsinniger ausgefallen als das ihres Vaters. Alles diente nur einem Zweck: zu beweisen, dass Geld keine Rolle spielt. Geschmack war Größe und Bedeutung Masse. Und wenn man ganz bedeutend war wie der Vater von Charles, baute man keine Häuser, sondern »machte in Strom« und siegelte sich in weißem Stein ein.

Die Party war ungefähr so aufregend wie ein Aquarium, in das man literweise Tranquilizer geschüttet hatte. Seit zwei Stunden wurden die Charts rauf- und runtergenudelt. Der Gastgeber schüttete sich mit Robert und Falco auf der Hollywoodschaukel am Pool systematisch zu, begrabschte alles, was vorbeikam, und rief ununterbrochen nach Steffen.

»Jetzt komm mal endlich rüber, Monsieur.«

»Aber echt«, griente Falco, »oder stehste nur noch auf Tussi-Talk?«

»Gleich, Jungs!« Steffen winkte abgeklärt herüber und lächelte Britta übertrieben zu, damit auch jeder mitkriegte, mit wem er da war.

Britta musste schmunzeln. Der Eroberer sonnte sich im neu gewonnenen Glanz.

Kim und Nicole scharwenzelten um ihn rum, als wäre er das achte Weltwunder persönlich, und Katja zog ihn auf ihren Schoß, um ihn neckisch mit Trauben vom Käsebüfett zu füttern.

»Sag mal, bist du jetzt wirklich mit Britta …? Ich meine … so richtig zusammen?«

»Na ja«, Steffen grinste wie ein Honigkuchenpferd, »ich würde mal sagen, du triffst den Punkt.«

»Nicht schlecht, Herr Specht.« Kim gluckste.

Bloß Nicole stänkerte gleich wieder was von »Die bringt's doch sowieso nicht«.

»Bei mir schon.« So leicht ließ Steffen sich nicht die Butter vom Brot nehmen.

»Sieh mal einer an, stille Wasser sind tief«, staunte Katja und es klang fast ein bisschen ernst.

Aber dann war Steffens Showtime schlagartig abgelaufen, als Silke mit Bob aufkreuzte.

Es wurde mucksmäuschenstill. Selbst am Büfett hörte das Löffelkratzen und Tellergeklapper auf.

»Na, das passt doch hervorragend«, freute sich Steffen mitten ins Schweigen.

Britta blieb die Luft weg.

Silke wieselte auf die Mädels zu, überfiel sie mit Küssen. Dabei zog sie Bob wie einen Luftballon hinterher.

»Guckt mal, ihr Süßen, wen ich dabeihab. Bob. Den kennt ihr ja schon«, kicherte Silke, als hätte sie alle Star-Castings auf einmal gewonnen.

»Hi!«, »Schön dich zu sehen!« Drei beringte Hände streckten sich Bob auf einmal entgegen. Der konnte sich allerdings kaum mehr als ein trockenes »Hallo« abringen. Ohne hinzusehen. Denn seine Blicke klebten an Britta wie an einer Erscheinung.

»'tschuldigung«, murmelte Bob noch, dann war er auch schon bei ihr. »Was machst du denn hier?«, entfuhr es ihm entgeistert.

»Ich wollte nur sehen, ob du dich auch gut amüsierst. Jetzt, wo du angekommen bist.«

»Schatz!«, mahnte Steffen vom Sofa. Und weil ihm seine Eifersucht sichtlich peinlich war, schob er gleich noch was Belangloses wie eine Entschuldigung hinterher. »Möchtest du auch was vom Büfett?«

»Danke. Ich hab alles, was ich brauche.«

Steffen und Bob stutzten im Akkord. Endlich hatten sie mal was gemeinsam.

»Sicher?«, fragte Steffen.

»Ja«, behauptete Britta.

»Wirklich?«, fragte Bob.

Dann wusste keiner mehr, was er sagen sollte.

»Was ist bloß mit uns passiert?«, fragte Britta. Mehr sich als Bob.

Der kaute auf den Lippen und starrte nach draußen auf den blassen, wolkenverhangenen Mond.

»Jetzt red endlich. Oder bin ich dir völlig egal?«

»Bestimmt nicht«, flüsterte Bob und sah noch entschlossener weg, weil ihm die Augen feucht wurden.

»Bob.« Britta drehte ihn zu sich. Und plötzlich konnte sie ganz tief in ihn hineinsehen.

»Bitte, Britta. Es hat keinen Sinn. Wir dürfen uns nicht sehen.«

»Wer sagt das? Steffen? ... Silke?«

Bob lachte. Wie aus einem Grab.

»Wer dann?«

Anstatt zu antworten, drehte sich Bob ganz weg und rannte in den Garten, bis ihn die Dunkelheit verschluckte.

Mit einem Mal wusste Britta genau, was geschehen war.

»Sieht aus, als wollte dein Tarzan Jane zurück«, ätzte Katja.

»Ja, wie finde ich das denn?«, fragte Steffen pikiert.

»Drollig«, meinte Silke abgebrüht, »war sowieso nur 'n Gag.«

»Nee, du, ich find's gar nicht lustig«, moserte Steffen.

»Na dann wollen wir doch mal dafür sorgen, dass es ein bisschen lustiger wird.« Silke blinzelte.

Britta bekam die Gehässigkeiten zwar mit. Vor allem die Mädels trompeteten ihre Bosheiten geradezu hinaus. Aber ihre Gedanken kämpften sich durchs Gestrüpp ihrer Erinnerungen. Noch einmal kam Bob aus dem See auf sie zugelaufen. Wachte sie in seinen Armen auf dem Sacklager auf. Stand er starr und reglos vor ihr, unfähig sie anzusehen. Und über all das schob sich jetzt das fassungslose Gesicht ihres Vaters, wie er sich krampfhaft am Schreibtisch festhielt. Sein stechender Blick, als er von den Fotos aufsah. Und sein verbittertes »So weit sind wir also schon« in der Küche.

Endlich hatte sie die Erklärung, warum Bob mit einem Mal wie ausgewechselt war. Wie vom Erdboden verschluckt. Ihr Vater steckte dahinter. Er hatte Bob unter Druck gesetzt. Ihn bedroht, schikaniert. Bis er klein beigegeben und sich in seinem Kellerloch verkrochen hatte.

Trotzdem. Irgendwie passte das noch nicht zusammen. Nicht zu Bob. Oder war er am Ende genauso feige und bequem wie all die andern, wenn ihm der Gegenwind richtig ins Gesicht pfiff?

»Komm, mein Engel, iss 'nen Happen.« Steffen fummelte ihr plötzlich mit zwei knoblauchgeschwängerten Riesenscampis vor der Nase rum.

Britta biss zu. Mehr aus Wut als aus Hunger.

»Möchtest du was trinken?« Steffen zeigte sich sichtlich besänftigt. »Der Prosecco ist super.«

»Von mir aus.«

Steffen huschte zu Silke herüber, die gerade an der Bar eine neue Flasche köpfte und einschenkte. Steffen verlangte zwei Gläser. Da es aber nur noch einen Sektkelch gab, musste er sich mit einem Wasserglas begnügen.

Den geschliffenen Kelch mit dem altertümlichen Goldrand, in dem der Prosecco wie wild sprudelte und schäumte, reichte er selbstredend Britta.

»Prost. Auf uns.«

Britta stieß an, ohne hinzusehen.

Irgendjemand drehte die Musik auf. Die Bässe wummerten durch den Raum.

»Hast du Lust zu tanzen?« Steffen musste schreien, damit Britta ihn verstand.

»Jetzt nicht.«

»Na komm schon.« Steffen zog Britta auf die Rundung aus weißgrau gemaserten Marmorplatten vor der Kaminbrüstung. Fast eine Bühne.

Nur unwillig bewegte sich Britta im stampfenden Rhythmus des House. Zumal sie, abgesehen von der selbstverliebt dahintänzelnden Katja, allein auf der durch Riesenboxen abgegrenzten Tanzfläche waren. Steffen genoss mit eckigem Gezappel seinen Auftritt, wobei er Britta mit den Augen verschlang.

»Willst du mich?«

Idiot! Wie konnte er so was fragen. Britta schüttelte den Kopf.

Sie hatte genug. Der Sound dröhnte ihr durch den Kopf. Irgendetwas jagte ihr Blut wie Feuer durch die Adern. Ihr Herz schlug wie wahnsinnig. Ihre Augen tanzten mit winzigen Sternen. Dann explodierte eine glasige Wolke in ihrem Kopf.

Plötzlich wurde alles ganz leicht. Ein wattiges Etwas fing sie auf, nahm sie mit sich. Die Musik wurde lockend, sphärisch. Strahlende Gesichter sammelten sich ganz nah um sie. Sie schien zu schweben. Unzählige Hände mussten sie festhalten, damit sie nicht noch weiter hochstieg. Immer weiter, als könnte sie sich über alles erheben, von allem lösen. Dann war sie über allen und allem. Und fing an zu tanzen.

»Tanz, Britta, tanz!«, schrien all die vertrauten Stimmen und es war, als trügen sie sie noch weiter hinauf.

Britta wurde von einer nie gekannten Wärme durchströmt. Fern und jenseits von allem stieg sie in ihr empor. Als wäre sie Licht geworden.

Und dann hörte sie Klatschen. Ein immer wilderes, ausgelasseneres Klatschen. Das monotone Stakkato eines Presslufthammers. Und ein Rap, der hieß »Ausziehn«. Und immer wieder schrie der Text »Ausziehn«.

Mit einem Mal waren da kühle Hände an ihr mit bunten Ringen und die tanzten auf ihren Beinen, den Armen. Überall. Und dann spürte sie die Kühle am ganzen Körper und fühlte sich grenzenlos frei. Da war nichts mehr, was sie einengte. Wie im Paradies.

Vor allem, weil sie schon die ganze Zeit ein Gesicht vor sich sah, ein überstrahltes, helles Gesicht, das immer näher kam und schon fast ihre Lippen berührte ...

Bob! Bob! Lass mich nackt sein für dich. Lass mich für dich geboren werden ...

Britta verschmolz mit dem Rhythmus ihrer Träume und die Musik schallte immer lauter durch den Raum. Bis das künstlich-mechanische Surren einer Handy-Digicam völlig im Sound unterging.

»Geht's wieder? Was haben die Schweine dir angetan?« Bob strich ihr die schweißverklebten Haare aus der Stirn.

»Ich liebe dich«, sagte Britta.

Sie konnte die Sterne sehen. Bob hatte sie ihr mitgebracht.

Sie lag auf seinen Knien und rollte sich in seinen Schoß. Nur die verdammte Decke störte sie, in die sie eingewickelt war. Britta versuchte das Ding wegzureißen, das zwischen Bob und ihr war.

Bob verhinderte es.

»Komm, wir gehen.« Er nahm sie auf seine Arme. Es war, als könnte sie fliegen.

»Sssssimmmmmmm«, machte die Schwalbe.

Bob trug Britta zurück ins Haus. Alles schien Spalier für sie zu stehen.

Vor dem Kamin raffte Bob sich ein Häufchen Klamotten.

Komisch, die sehen fast aus wie meine, dachte Britta.

Und dann dachte sie gar nichts mehr, denn Bob presste sein Gesicht auf ihres und alles wurde wieder angenehm kühl.

27

Kalkweiß riss Brittas Vater ihr die Tür auf, als sie am darauf folgenden Montag aus der Schule kam. Er schwankte.

»Komm mal mit. Da gibt's was Interessantes im Fernsehen.«

Als er die Fernbedienung des DVD-Players drückte, merkte sie, wie seine Hand zitterte.

Ein kurzer Blick auf den Bildschirm genügte. Zu einer ätzenden, kreischenden Musik vollführte sie abgedrehte Verrenkungen auf dem Kaminsims. Nackt. Mit glasigen Augen wie ein Mondkalb. Jetzt war alles aus.

Britta riss die Hände vor die Augen.

Ihr Vater drückte die Stopptaste. »Ich kenne meine Tochter nicht mehr.«

Ganz leise sagte er das. Sachte. Fast sanft.

Mensch, Papa, schlag mich doch, dachte Britta. Schrei mich an oder sperr mich ein. Aber sag so was nicht. Das halt ich nicht aus.

»Drogen?«

»Ich war völlig weg.«

»Wer hat dir das Zeug gegeben?«

»Gegeben? Denkst du wirklich …? Ich hab keine Ahnung.«

»Also hat dir das irgendjemand untergejubelt?«

Britta bestätigte stumm.

»Das passt.« Max Sander fingerte kraftlos eine aus Zeitungsbuchstaben zusammengeklebte Forderung aus dem wattierten Kuvert. Seine Hand zitterte jetzt so sehr, dass er sie mit der anderen festhalten musste. Britta sah richtig, wie peinlich ihm das war. »*Fünfzigtausend in kleinen Scheinen. Heute, Montag. Interregio 16 Uhr 15 nach Dortmund. Wagen 14. Toilette. Papierabfall. Master-DVD da. Polizei = alles an Presse und Rathaus.* Hast du eine Ahnung«, Max Sander räusperte sich, »was das für mich bedeutet? Für uns? Jetzt verrat mir mal, wo du dich so aufgeführt hast.« Man merkte ihm die Anstrengung an, einigermaßen sachlich zu bleiben.

»Freitag. Auf Charles' Party. Aber ich weiß wirklich nicht, wie …«

»Das sieht leider ein Blinder, dass du nichts weißt. Völlig von Sinnen. Meine Tochter.« Er räusperte sich wieder und schluckte verbissen, als müsste er drei Klöße auf einmal runterwürgen. »Das hier ist keine Kinderei wie die Wackelfotos. Das ist unser Ruin. Ich sehe eine Britta Sander so gut wie nackt herumtanzen. Voll gepumpt mit Drogen. Wenn ich das jemandem erzähle, he, hallo, Entschuldigung, die hat sie nicht freiwillig genommen, das glaubt mir keiner.«

»Ich weiß.«

»Was hier jetzt abgeht, ist kriminell. Und wir sind richtig schön erpressbar … mit wem warst du da?«

»Steffen.«

»Ach?« Brittas Vater konnte seine Überraschung nicht ganz verbergen. »Das hat er aber nicht mitgekriegt. Oder habt ihr euch alle so aufgeführt?«

Britta schüttelte verlegen den Kopf. »Sorry, Paps, ich kann mich an nichts mehr erinnern.«

»Na dann wollen wir mal hören, was dein Begleiter dazu zu sagen hat.«

Ein kurzer Anruf übers Haustelefon genügte. Keine Minute später kam Steffen angelatscht.

»Ja bitte, Herr Sander?«

Erst jetzt bemerkte er Britta und lächelte lässig zu ihr herüber. Wirklich zu überraschen schien ihn ihre Anwesenheit nicht.

»Muss ja 'ne tolle Party gewesen sein, bei diesem Charles.«

»Sehr nett, Herr Sander. Eine nette, gepflegte Party. Bis die beste Freundin ihrer Tochter mit diesem Proleten aufkreuzte. Unserem Azubi.«

»Sieh mal einer an.« Das klang wie eine Kriegserklärung. Für einen Atomschlag.

»Er hat sich natürlich sofort wieder an Britta rangemacht und sie ganz schön abgefüllt. Und nicht nur das, glaube ich.« Steffen unterstrich seine Mutmaßungen mit einem vielsagenden Augenaufschlag.

»Drogen?«

»Sah ganz danach aus«, heuchelte das Unschuldslamm, »ich habe Britta ja gewarnt, aber ... zwecklos. Sie war derart verblendet. Mir war das alles furchtbar peinlich. Deshalb bin ich nach draußen und hab mich mit den Jungs unterhalten.«

»Da stimmt kein Wort. Der lügt wie gedruckt«, stellte Britta aufgeregt klar.

»Du hast doch gerade noch behauptet, du kannst dich an nichts erinnern«, überging Brittas Vater jeden Protest. »Also, Steffen?«

»Ich hab dann nur noch mitbekommen, wie Britta auf dem Kamin getanzt hat. Ziemlich, wie soll ich sagen …«

»Nackt«, half ihm Max Sander aus.

»Schon, ja … tut mir Leid, Britta, aber irgendwann kommt's ja doch raus. Weil …« Den Rest des Satzes verbiss sich Steffen. Jetzt, wo es richtig spannend wurde.

»Weil was?« Max Sander war kein Mann für Warteschleifen.

»Na ja, weil … der Kerl hat diesmal doch sogar mit 'nem Digicam-Handy rumgemacht.«

»Für so was hat Bob gar nicht das Geld.«

»Umso schlimmer«, flötete Steffen vielsagend, »irgendwo muss er's ja herhaben. Ich hab noch versucht, ihm das Ding abzunehmen, aber … ich hatte ja auch schon was getrunken und alle waren furchtbar aufgekratzt …«

»Du mieser kleiner Arsch!« Britta packte ihn im Nacken. Aber dann war schon die Hand ihres Vaters dazwischen.

»Danke, Steffen. Du kannst gehen.« Max Sanders Blick zeigte, dass jeder weitere Kommentar unerwünscht war.

Er musste sich setzen.

»Na wunderbar. Morgen ist Richtfest für die Bibliothek. Diese Woche kommt der Zuschlag fürs Stadion. Und das Kinocenter. Wenn das nicht hinhaut, kann ich den Laden hier dichtmachen. So sieht's aus, Fräulein Tochter. Der hat uns leider völlig in der Hand. Und das schwöre ich dir, das hatte die Ratte von Anfang an geplant. Du warst nur das Mittel zum Zweck.«

»Bob hat mich da rausgeholt.«

»Hinterher«, schnaufte Brittas Vater verächtlich.

»Paps, bitte, frag ihn doch selbst.«

»Tja, Britta, das ist leider unmöglich. Der Herr hat sich krankgemeldet. Ausgerechnet heute Mittag.«

Britta zuckte zusammen.

»Außerdem verhandelt man nicht mit Erpressern.«

»Bob ist kein Erpresser!«

»Na was denn dann? Filmregisseur?« Max Sander stand auf, um sich sein Sakko anzuziehen. »So und jetzt muss ich zur Bank. Hoffentlich rücken die überhaupt noch fünfzigtausend raus. So überzogen, wie unser Konto ist.« Er zog die Krawatte so eng unter den Hemdkragen, als wollte er sich schon mal vorsorglich strangulieren.

»Du willst das Geld doch nicht selbst ...?«

»Von Wollen kann keine Rede sein«, stöhnte er im Hinausgehen in den Spiegel, in dem er den Sitz des Knotens noch mal kontrollierte. »Wirklich nicht.«

Kaum war Brittas Vater in seiner Limousine vom Hof gerollt, schwang sie sich auf ihr Fahrrad und strampelte nach Flingern, als ginge es um den Endspurt der Tour de France. Sie gönnte sich nicht mal die Zeit, das Rad abzuschließen, als sie es in Speckis Toreinfahrt vor die Wand knallte.

Die Kellertreppe nahm sie mit einem Satz. Um ein Haar wäre sie gefallen und stolperte gegen Bobs Tür.

Zwei, dreimal klopfte sie zaghaft. Dann noch mal. So fest sie konnte.

Nichts rührte sich.

Britta setzte sich vor die Tür und wartete. Vergeblich. Bis sie vor Angst und Verzweiflung in der Schwüle des Nachmittags einnickte.

28

Als Britta zu Hause ankam, stand der Wagen ihres Vaters schon wieder auf dem Hof.

Max Sander lag wie tot im Liegestuhl auf der Terrasse. Neben ihm die heiß geliebte Cognacflasche und ein fast bis zum Rand gefüllter Schwenker.

»Komm ruhig«, ermunterte er Britta, als sie auf Zehenspitzen rausgeschlichen kam, um ihren Vater nicht zu wecken.

»Zieh dir 'nen Stuhl ran und setz dich«, kommandierte Sander.

»Wie war's denn?«, erkundigte sich Britta atemlos.

»Tja, also, ich wusste gar nicht, dass Zugtoiletten so stinken können. Netterweise hatte die Ratte die DVD hinter die Spülung geklemmt. Ich hab mich halb totgesucht. Das Geld habe ich wie verlangt in den Abfallbehälter gesteckt. Jetzt müssen wir abwarten.«

»Ja«, druckste Britta kleinlaut. »Danke.«

Max Sander ruckte die Lehne des Liegestuhls höher und sah auf. »Bedank dich bei deinem Freund. Dir ist schon klar, dass man von so 'ner DVD jederzeit Kopien brennen kann?«

Nicht schon wieder, dachte Britta. Warum glaubte

ihr Vater bloß Steffens widerlichen Lügen? Wollte er daran glauben? Bloß weil er sich nicht vorstellen konnte, dass Britta sich in jemand verliebte, der »nur« Lehrling war? Dabei war doch offensichtlich, wer hinter allem steckte. Den Schnappschüssen vom See. Und jetzt der Erpressung. Steffen. Wer sonst? Klar, ums Geld ging's ihm dabei nicht. Er zog das alles bloß durch, um es Bob in die Schuhe zu schieben. Ihn bei Brittas Vater unmöglich zu machen und bei ihr auszubooten.

»Glaub mir doch endlich. Bob hat nichts damit zu tun. Ich glaube eher, dass Steffen ...«

»Deine blühende Phantasie in Ehren. Aber was sagt uns das?« Mit einer unwilligen Bewegung zog Brittas Vater ein Lederbändchen aus der Brusttasche. Mit einem geschnitzten Fahrrad als Anhänger. »Wenn ich mich nicht täusche, baumelt meiner Tochter dasselbe lächerliche Ding um den Hals.«

Britta brauchte nicht nachzusehen. Sie brauchte nicht mal genau hinzusehen. Die filigrane Schnitzarbeit war von Bob. Ohne jeden Zweifel.

»Lag unterm Waschbecken.« Brittas Vater krabbelte ächzend aus dem Liegestuhl. »Pech aber auch für unsern Freund.«

»Das ist Absicht! Um Bob zu belasten«, regte sich Britta auf.

»Natürlich. Deshalb konnte der Goldjunge ja auch nicht zur Arbeit kommen. Wenn du schon Detektiv spielen willst, hätte ich den Kranken mal angerufen. Vielleicht wäre ich sogar mal vorbeigefahren. Aber deswegen hätte ich mein Fahrrad nicht umkippen lassen. Und vielleicht sogar abgeschlossen.«

Auwei, dachte sich Britta und wäre am liebsten so klein geworden wie die Ameisen, die in einer endlosen Kolonne über die Fugen der Terrakotta-Kacheln zogen. Oder am besten gleich mitmarschiert und in einem Ameisenhaufen verschwunden. Ihr Vater wusste alles.

»Er war nicht zu Hause, oder?«

»Nein«, druckste Britta kaum hörbar. Dabei tat jeder Buchstabe mindestens so weh wie ein Zahnarztbesuch.

»Na also. Dann warten wir mal, ob noch was nachkommt. Und dann sehen wir, was die Polizei dazu sagt.«

»Du willst zur Polizei?«, erschrak Britta. Erst im Nachhinein wurde ihr klar, dass sie Bob mit ihrer Befürchtung belastete.

Max Sander nahm es mit sichtlichem Wohlgefallen zur Kenntnis. »Ich will nur mein Geld zurück. Wir haben nichts zu verschenken.«

Britta stierte in den Garten, über die Begonienrabatte, die überall wuchernden Fleißigen Lieschen, das kleine Fichtenwäldchen, das das Grundstück zum Rhein hin abgrenzte, und die Trittsteine aus Granit, auf denen sie als Kind unzählige Male herumgehopst war. Unbeholfen bemüht, jeden Ausrutscher ins Gras zu vermeiden.

»Ach, noch was. Bei der Gelegenheit. Ich brauche, glaube ich, nicht zu betonen, dass ich keinerlei Kontakt meiner Tochter mehr mit diesem Verbrecher wünsche. Haben wir uns da verstanden?«

Brittas Blick klebte an dem Vogelhäuschen, das sie

früher jeden Morgen vor dem Kindergarten mit Futter und frischem Wasser versorgt hatte.

»Ob wir uns verstanden haben?«

»Ich weiß nicht«, murmelte Britta, mit einer Stimme so zart und entfernt wie aus einem anderen Sonnensystem, »ich kann einfach nicht glauben, dass Bob dahintersteckt.«

»Das interessiert mich nicht. Ich verlange nur eins: Versprich mir, dass du dem Kerl aus dem Weg gehst.«

Britta überlegte. In letzter Zeit kamen kaum noch Vögel in den Garten. Das war ihr nie aufgefallen. Woran das nur lag?

»Na schön, dann mal im Klartext. Ich habe ihm jeden Kontakt mit dir untersagt. Vergeblich.«

Britta schrak auf. Nie hätte sie sich vorstellen können, dass ihr Vater so weit gehen würde! Seine Sticheleien und Schikanen kannte sie ja. Aber dass er so brutal die Daumenschrauben ansetzte, um ihr alles kaputtzumachen, erschütterte sie jetzt umso mehr.

»Wenn das bei dir auch nicht funktioniert, sehe ich nur noch einen Ausweg. Ich habe mich in der Zwischenzeit schon schlau gemacht. Sankt Gallen. Bester Ruf. Von Nonnen geleitet. Und am Arsch der Welt.«

»Du meinst ... ich muss ins Internat?«

»Wie ich's deinem Freund gesagt habe.«

Mein Gott! Davon hatte Bob ihr nichts erzählt. Wie Schuppen fiel es ihr von den Augen. Deswegen hatte er sich plötzlich total zurückgezogen. Deswegen wurde sie wie Luft behandelt, als sie ihn besuchte. Deswegen ließ er sich auf Silke ein. Tauchte mit ihr bei der Party auf. Und verschwand dann im Park. Alles nur ihretwegen. Um sie zu schützen. Vor dem Starrsinn und den blinden Drohungen ihres Vaters.

»Das mache ich nicht mit. Und Mutsch auch nicht.«

»Ich fürchte, da täuschst du dich. Sie findet die Idee ganz klasse. Nach allem, was passiert ist. Als Flittchen machst du bestimmt nicht die Partie, die sie sich vorstellt.«

»Ihr seid so gemein.«

»Nein, Britta. Realistisch. Einfach nur realistisch. Du hast bis morgen Zeit, es dir zu überlegen. Ich möchte nicht noch mal auf eine Zugtoilette.«

29

Britta überraschte ihre Mutter mit Mischa an der Haustür.

»Komm schnell rein, Junge«, flüsterte sie fahrig und hielt die Tür gerade mal so weit auf, dass Brittas Bruder durchschlüpfen konnte. Dabei suchten ihre Augen immer wieder Entree und Wohnzimmer nach verdächtigen Bewegungen ab.

Wie in einer Gaunerkomödie.

»Tach, Mama, da hast du ...« Mischa wollte seiner Mutter einen Kuss geben.

Die legte aber nur den Finger auf die Lippen und zog ihn auf Zehenspitzen in ihr Zimmer.

Britta kam die Veranstaltung einigermaßen komisch vor. Sie hatte eigentlich nur fragen wollen, ob sie ihre Mutter nachher mal sprechen könnte, als sie den Kopf durch die halb offene Tür des »weißen Salons« gesteckt hatte, wie Brittas Vater das Schranklabyrinth seiner Frau mit den unzähligen Spiegeln und dem auf Louis IV. gequälten Schminktisch spöttisch nannte.

»Mutsch ...?«

»Britta!« Petra Sander fuhr herum, als hätte man sie

bei einem Bankraub oder, was für sie vermutlich noch schlimmer wäre, einem Pupser an Loch 18 erwischt.

»Hast du nachher mal Zeit?«

»Jaja, klar, Kind.«

»Tschüss!« Britta winkte ihrem Bruder Abschied und Begrüßung gleichzeitig zu und wollte schon hoch in ihr Zimmer, als ihr das Plastikfläschchen auffiel, das Mischa hinter seinem Rücken verschwinden ließ. »Was versteckst du denn da? Drogen oder was?«

»Man munkelt, da kennt sich mein Schwesterchen besser aus.« Mischa setzte ein schiefes Lächeln auf.

»Hey, das ist unfair! Lass dir die Geschichte mal von mir erzählen.«

Mischa hatte seit jeher schwitzige Hände. Klares Manko in seinem Beruf, das er verbarg, indem er sich um jedes Shakehand drückte. Diesmal wirkte außerdem noch seine Nervosität wie Schmierseife. Unversehens knallte die ganze Bescherung auf den Teppich.

Dutzende künstlich-orange Kapseln kullerten durchs Zimmer.

Petra Sander ging in die Knie und versuchte aufzusammeln, was sie in die Finger bekam.

»Wisst ihr, woran die mich erinnern?« Britta nahm den Behälter in die Hand, um ihren Verdacht zu prüfen. »Die Dinger kommen mir irgendwie bekannt vor. *Sulkolex*, hm? Lutschen die Mädels in meiner Klasse auch.«

»Das ist medizinisch, Kind«, rechtfertigte sich ihre Mutter ungeschickt.

»Das haben Abführmittel so an sich«, stellte Britta

ungerührt fest. »Meinst du, du tust Mutsch damit einen Gefallen?«, fuhr sie ihren Bruder an.

»Ich glaube nicht, dass du das beurteilen kannst.«

»Helft mir lieber, statt euch zu zanken.« Petra Sander wuselte über die Perser.

»Vielleicht kümmerst du dich lieber um deine Angelegenheiten, Schwesterchen.« Schwerfällig ließ sich Mischa auf die Knie herab.

»Hat Mama dir erzählt, dass sie alle nasenlang umkippt?«

»Das braucht sie mir nicht zu erzählen«, erklärte Herr Doktor. Wie so oft einen Hauch zu großspurig.

»Mama, sei doch vernünftig.«

»Behandle mich nicht wie ein Kind!« Die Attacke kam aus Bodennähe, weil ihre Mutter um Brittas Füße kroch. »Jetzt steh nicht im Weg ... wenn schon, dann hilf uns lieber.«

»Ich will bloß nicht, dass du dich kaputtmachst.« Britta fischte zwei quietschorange Pillen unter der Kommode hervor. »Mutsch. Ich will nicht ins Internat.«

»Sei doch froh, wenn du mal hier wegkommst, gerade jetzt«, mischte sich Mischa unaufgefordert ein.

»Das geht nicht. Ich liebe jemanden.«

»So was kommt in unserer Familie nicht vor«, gluckste Brittas Bruder bissig. »Oder, Mama?«

»Der Jemand ist vor allen Dingen ein Niemand. Schlag ihn dir einfach aus dem Kopf, dann kannst du hier bleiben. Autsch!« Jetzt hatte sich Petra Sander auch noch einen Fingernagel abgebrochen.

»Und dann suchst du mir einen, der dir passt. Vielen Dank. Immer müsst ihr euren Kopf durchsetzen.«

»Das haben Familienoberhäupter so an sich«, kommentierte Mischa nüchtern, »da haben wir kleinen Menschlein nichts zu melden ... «

»Sucht ihr Pilze, oder was?« Plötzlich stand Brittas Vater im Flur.

Seine Frau sah erschrocken auf. »Mir ist nur was runtergefallen.«

»Was geht hier vor?«, bellte Max Sander los wie ein preußischer General, dem die Truppen desertieren. »Was ist das?« Er angelte sich den Behälter und setzte die Lesebrille auf.

»Nichts.« Brittas Mutter wollte ihm das Beweisstück abnehmen.

»Ihr seid wohl verrückt geworden!«, polterte er los, als er das Kleingedruckte entziffert hatte. »Willst du dich jetzt mit deinem Schlankheitswahn ganz kaputtmachen?«

»Du weißt doch, ich habe ab und zu Probleme mit ... na ja, du weißt schon.«

»Dafür reicht ein Tee oder so was.« Er ließ den Behälter herumgehen, damit alle die aufgesammelten Kapseln hineinschütten konnten. Nur ein paar lagen noch in den äußersten Ecken.

»Steigst du jetzt auf Naturheilkunde um?«, erkundigte sich Mischa scheinheilig.

Max Sander reagierte nicht. Als wäre es das Selbstverständlichste der Welt, marschierte er Richtung Badezimmer und schüttete die ganze Ladung Chemie ins Klo.

»So«, betätigte er sichtlich zufrieden die Spülung. »Schönen Abend noch.«

»Gratuliere. Grandiose Leistung«, stellte Mischa anerkennend fest. »Hast du für heute und morgen noch was, Mama?«

»Wag ja nicht, noch mal mit so einem Zeug hier aufzukreuzen, sonst …«, brüllte ihn sein Vater an.

»Sonst?« Mischas Miene schwankte zwischen Kampfbereitschaft und spöttischer Gelassenheit.

»Sonst lass ich dir Quacksalber die Approbation entziehen.«

»Du hast von nichts eine Ahnung. Von gar nichts. Außer vielleicht, wie du deinen Alkoholpegel hinkriegst.«

»Junge«, gab Petra Sander tadelnd zu Protokoll.

»Halt du dich ja raus! Ich sage nur: Ärztehände! Der Junge hat Ärztehände!«, äffte Max Sander seine Frau nach. »Weißt du, was du bist?«, rückte er seinem Sohn auf die Pelle. »Eine Null. Eine Doppelnull. Zu faul zum Arbeiten. Zu doof, einen Abschluss hinzukriegen. Deinen Doktor hab ich dir in Österreich kaufen müssen, falls du dich erinnerst. Von wegen Arzt! Mein Herr Sohn ist 'ne Lachnummer. Grüne Witwen betüddeln, ist alles, was du kannst. Du widerst mich an. Du Abschaum. Und jetzt raus hier. Ich zähle bis drei. Eins …«

»… zwei, drei. Ich verschwinde schon. Sagst du's ihm, Mama?«

»Ich … ich … es ist so, Max, ich …«, druckste Petra Sander hilflos herum.

»Hast du schon mal was von Anämie gehört?« Mischa Sander sah seinem Vater so verächtlich wie standhaft in die Augen. »Ziemlich unangenehm. Du schwebst rum wie auf Watte. Und dein Immunsystem fährt Achterbahn. Zum Glück kann man da medikamentös einiges machen.«

»Du … warum hast du nie …?« Brittas Vater stützte sich entgeistert auf seine Frau.

»Na, warum wohl? Vielleicht solltet ihr doch ab und zu mal miteinander reden. Aber danke, dass du mir endlich mal erklärt hast, was du von mir hältst.« Mischa drängte an Britta vorbei. Seine Hände zitterten bis in die Arme hinein. Das schnoddrige Auftreten war nichts als Fassade.

Fassaden und Lügen. Alles, worin Britta lebte, war daraus gemacht. Und sie selbst war drauf und dran, sich darin einzurichten.

»Mensch, Mutsch, wenn ich geahnt hätte … das tut mir so wahnsinnig Leid.«

»Schon gut«, Petra Sander quälte sich ein gefrorenes Lächeln ab, »es ist nur so, Britta, manchmal kann ich nichts essen. Wirklich nicht.«

Britta konnte nichts mehr sagen, nahm nur die klamme Hand ihrer Mutter an die Wange.

Im Wohnzimmer flog das Fenster auf. Nach der Schwüle der letzten Tage braute sich draußen ein überfälliges Gewitter zusammen. Die Flügel des Fensters schepperten hin und her, von fern war schon der erste Donner zu hören.

Britta fürchtete sich. Am wenigsten vor dem Gewitter.

30

Obwohl die anhaltenden Gewitterschauer die Luft gewaltig abkühlten, bekam Britta die ganze Nacht kein Auge zu. Schon um halb sieben, lange vor Bobs Arbeitsbeginn, zog sie sich an und postierte sich vor der Werkstatt.

Als Bob endlich auf seinem Mofa auftauchte, rannte sie ihm bis zum Pförtnerhäuschen entgegen.

»Da«, sie drückte ihm den Anhänger in die Hand, den er für sie geschnitzt hatte, »sag einfach, es ist deiner.«

»Hey, mein Engel. Warum denn?« Bob stieg vom Mofa ab.

»Frag nicht. Wo warst du gestern?«

»Ich ... ich hab mich krankgemeldet, weil ...«, stammelte Bob, wurde aber jäh von Max Sanders morgenrauer Kommandostimme unterbrochen.

»Genau so hab ich mir das vorgestellt. Ich werde hintergangen, wo's nur geht.« Brittas Vater sah ganz schön schräg aus, in Smokinghose, Unterhemd und Badelatschen.

»Herr Sander, ich ...«, setzte Bob an.

»Ich habe jetzt keine Zeit für Diskussionen. Bei dem

Sturm heute Nacht ist der Richtkranz von der Bibliothek runtergekommen. Hat auch noch das halbe Rednerpult zerdeppert. Das bringst du dalli in Ordnung.«

»Ich wollte nur ...«, versuchte es Bob wieder.

»Um zehn Uhr ist alles picobello. Verstanden! ... Worauf wartest du noch?«, fuhr er Bob an, als der sich nicht rührte.

»Warum lässt du Bob nicht ausreden?«, schimpfte Britta, während Bob sein Mofa umdrehte und aufsprang. »Er wollte mir gerade sagen, wo er gestern war.«

»Kommt doch sowieso nichts bei raus. Du ziehst dir jetzt was Anständiges an und kommst mit.«

»Auf die Baustelle? Ich hab 'ne Englischklausur.«

»Die kannst du dir für Sankt Gallen sparen. Jetzt ist wichtig, dass wir Flagge zeigen. Und zwar alle. Zusammen.«

»Ausgerechnet jetzt.«

»Ja. Ausgerechnet jetzt«, verkündete Max Sander.

Er war gerade dabei, die Haustür aufzuschließen, als ihm noch was einfiel. »Husch mal hoch und weck deine Mutter. Die braucht ja wieder ewig, bis sie fertig ist. Ich geh mich schnell umziehen und dann hab ich noch was zu erledigen. Ich hol euch Punkt neun hier ab.«

Es schien, als hätte sich Brittas Vater alles genau überlegt. Wie immer, wenn es eng wurde, machte er auf heile Welt und heilige Familie. Verrückt, dass sich die Leute immer noch davon beeindrucken ließen.

Britta hatte Mühe, ihre Mutter aus ihrem bleischweren Schlaf zu holen, in dem sie ihr allabendlicher Tablettencocktail gefangen hielt.

»Mutsch, wir sollen mit aufs Richtfest.«

»Mhm, gleich.« Petra Sander rollte zurück in ihre Decke.

»Papa wartet. Der Käpt'n will Flagge zeigen.«

»Nicht jetzt!« Die Augen blieben hartnäckig geschlossen.

»Mama, ich will nicht weg. Ich geh auch mit dem Neffen von Frau Gleiwitz aus«, versuchte Britta die morgendliche Sanftheit des Halbschlafs zu nutzen.

Wie auf Knopfdruck schlug Brittas Mutter die Augen auf. »Versprochen?«

»Versprochen.«

»Und diesen Lehrling siehst du nie wieder?«

Das konnte Britta nicht versprechen. »Ich könnte doch mit Frau Gleiwitz' Neffen auf den Rosenball.«

»Baronin Gleiwitz.« Petra Sander stupste ihre Tochter korrigierend an. Um dann in einem wonnigen Lächeln zu zerfließen. »Weißt du, das hab ich mir auch schon die ganze Zeit gedacht. Und ich glaube ... ich hab nämlich mal ganz sachte bei der Baronin vorgefühlt. Und ich glaube ... Wir schaffen das!«

»Dann kann ich hier bleiben?«

»Also, wenn du nicht mehr diesen schrecklichen Umgang hast ... ich rede mit deinem Vater.«

Britta konnte aufatmen. Wenn ihre Mutter irgendetwas wirklich wollte, bekam sie es hin.

Sankt Gallen hatte sich erledigt. Und Mutsch einen

megadicken Kuss und eine Mammutumarmung verdient. Plus Sahnehäubchen.

»Was hältst du davon, wenn ich das Kostüm anziehe, das wir letztes Jahr für Omas Geburtstag gekauft haben?«

Südstaatenromantik für Protzhennen.

»Du kannst jeden um den Finger wickeln«, sagte Brittas Mutter sichtlich zufrieden.

»Ach, findest du?«, flötete Britta. Mit einem Unschuldsblick, den sie eins zu eins bei ihr abgeguckt hatte.

Keine zwei Minuten warteten Mutter und Tochter frisch getüncht und aufgerüscht vor der Haustür, als Max Sander in seiner Limousine vorrauschte. Die beiden stiegen hinten ein wie die Großfürstinnen und weil ihr das Spiel anscheinend besonders gefiel, hakte sich Petra Sander bei ihrer Tochter unter.

»Sie können losfahren, Johann«, ordnete Petra Sander großspurig an, um dann loszuprusten wie ein Teenager und sich verschmust an Britta zu rubbeln wie ein frisch geschlüpftes Küken.

Brittas Vater reagierte nicht. Lenkte mit ausdrucksloser Miene auf die Straße. Wie ein Roboter.

»Hallo! Schatz! Guten Morgen! Alles in Ordnung?«, plapperte Brittas Mutter überdreht drauflos.

»Nee«, Max Sander schaltete einen Gang höher, »gestern hab ich mich benommen wie ein Vollidiot.« Das war's dann.

In der Luegallee staute sich der Verkehr. Vor dem winzigen Eiskaffee und der Trattoria wurden Tische und Bänke herausgestellt.

»Schatz. Kann ich dich mal stören.«

»Mhm«, brummte Brittas Vater wieder nur knapp, weil er sich auf die Straße und den Stop-and-go-Verkehr der morgendlichen Rushhour konzentrieren musste.

»Ich finde, wir sollten uns das mit dem Internat noch mal überlegen.«

»Findest du?« Sander musste schon wieder auf die Bremse steigen, weil die Ampel am Luegplatz auf Rot sprang.

»Das *Heime* ist ja nicht irgendein Gymnasium.«

»Das hilft uns auch nichts.«

»Außerdem ist Sankt Gallen auch nicht gerade billig.«

Britta überschlug sich fast innerlich vor Freude. Das war das genialste Argument überhaupt.

Deshalb dauerte es auch einen Moment, bis ihr Vater reagierte. »Immer noch billiger, als wenn alles, was wir haben, bei einem Halunken landet«, verkündete Max Sander und hörte sich dabei sehr bestimmt und wütend an.

»Du sagst doch immer, wir müssten uns einschränken.«

»Herrgott! Schätzchen! Muss das jetzt sein? Wir sind sowieso schon knapp dran.«

»Bitte«, meinte Petra Sander generös und machte es sich im Fond bequem.

Britta war klar, dass sie schon halb gewonnen hatte.

Ein paar Dates mit dem Barönchen, egal wie schmierig oder blutleer der Knabe war, und Mutsch war versöhnt. Vielleicht war der Junge ja sogar halbwegs cool oder amüsant. In jedem Fall besser als alle Nonnen dieser Welt. Und ein paar Hundert Kilometer zwischen ihr und Bob.

Kurz vor der Bibliothek, als sie von der Jägerhof- in die Jacobistraße abbogen, kamen die ersten Absperrungen. Zwei Streifenwagen mit Blaulicht vor dem Zauberberg, einer an der Ecke beim Hofgarten, um die Dumontstraße zu sperren.

»Die machen ganz schönes Theater für die Pappnasen«, beschwerte sich Brittas Vater halbherzig. Denn irgendwie schmeichelte der Sicherheitsaufwand ja auch seiner Arbeit. »Guck mal, Petra, die Pressefuzzis sind auch schon da.«

Immer wieder leuchteten Blitzlichter an der Baustelle auf.

Brittas Mutter griff sofort in ihre Handtasche und holte den Schminkspiegel und das Make-up-Set heraus.

»Das ist doch ... ja Donnerwetter, das glaub ich nicht!«, regte sich Max Sander auf und hämmerte wütend gegen das Lenkrad, wurde dann aber von einem Polizeibeamten unterbrochen, der ihn stoppte und mit wippendem Zeigefinger aufforderte, das Seitenfenster herunterzulassen.

»Sie können hier nicht durch.«

»Entschuldigen Sie mal, das ist mein Richtfest. Ich habe die Bibliothek schließlich gebaut.«

»Trotzdem. Ich darf niemand durchlassen.«

»Das ist ja nicht zu fassen!« Max Sander stellte demonstrativ den Motor ab. »Holen Sie mal Ihren Einsatzleiter! Soll ich jetzt vielleicht stundenlang nach einem Parkplatz suchen, nur damit die Bonzen hier bequem vorfahren können?«

»Drüben beim Zauberberg ist noch was frei«, lenkte Brittas Mutter ein.

»Nicht mit mir!«, schimpfte Max Sander weiter. »Und jetzt guck dir das mal an. Da oben. Siehst du das?« Nun war Britta an der Reihe.

Sie gab sich alle Mühe, dem Fingerzeig ihres Vaters durch die Frontscheibe zu folgen, auch wenn sie sich dazu auf der Rückbank ganz klein machen und nach unten rutschen musste.

»Da. Da oben. Kannst du mir mal verraten, wo der Richtkranz ist?«

Konnte Britta nicht.

»Na, das reicht jetzt. Damit krieg ich ihn raus. Der Kerl hatte klare Anweisung. Du bist meine Zeugin«, fuhr er herum und Britta konnte erkennen, wie erbost ihr Vater war.

Dann ging alles ganz schnell. Der Polizist kam zurückgelaufen, fuchtelte wild mit den Armen und bedeutete Max Sander zurückzusetzen.

Von der Pempelforter schob sich ein Notarztwagen entgegen der Einbahnstraße vor den Rohbau, zwei Sanitäter stiegen heraus und rissen die Türen auf. Zwei weitere kamen mit einer Rolltrage angehetzt, begleitet von einem Arzt in einem signalroten Anorak, der eine Infusionsflasche über die Trage hielt.

Irgendein Instinkt ließ Britta sofort aus dem Wagen springen und auf die Sanitäter zurennen. Als sie bei dem Notarztwagen ankam, stieg der Fahrer schon ein und ließ die Sirene aufheulen. An der Rückseite wurde die Trage verladen. Britta konnte gerade noch einen Blick auf das Gesicht des Verletzten werfen.

Er war über und über von Blut verschmiert, die Haare wie mit schwarzrotem Lack verklebt. Die Augen lagen tief in ihren Höhlen und waren geschlossen. Trotzdem erkannte Britta das Opfer sofort.

»Bob! Bob!«, rief sie, mit aller Kraft, die ihr ihre Verzweiflung noch ließ.

Aber da wurden die Hecktüren schon zugeschlagen. Der Arzt schlüpfte eben noch hinein, während der Rettungssanitäter in die Seitentür kletterte. Er hatte sie noch nicht zugezogen, als der Rettungszug losprеschte.

»Was ist passiert?«, schrie Britta die zurückgebliebenen Sanis mit ihrem Tragegestell an.

»Scheint gestürzt zu sein«, kam es lakonisch aus einem Vollbart.

»Aber er stirbt doch nicht!«

»Tja«, meinte der Vollbart und es hörte sich ziemlich hoffnungslos an, weshalb ihn sein Kollege auch so schnell wie möglich fortzog.

Britta wollte gleich hinterher, aber da war ihr Vater schon bei ihr und nahm sie kalt lächelnd ins Schlepptau.

31

Zum Glück fiel die Feier kurz und unterkühlt aus. Die vorbereiteten Reden wurden hastig abgespult. Danach verlegen angestoßen. Dann fuhren auch schon die dunklen Limousinen vor und alles machte, dass es so schnell wie möglich vom Unfallort wegkam.

Britta hatte sowieso kein Auge für irgendwas. Ihr einziges Interesse galt dem Innenhof, wo sich inzwischen an die zwanzig Polizeibeamte versammelt hatten, die meisten davon in Zivil. Im ganzen Hof wurde nach Unfallspuren gesucht. Zwei Beamte fotografierten jeden Fleck aus allen möglichen Winkeln. Einer markierte die Aufschlagstelle und die einzelnen Fundorte der Spuren mit Kreide und nummerierten Schildern.

Die allgemeine Aufmerksamkeit konzentrierte sich dabei auf die Überreste einer Holzleiter, deren Bruchstücke über den ganzen Hof verteilt waren.

Alle Informationen schienen bei einem rundlichen älteren Herrn zusammenzulaufen, dem ständig irgendjemand etwas meldete oder zeigte. Der kleine Mann nickte dann jedes Mal ausgiebig und setzte die silberne Brille auf oder ab, je nachdem, ob es etwas zu sehen gab oder nicht. Wenn er nur zuhören musste, klemmte er einen Bügel der Brille zwischen die Zähne und ließ sie unter dem Doppelkinn schaukeln.

»Wir fahren jetzt.« Petra Sander legte ihren Arm um Britta.

»Hm. Ich komm nach«, flüsterte sie geistesabwesend.

»Du kommst mit. Was willst du denn hier?«, schaltete sich Brittas Vater ungehalten ein.

»Jetzt lass sie«, sagte Brittas Mutter. »Ich bin froh, wenn wir zu Hause sind. Es ist alles so schrecklich. Kind, du tust mir so Leid.«

»Ja«, sagte Britta tonlos. Und dann noch »Danke«. Mehr konnte sie nicht rausbekommen, selbst wenn sie sich noch so sehr angestrengt hätte.

Sichtlich widerwillig gab Max Sander nach, holte den Autoschlüssel aus der Sakkotasche und marschierte los.

»Nimm's dir nicht zu sehr zu Herzen«, gab Petra Sander noch einen überflüssigen Ratschlag. Dann war endlich Ruhe.

Britta setzte sich auf die Eingangsstufen und dachte nach. Am liebsten hätte sie den letzten verbliebenen Bauarbeiter, der das Rednerpult in einen der Bauwagen schleppte, um eine Zigarette gebeten, als er sich nach getaner Arbeit eine anzündete.

Sie glaubte keinen Moment an Zufall. Und genauso wenig an einen Unfall. Irgendjemand wollte Bob umbringen. Natürlich fiel ihr erster Verdacht auf Steffen. Warum war der heute Morgen nicht da? Er musste doch sonst überall mit dabei sein. Einen derartigen

Auftrieb, wo er sich wichtig machen konnte, ließ er sich normalerweise nicht entgehen.

Oder hatte einer von Bobs Kollegen mitgekriegt, wie er auf dem Dach jonglierte, und ihn bei der Gelegenheit in die Tiefe geschubst? Dass er bei denen alles andere als beliebt war, hatte sie ja hautnah erlebt. Trotzdem. Einen Mord traute Britta keinem der Bauarbeiter zu. Höchstens Onkel Walter. Das war ein Berufssadist. Der kam sicherheitshalber mit auf die Liste der Verdächtigen. Unter ferner liefen.

Wahrscheinlicher war – neben Steffen – ein Täter aus ihrem persönlichen Umfeld. Leider kam dafür Brittas halbe Klasse in Frage. Zum Beispiel Falco. Erst hatte er sie erpresst. Und dann bedroht. »Manchmal bringt das kleinste Steinchen eine Lawine ins Rollen.« Das hieß doch, er war zu allem fähig! Hatte er das Attentat auf Bob geplant, um sich an Britta zu rächen? Genauso gut war möglich, dass er Bob abservieren wollte, um bei ihr freie Bahn zu haben. Aber war Falco wirklich der Typ, der eiskalt einen Mord in Kauf nahm? Oder doch eher ein verklemmter Wichtigtuer, der sich über seine Sexgeschichten definierte.

In die Kategorie passten dann aber auch wieder genügend andere. Charles zum Beispiel. Oder Robert. Ein Dorn im Auge war denen Bob schon die ganze Zeit.

Überhaupt. Geltung und Eifersucht. Eine Motivkette, die geradewegs Richtung Silke zeigte. Ganz klar eine Hauptverdächtige. Hinterfotzig genug, alles daranzusetzen, um Britta Bob auszuspannen. Wie der Teufel hinter der armen Seele musste sie hinter ihm hergehechelt sein, um ihn auf Charles' Party zu locken.

Nur einen kurzen Moment ließ Britta auch einen anderen Gedanken zu. Was war, wenn sie Bob irgendwo abgepasst und schnurstracks in die Kiste geschleift hatte? Hätte er Nein gesagt?

Er hätte, befahl Britta ihren Gedanken. Bestimmt hätte er das.

Erst jetzt merkte sie, dass sie an ihrem Daumennagel herumknabberte. Das hatte sie seit Jahren nicht mehr gemacht. Wütend auf sich selbst schob sie die Hände unter die Oberschenkel.

Britta war mit ihren Überlegungen noch nicht am Ende.

Auf der Party hatte Bob Silke einfach stehen lassen und war zu ihr gekommen. Deshalb waren ja auch die Pillen in Brittas Glas gelandet. Ob Silke sie reingeschmissen hatte oder Steffen, war letztlich egal. Entscheidend war: Spätestens danach musste jedem noch so selbstverliebten Luder klar gewesen sein, für wen Bob sich entschieden hatte. Aber war das Grund genug, ihn umzubringen?

Für manche Leute schon. Für die die Welt nur aus sich selbst bestand und jede Ablehnung Höchststrafe bedeutete. Für Mädchen, die nur von Geltung und Bewunderung lebten und Zurückweisung als gesellschaftlichen Tod empfanden. Wie Silke eben. Oder Katja, Kim und Nicole.

Britta zuckte zusammen, weil sie sich wehgetan hatte. Irgendwie war ihr Daumennagel doch wieder zwischen die Zähne gekommen und inzwischen bis aufs Nagelbett abgefräst, das rot wie eine Drohung unter dem Nagelrest hervorsah.

Bei all dem gab es natürlich auch noch eine ganz andere Erklärung für den Anschlag. Schließlich wurde Britta und ihre Familie erpresst und Bob verdächtigt. Hatte er nicht allen Grund, da nachzuhaken und herumzuschnüffeln? Auf eigene Faust Detektiv zu spielen und dabei jemandem auf die Füße zu treten? Jemandem, der ihn deshalb aus dem Weg räumen wollte?

Und dann erschrak Britta wirklich. Diesmal hatte es nichts mit ihrem Fingernagel zu tun. Und nichts mit Wehtun.

Denn es tat weh. Wie alle Qualen, Foltern und Verletzungen auf einmal. Es war der Schmerz, der keine Linderung und kein Nachlassen kennt. Es war der dumpfe, übermächtige Schmerz des Erstarrens. Die Ahnung von Abgrund, über dem wir schweben, der uns in sich hineinzieht, sobald wir ihn erfassen.

War Bob am Ende nicht seinen eigenen Nachforschungen und Verdächtigungen zum Opfer gefallen? Sondern jemand, der ihn verdächtigte und sich rächen wollte? War das nicht das naheliegendste Tatmotiv? Das einzige auf Anhieb überzeugende? Von wirklich zwingender Logik?

Nicht alles, was nahe oder sogar auf der Hand liegt, entspricht auch der Wahrheit, beruhigte sich Britta. Eins und eins war höchstens in der Schule jedes Mal zwei. Ihr Vater als Mörder war für Britta ein undenkbarer Gedanke, den sie sich ein für alle Mal verbot. Aber wo war er denn heute Morgen gewesen? Wo hatte er so dringend hingemusst? Hatte er hier nachsehen wollen, ob alles glatt lief? Hatte Bob wieder irgendwas falsch gemacht? Hatte er versucht, ihn zur Rede zu stellen? Oder hatte umgekehrt ihr Vater ihn festgenagelt, wo er gestern gewesen war? War es dann zum Streit gekommen? Einem Handgemenge? Einem Unglück? So cholerisch, wie Brittas Vater war …

Nein, das war unmöglich. So konnte ihr Vater nicht ausrasten. Schließlich liebte er Britta. Oder war am Ende gerade das die Ursache?

Brittas Kopf schien zu platzen. Was nützten Britta alle Theorien? Was sie brauchte, war Gewissheit. Und Bob.

Sie musste zu ihm. Und im Augenblick konnte nur einer wissen, wo sie ihn hingebracht hatten.

Der Wonneproppen im Innenhof mit seinen rosigen Bäckchen wie ein zu schnell gealtertes Baby ließ sich unter dem Ansturm all der Indizien und Beweisstücke, die ihm seine Wasserträger anschleppten, gerade auf einen Stuhl fallen, den ihm ein dümmlich dreinstarrender Assistent unter den ausladenden Hintern geschoben hatte. Zur Abwechslung setzte er seine Lesebrille mal nicht auf, sondern benutzte sie als Lupe, um mit zusammengekniffenen Augen das Holzstück in Augenschein zu nehmen, das ihm ein Graukittel samt Pinzette gereicht hatte. Abwägend neigte sich sein Mondgesicht von einer Seite auf die andere, bis er das Holzstück verärgert in einem Zellophantütchen verschwinden ließ, das ihm sein Assi hinhielt.

»Da vorn unter der Überdachung! Ist das vom

Richtkranz … oder noch von der Leiter?« Das Fleischklößchen deutete mit viel zu kurzen Ärmchen und schon wuselte alles eilfertig in die angegebene Richtung.

Selbst der Wachmann an der Tür zum Innenhof schien von der Entdeckung derart beeindruckt, dass er ein paar Schritte vortrat, um einen Blick auf die Splitter zu riskieren.

»Vorsicht!«, kommandierte der Rundliche. »Trampelt mir bloß nicht in die Spuren! Und – Gerd! Fotografier alles, bevor ihr hingeht!«

»Entschuldigung«, meldete sich Britta.

»Ja was … « Speckbäckchen fuhr herum und schickte einen bösen Blick zum Türposten.

»Ich wollte nur … « Britta blieb höflich auf Abstand und musste einen Frosch aus dem Hals jagen, was den Wonneproppen sofort versöhnte.

»Bloß nicht nervös werden. Die Polizei, dein Freund und Helfer.«

»Klar«, räusperte sich Britta ein letztes Mal, »können Sie mir vielleicht sagen, wo man Bob, ich meine, den … Verletzten … hingebracht hat?«

»Na, junges Frollein, das darf ich doch nicht jedem verraten.« Der Moppel kreuzte die Ärmchen über dem Bauch. »Würden Sie mir denn erst mal verraten, wer Sie sind?«

»Britta Sander«, druckste Britta wahrheitsgemäß.

»Schön. Mein Name ist Böll. Hauptkommissar Böll. Zwei Jahre noch … « Als Britta ihn fragend ansah, ergänzte Böll: »… dann geht's in Pension.«

Böll lehnte sich auf dem Stuhl zurück und besah

Britta von oben bis unten. Nicht aufdringlich, aber mit Wohlgefallen. »Stehen Sie denn in irgendeiner Beziehung zu dem Unfallopfer?«

»Mein ... Verlobter«, behauptete Britta. Sie hatte zwar noch nie was mit Polizei oder Justiz zu tun gehabt, aber nach allem, was sie wusste, bekamen nur Angehörige Auskünfte. Und wenn sie zu Bob ins Krankenhaus wollte, war es genauso.

»Na, da hat der junge Mann sich aber was Nettes ausgesucht«, stellte Herr Böll unbefangen fest. »Soweit ich weiß, hat man ihn in die Uniklinik eingeliefert. Aber das bleibt unter uns, Frollein, ja?«

»Bestimmt.« Britta nickte und ein Lächeln schlüpfte über Bölls Gesicht. »Aber das war kein Unfall.«

Schlagartig kamen die munteren Backen und das Doppelkinn des Kommissars zur Ruhe.

»Wie kommen Sie darauf?«, fragte Böll mit reglosem Blick.

»Bob ...«

»Sie meinen, Herrn Robert Fellner?«

»Ja«, bestätigte Britta hastig, »Bob hatte jede Menge Feinde.«

»Nana, mein Frollein, so was müssen Sie sich schon genau überlegen, bevor Sie mir so was sagen. War ... pardon, ist ... Ihr Verlobter denn so ein übler Bursche?« Böll rückte auf die Stuhlkante vor, um Britta direkt in die Augen zu sehen.

»Überhaupt nicht!«, ereiferte sich Britta, woraufhin der Kommissar freundlich lächelte.

»Na also«, stellte er im verbindlichen Ton eines Supermarkt-Lautsprechers fest.

»Chef!«, brüllte der Assi aus der Hofecke.

»Jetzt nicht!«, brüllte Böll zurück. »Wissen Sie, Fräulein Sander. Das ist bei uns alles nicht so, wie die Leute das vom Fernsehen kennen. Um acht Uhr zweiunddreißig wurde der Unfall gemeldet ...«, las der Kommissar aus seinen Notizen.

Schon wieder *Unfall,* dachte Britta und ihr wurde zusehends klarer, dass sie sich selbst um die Sache kümmern musste, wollte sie ihre schrecklichen Zweifel loswerden.

»Also, wir sichern sämtliche Spuren, gehen allen Hinweisen und Indizien nach, ob es sich um eine Gewalttat handelt. Und wenn es auch nur den geringsten Anhaltspunkt gibt, nehmen wir die Ermittlungen auf. Aber ...«, betonte der Kommissar mit ausgestrecktem Zeigefinger wie Lehrer Lämpel, »das entscheide nicht ich, sondern die zuständige Staatsanwaltschaft. In der Wirklichkeit hat so ein kleiner Kommissar nicht viel zu melden. Was glauben Sie, was so eine Aktion den Steuerzahler kostet?«

»Es gibt eine Menge Leute, die eifersüchtig auf Bob waren und was gegen unsere Beziehung hatten«, versuchte es Britta noch mal treuherzig.

»Das kann ich mir vorstellen«, schmunzelte Böll, »wenn ich jung wäre, hätte ich auch alles Mögliche dagegen gehabt. Aber jetzt mal im Ernst. Wenn die Auswertung der Spuren hier irgendetwas ergibt, mache ich einen Fall daraus. Und dann wäre ich Ihnen für jeden Hinweis und jede Zeugenaussage dankbar. Aber solange ich keine Beweise oder wenigstens Anhaltspunkte für das Vorliegen einer Straftat in der

Hand habe, kann ich nichts machen. Es sei denn, Sie haben was Konkretes für mich?«

Hatte Britta. Aber lieber hätte sie sich die Zunge abgebissen, als die Erpressung zu erwähnen. Nach allem, was passiert war und er auf sich genommen hatte, hätte ihr Vater sie umgebracht. Oder stehenden Fußes ins Internat gesteckt, was vermutlich noch schlimmer gewesen wäre. Zumal er wahrscheinlich selbst in die Schusslinie der Kripo geraten wäre. Was für ein Heidenspektakel für die Presse und die Konkurrenz.

»Nein. Natürlich nicht. Ich dachte ja bloß ...«, schummelte sich Britta aus der Affäre.

»Das Denken soll man den Pferden überlassen, die haben größere Köpfe.« Böll klatschte sich auf die Schenkel und bewies mit schlotterndem Kinn und Bäckchen, dass seiner eher mit einer anderen Tiergattung mitzuhalten versuchte.

»Jedenfalls danke«, verabschiedete sich Britta.

»Wenn noch was ist«, der Kommissar hielt ihr eine von Fettflecken gezeichnete Visitenkarte hin, »ich drücke Ihnen jedenfalls die Daumen, dass Ihr Verlobter bald wieder gesund wird.«

Wenn nicht?, dachte Britta und es schnürte ihr die Kehle ab.

32

Brittas Versuch, in der Uniklinik Auskunft über Bobs Zustand zu bekommen, scheiterte kläglich.

Die Schwestern auf der Intensivstation ließen sie genauso abblitzen wie die Ärzte, die sie vor dem OP belagerte. Entweder nahmen sie Britta gar nicht erst zur Kenntnis und schoben sich wortlos an ihr vorbei. Oder sie schlugen ihr barsch vor, sich an die Verwaltung zu wenden. Alles, wofür man sich dort interessierte, war, ob sie die Versichertenkarte von Bob beibringen könnte. Was mit ihm passiert war und wie es ihm ging, verriet Britta niemand. Erst müsste sie ihren Personalausweis mitbringen und die Verwandtschaft mit Bob nachweisen.

»Wie denn, herrje?«, beschwerte sich Britta. Schließlich sei sie mit Bob nur verlobt.

»Beispielsweise durch eine entsprechende Verlobungsanzeige, die Bestellung eines Aufgebots beim Standesamt oder eine Bestätigung über die Teilnahme am Brautleuteunterricht einer der Kirchen«, ratterte die hagere Schreckschraube, die man völlig zu Recht in einem Glaskasten gefangen hielt, in bestem Bürokratenstakkato herunter. »Damit könnte ich unter

Umständen ausnahmsweise eine Ausnahme machen.« Und kam sich dabei noch großmütig vor.

Es war zum Heulen, zum Verzweifeln und – was das Allerschlimmste war – sinnlos. So kam Britta nie weiter.

In ihrer Not besann sie sich auf Mischa. Irgendwie musste der weiterhelfen. Einem Kollegen konnte die Brut ja schlecht jede Auskunft verweigern. Vor allem, wenn er sich als Bobs Hausarzt ausgab.

Michael Sanders Praxis in der Friedrichstraße war proppenvoll wie immer. Ältliche Vierzigerinnen saßen im Wartezimmer andächtig Spalier, beschäftigten sich mit dem lustlos dahinplätschernden Springbrunnen, den vergoldeten Schminkspiegeln oder den vier ausgelesenen Illustrierten.

Als die Sprechstundenhilfe die Tür zum Behandlungsraum aufmachte und »Der Nächste bitte« leierte, obwohl kein einziger Mann anwesend war, entdeckte Britta ihren Bruder hinter seinem futuristischen Messingschreibtisch. Er hing in seinem Chefsessel wie ein Kirmesboxer zwischen den Seilen.

Als er Britta erkannte, winkte er sie kurz und müde zu sich herein.

»Na hallo, was willst du denn hier? Mach mal die Tür zu.«

»Aber ... «, wollte die Sprechstundenhilfe protestieren, doch Mischa kappte ihr mit einer launischen Handbewegung das Wort.

Wispernd verzog sie sich mit der Patientin nach draußen. Britta konnte gerade noch was von »Notfall« verstehen.

»Komm, setz dich.« Auf Mischas Stirn sammelten sich wie so oft die Schweißperlen. »Ist das eine Hitze hier. Ohne Klimaanlage geht heutzutage gar nichts. Aber der Alte hält so was ja für Luxus. Als ob wir noch im Mittelalter lebten.«

Obwohl sie vermutlich nichts zur Kühlung beitrug, steckte er sich eine seiner seltsamen, flach gequetschten Orientzigaretten zwischen die wulstigen Lippen und zündete sie mit dem schweren Goldfeuerzeug an, das er von der Rauchglasplatte nahm. Es sah fast aus, als würde er sich daran verheben.

»Wie kann ich helfen? Abtreibung, Brustvergrößerung oder Geschlechtskrankheiten?« Er fand sich mindestens so komisch wie unwiderstehlich.

»Kannst du mal einen Moment ernst sein? Ich hab ein Problem, Mischa.«

»Eins?« Mischa kräuselte mitleidig die Stirn.

»Du kennst doch Bob?«

»Bob – und ob!« Vielleicht wäre er besser Werbetexter geworden. »Geht's doch ins Internat?«

»Er ist abgestürzt. Vermutlich vom Dach.«

»Wo?« Mit einem Mal beugte sich Mischa elektrisiert vor.

»In der Bibliothek. Papas Baustelle.«

»Na komm, erzähl schon.« Mischa konnte es gar nicht abwarten.

»Ich weiß nichts Genaues. Bei dem Sturm heute Nacht ist der Richtkranz runtergekommen. Bob sollte ihn wieder aufstellen. Als wir dann hinkamen ...«

»Wer – wir?«

»Papa, Mama und ich.«

»Verstehe. Und?« Mischa beugte sich, auf beide Arme gestützt, über die Tischplatte und ließ Britta keine Sekunde aus den Augen.

»Der Notarzt war da. Und die Polizei. Ich glaube, im Innenhof haben sie Bob gefunden. Und eine Leiter. In tausend Stücke zersprungen.«

»Und der Richtkranz?«

»Was davon übrig war, lag irgendwo in der Ecke.« Einen Augenblick wunderte sich Britta, dass ihr kaltschnäuziger Herr Bruder so einfühlsam nachfragte und mitging.

»Hm«, er stand auf und zündete sich im Stehen eine neue Zigarette an, nachdem er sie mit den Fingerspitzen rund gerollt hatte, »hört sich gar nicht gut an. Furchtbar.« Mischa inhalierte in vollen, tiefen Zügen.

»Kannst du mir helfen?«

»Ja wie denn zum Teufel?«, fuhr Mischa seine Schwester an.

»Sie lassen mich nicht zu ihm.«

»Ach so«, sagte Mischa und ließ eine Rauchwolke aus dem Mund, dick und gelb. »Das kriegen wir schon hin.«

Dann riss er alle Fenster auf und versuchte den Rauch mit den Händen herauszuscheuchen.

Als er sich umdrehte und Britta immer noch vor dem Schreibtisch stehen sah, wurde er ungehalten.

»Was ist denn noch? Ich kümmer mich drum.«

»Bestimmt?«

»Verlass dich drauf. Sobald ich hier Luft habe, frag ich mich durch. Spätestens heute Nachmittag hast du eine Besuchserlaubnis.«

»Vielen Dank«, sagte Britta und wollte ihren Bruder umarmen, weil sie das ehrlich meinte.

Aber der entwischte fahrig hinter seinen Schreibtisch und drückte die Tastatur der Gegensprechanlage.

»Schwesterchen? Willst du hier Wurzeln schlagen?«

33

Britta war noch nicht mal am Karlsplatz, als ihr Handy klingelte.

»Meld dich um fünf bei Doktor Mäuser auf der Intensivstation. Der kümmert sich um dich.«

»Dank dir«, sagte Britta in die Luft, denn ihr Bruder hatte schon aufgelegt.

Das war ja ausnahmsweise mal schnell gegangen. Vermutlich hatte sich Mischa noch vor dem Mittagessen und den dabei üblichen drei Glas Wein um die Angelegenheit gekümmert.

Britta sah auf die Uhr. Kurz vor eins. Gleich war die Schule aus. Wenn sie sich beeilte, kam sie gerade noch rechtzeitig, um zu sehen, ob auch alle brav bei der Klausur mitgeschrieben hatten.

Als Schulschwänzerin hatte sie keine Routine. Vorsichtshalber parkte sie ihr Rad hinter dem Kiosk, nahm den Hintereingang des *Heime* und versteckte sich im oberen Stockwerk des Seitenflügels. Die Fünftklässler guckten zwar ein bisschen schräg, als sie nach dem Schlussgong aus den Klassen stürmten und sie am Hoffenster warten sahen, aber von hier aus hatte sie alles bestens im Blick. Fast im Gänsemarsch trottete Brittas Klasse aus dem Ausgang. Charles, Kim, Katja, Robert, Nicole. Alle sahen noch ganz mitgenommen aus, als schwirrte ihnen immer noch der Kopf. Britta hätte zwar zu gern gewusst, was das Thema gewesen war, aber das war jetzt unwichtig.

Wichtig war, dass zwei fehlten. Silke und Falco. Ausgerechnet.

Zwei gute Gründe für ein spontanes Date.

Britta tippte zwei SMS in ihr Handy. Ein vielsagendes *Hätte Lust dich zu sehen* für Falco. Und ein nichtssagendes *Ich muss dich sehen* für Silke.

Keine Minute später, Britta war noch nicht mal aus dem *Heime*, leuchtete Falcos Name auf dem Display ihres Handys auf.

»Na? Sehnsucht?«

»Können wir uns treffen?«

»Bei mir oder bei dir?«

»Wo steckst du denn jetzt?«, erkundigte sich Britta vorsichtig.

»Im *Honeys*. Bisschen Sonne braucht der Mensch.«

»Ich bin gleich da.«

»He …«, hörte Britta noch einen Ansatz von Protest, aber da hatte sie das Handy schon ausgestellt und machte, dass sie zum Fahrrad kam.

Die Sonne glitzerte durch die Wolken. Flirrender Dunst wand sich über der Skyline des Hafenbeckens, überzog die futuristischen Bauten wie Lametta.

Das *Honeys* träumte so früh am Nachmittag noch unschuldig vor sich hin, keine drei Liegestühle auf den Sandinseln waren besetzt.

Mittendrin hatte sich Falco wie ein Pascha im einzigen Strandkorb ausgebreitet, hinter einer Batterie leerer Flaschen.

»Na«, begrüßte er Britta ungemein originell, »was trinkste'n?«

»Seit Freitag nichts mehr.«

»Blödsinn«, quäkte er, »hast dich gar nicht schlecht gemacht als Stripperin. Komm her ...« Er ließ sein Patschehändchen auf den freien Sitz in seinem Strandkorb sausen.

Britta quetschte sich auf die blau-weiß gestreifte Bank und vermisste sofort den erfrischenden Luftzug der Rheingabelung.

»Eben bei der Klausur hab ich dich vermisst.«

»Wollteste abschreiben?« Falco musste rülpsen. »Scheiß-Krefelder. Bier is nichts für mich. Daria, Schatz, bring mal was Leckeres. Habt ihr 'n schönes kaltes Fläschchen Chablis?«

Die Bedienung im Bikini mit der ausladend falschen Oberweite bestätigte schlapp mit einem Handzeichen und machte, dass sie zur Getränkeausgabe kam, wobei ihr die Eurozeichen aus den Augen leuchteten.

»Hattest du was Wichtigeres vor?«, tastete sich Britta heran.

»Sag ich nicht. Frag Silke.« Falcos Lachen war mindestens dreimal so dreckig wie Rhein und Ruhr in ihren schlimmsten Zeiten auf einmal.

»Wart ihr zusammen?«

»Und wie!«, posaunte Falco und ließ die Sonnenbrille auf die Nasenspitze rutschen. »Wir trinken jetzt noch ’n bisschen und dann machen wir’s uns gemütlich, hm?«

Britta war schon schlecht. Trotzdem quälte sie sich ein verspieltes Lächeln ab. »Du kriegst wohl nie genug.«

»Wer mich kennt, auch nicht.« Falcos Schweinsäuglein leuchteten dumpf.

»Ich wollte dich wegen deinen Connections fragen. Du hast mal gemeint, du könntest immer was machen.«

»Hab ich dir doch gleich gesagt, dass du auf mein großherziges Angebot zurückkommst.«

Britta gönnte dem Kotzbrocken einen Bambiblick. »Es gibt dummerweise schon wieder was. Hast du vielleicht ’ne Ahnung, wer da Freitag auf der Party rumgefilmt hat?«

Falco kriegte sich gar nicht mehr ein vor Lachen. Nicht mal, als Daria den Chablis im Kühler auf den kleinen Klapptisch des Strandkorbs servierte und die zwei mitgebrachten Gläser füllte.

»Inzwischen hat doch jeder Schnösel ’n Handy mit Digicam! Frag lieber, wer da nicht ’n paar Sekunden mitgeschnitten hat. Ich hatte leider alle Hände voll zu tun.« Er hielt ihr das verlockend beschlagene Glas hin.

Britta winkte ab, was Falco nicht weiter zu stören schien. Er hielt einfach Daria das Glas vor die Nase und stieß mit ihr an. »Nur nichts umkommen lassen.«

»Du bist nun mal unwiderstehlich.«

»Wie immer. Der Top-Hit aller Charts.«

Wenn Größenwahn Pickel gäbe, würdest du rumlaufen wie ein Streuselkuchen, dachte Britta und lächelte dem Knilch munter in die gerötete Visage. »Mit wem warst du denn gestern auf der Matte?«

»Gestern?« Falco dachte gar nicht erst nach, sondern gab gleich an Daria weiter, die wie ein Hofnarr vor ihm kniete. »Was sagst du denn dazu, Schatz?«

»Da warste hier.«

»Warum hast du dich nicht mal gemeldet? So ab vier hätte ich Zeit gehabt«, improvisierte Britta und musste feststellen, dass es ihr immer mehr Spaß machte, Falco aufs Glatteis zu locken.

»Gestern war Ruhetag.«

»Den ganzen Tag lang?«

»Nach zwei Flaschen Wein?«, trumpfte Daria auf. »Da werden die Kerle sogar bei mir ganz still.«

»Kann ich mir gar nicht vorstellen«, log Britta wie gedruckt, um dann so selbstverständlich und beiläufig wie nur möglich Falco den Arm um die Schulter zu legen. »Da hast du den ganzen Nachmittag hier abgehangen?«

»Ich musste ja fit sein für heute. Ich will dich schließlich nicht enttäuschen.«

»Tja, Freunde. Das könnte leicht passieren.« Britta stand auf, drückte Daria in den Strandkorb und verabschiedete sich mit einem filmreifen Flugkuss. »Ich steh nun mal nicht auf Flaschen.«

34

Eins war ziemlich klar. Die Erpressung ging nicht auf Falcos Konto. Wozu auch? Fünfzigtausend Euro waren für ihn Portogeld. Mit dem, was er von seinen Vermögensverwaltern an Taschengeld einstrich, steckte er jeden Lehrer mühelos in die Tasche.

Für Silke galten da andere Maßstäbe. Fünfzigtausend reichten für fünf Kroko-Taschen, jede Menge Lackschühchen und das eine oder andere Top oder Röckchen.

Mal sehen, was die zu Falcos Alibi zu sagen hatte.

Anscheinend nicht viel. Brittas SMS blieb ohne Antwort. Und als sie anrief, klingelte Silkes Handy zwar durch, aber niemand meldete sich.

Britta blieb nicht viel anderes übrig, als die drei Kilometer in die Nordstraße zu strampeln, um nachzusehen, was sich in der grau verputzten Mietskaserne hinter dem Vorhang mit den Manga-Figuren tat, vor der Silkes Roller ungenutzt herumstand.

Die Klingel löste zwar ein gewaltiges Big-Ben-Geläut im ersten Stock aus, aber weiter rührte sich nichts. Kurz entschlossen zog sich Britta auf den bierkastengroßen Balkon neben Silkes Zimmer hoch, indem sie die Muffen der Regenrinne als Fußstütze nutzte. Als sie sich ganz nach vorne beugte, konnte sie durch den offenen Vorhangspalt Silke auf ihrem Bett erkennen. Kopfhörer auf den Ohren und frisch erblondet.

Hatte das zur Tarnung bei der Übergabe gehört?

Bei näherem Hinsehen stellte Britta fest, dass das Fenster nur angelehnt war. Wenn sie den Arm weit genug ausstreckte, konnte sie es mühelos aufstoßen. Ins Fenster schaffte Britta es mit einem etwas waghalsigen Spagat zwischen Balkonbrüstung und Fensterbrett. Silke schien von all dem nichts zu merken und schlief friedlich auf dem Rücken.

Britta stieg vorsichtig ins Zimmer. War das jetzt Einbruch? Egal, es traf bestimmt kein Unschuldslamm.

Das Erste, was ihr auffiel, war ein merkwürdiger, süßlicher Geruch. Irgendwoher kannte sie den.

»Silke?«, sicherte sich Britta ab. »Schläfst du?«

Silke konnte nichts hören. Der Sound quoll fett und dröhnend durch die Ohrmuscheln.

Britta sah sich um. Zwei halb gefüllte Gläser auf dem Fernseher. Der Sekt, oder was auch immer, prickelte noch. Mit den winzigen Perlen entströmte der seltsame Geruch. Britta schnüffelte an den Gläsern.

Und jetzt, mit einem Mal, wurde ihr schlagartig klar, woran der Geruch sie erinnerte. Ohne ihn in dem Moment bewusst wahrgenommen zu haben.

Dasselbe süßliche Aroma war am Freitag aus dem Proseccoglas gestiegen, das Silke eingeschüttet hatte. Ein bisschen wie Himbeere. Künstliche Himbeere. Wie billigste Götterspeise.

»Du Ratte«, fauchte Britta leise und sah sich um, ob irgendwo noch mehr von dem Zeug herumlag.

In der Nachttischschublade wurde sie fündig. In Stanniolpapier eingewickelt warteten vier rote Dreiecke auf Leute, die sich ein paar entschwebte Stunden machen wollten. Wenn man die Dinger andauernd schluckte, hauten die vermutlich nicht so rein wie bei ihr am Freitag.

Klar war – das war obermies von Silke. Aber noch lange kein Beweis, nicht mal ein Indiz, dass sie etwas mit der Erpressung oder dem Anschlag auf Bob zu tun hatte.

Es sah ganz so aus, als ob Silke sich noch eine Weile traumtechnisch mit ihren Nirwanamachern vergnügen würde. Zeit genug für Britta, in Ruhe alles durchzustöbern.

Silkes Schrank platzte aus allen Nähten. Hauptsächlich billige Fummel. Das Meiste kannte Britta.

Der Koffer auf dem Schrank war da schon interessanter. Zwei brandneue Handtaschen. Kein Kroko, sondern aus der Goldschnallen-Fraktion. Und jede Menge hohe Hacken, deren Sohlen noch kein Pflaster gesehen hatten. Alles in allem leicht ein paar Tausend Euro. Wo der Geldsegen wohl hergekommen sein mochte?

Gründlich wie ein ganzes Rudel Polizisten durchstöberte Britta jeden Zentimeter von Silkes Bude. Als Erstes musste Silkes Handy dran glauben. Der Videospeicher war genauso leer wie das Bildarchiv. Auffallend leer. Silkes Laptop konnte zwar DVDs brennen, aber nichts sprach dafür, dass sie das jemals versucht hätte. Jede Kiste und Schachtel nahm Britta in Augenschein, selbst die CD-Hüllen und die jungfräulichen Bücher auf dem Bord. Sogar vor Silkes Hand- und Schultasche schreckte Britta nicht zurück, obwohl es ihr peinlich war, derart in den Intimbereich ihrer ehemaligen Freundin einzudringen. Aber sie konnte nichts Verdächtiges mehr finden. Nichts, was auch nur entfernt mit einer Erpressung oder einem Attentat zu tun haben könnte. Kein Geld. Keine Zeitungsschnipsel, wie sie bei der Lösegeldforderung verwendet worden waren. Und schon gar keine DVD.

Die einzige noch verbliebene Quelle für weitere Informationen schlummerte selig vor sich hin.

Vielleicht hatte Britta ja Glück und Silke hatte sich mit ihren Schwebepillen selbst ein Bein gestellt. Einen Versuch war es jedenfalls wert.

»Silke!« Britta riss ihrer besten Feindin die Hörer vom Kopf.

»Was 'n …?«, murmelte Silke mit geschlossenen Augen.

»Wo warst du heute Morgen?«

»Falco.« Silke strahlte wie ein Rauschgoldengel. »Die Scheißklausur hätte ich sowieso bloß in den Sand gesetzt.« Sie kicherte, als würde sie von mindestens zehn Leuten gleichzeitig durchgekitzelt.

»Wann war der hier?«

»Kurz vor acht. Mama war noch nicht aus dem Haus, da stand er schon auf der Matte. Konnt's gar nicht erwarten.« Silke machte die Augen immer noch nicht auf. Musste zu schön sein, was sie da sah.

»Wo kommen die Schuhe her? Und die beiden Taschen?«

»Falco. Alles Falco. Du bist so doof.« Silke drehte sich auf die Seite, als könnte sie derart engstirnige Menschen nicht ertragen.

»Versorgt dich dein Sponsor denn auch ab und zu mal mit Bargeld?«

»Sieht das hier aus wie 'ne Bank?« Für einen Moment schlug Silke die blassen Augen auf. »Geld muss bewegt werden. Sonst kommt die liebe Mami am Ende noch auf eigene Ideen und schnappt's dir unterm Hintern weg.«

Hier wurde offensichtlich mit ganz schön harten Bandagen gekämpft, dachte Britta. Kein Wunder, wenn Silke keine Skrupel kannte. Das *Heime* war ihre einzige Chance.

»Gestern Nachmittag war dein Sponsor auch hier?«

»Nee«, nuschelte Silke schlaff. »Da hab ich für die Klausur gepaukt. Bis ich eingesehen hab, dass das totaler Quatsch ist.« Das Kichern ging wieder los.

»Und wo?«

»Hier natürlich. Wenn ich mich irgendwohin bewege, werde ich ja dauernd angequatscht.« Das »Ich« betonte sie wie Cleopatra persönlich. »Und jetzt hör auf herumzunerven.« Sie zog sich die Bettdecke über den Kopf.

»Warum hast du dir denn die Haare so affig gefärbt?« Britta lüpfte die Decke dann doch noch mal.

»Sylter Blond. Alles Falco. Beim Jacques auf der Kö. Zweihundert Stücke. Kommt für ihn Megaklasse.«

»Na dann«, sagte Britta und entschied sich diesmal für den Weg durch die Tür.

Mit dem Anschlag auf Bob hatte Silke anscheinend wirklich nichts zu tun. Aber dass sie bei der Erpressung die Finger mit drinhatte, konnte Britta geradezu riechen. Ein brauchbares Alibi hatte sie jedenfalls nicht. Und ob Falco wirklich der große Spender war, als den Silke ihn hinstellte, da hatte Britta auch noch ihre Zweifel.

Draußen wummerte die Kirchturmuhr zweimal. Halb fünf. Höchste Zeit für die Uniklinik. Der Weg bis nach Bilk zog sich ganz schön.

35

Doktor Mäuser kam Britta mit derart sorgenvoller Miene entgegen, dass ihr ganz schwummerig wurde.

»Sie haben nach mir gefragt? Mischas Schwester?«

Er war ungefähr in Mischas Alter. Vielleicht ein Studienkollege. Aber eher hager und durchtrainiert wie ein Marathonläufer.

»Ja«, sagte Britta ungeduldig, »was ist mit Bob?«

Mäuser verzog das Gesicht, als müsste er alle bitteren Pillen schlucken, die er jemals verschrieben hatte. Er kratzte sich im Genick. Dann zog er Britta in eine der Sitzecken mit lieblosen Plastikstühlen und Kunstblumen.

»Tja. Um ehrlich zu sein ...«, er unterbrach sich, sah aus dem Fenster und dann an die Decke, »schwere Frakturen der oberen Extremitäten, Trümmerbrüche im rechten Oberarm und Schultergelenk. Schürfwunden und Prellungen sind bei einem Sturz aus solcher Höhe natürlich unvermeidlich. Der Kopf ist bis auf den Kiefer ganz gut weggekommen. Mit dem ist er wohl seitlich aufgeschlagen. Aber das kriegen wir alles wieder hin ...« Mäuser holte tief Luft und rutschte auf dem Stuhl vor, um den Kopf an die Wand zu lehnen.

Weiter, weiter, dachte Britta, mach endlich weiter!

»Ich will Ihnen nicht zu viel Hoffnung machen …« Schon wieder unterbrach er sich.

»Er überlebt doch, oder?«

»Schwer zu sagen. Wissen Sie, das ist nicht mal das Problem.«

»Sondern?«

»Wenn er es schafft, ist die Frage, wie …« Mäuser holte ein Päckchen Zigaretten aus seinem Kittel, starrte das Schild mit der Zigarette eine Weile an, um sich dann eine anzuzünden.

Red doch endlich, flehte Britta innerlich.

»Wie kann ich Ihnen das erklären?« Mäuser inhalierte tief und verzog dabei die Lippen, als hätte er sich verbrannt. »Sagen wir's mal so. Was uns am meisten Sorgen macht, sind die inneren Verletzungen. Quetschungen der Milz und der Lunge. Wir mussten Drainagen legen. Das Herz schlägt einigermaßen regelmäßig. Aber durch den Schock und den Blutverlust … Sie wissen ja, dass die Kollegen reanimieren mussten …«

Britta schüttelte den Kopf. Davon hatte sie keine Ahnung gehabt. Gott sei Dank nicht.

Ihr Mund war jetzt trockener als die Wüste Gobi und sie konnte bei jedem Atemzug spüren, wie die Luft durch die Nasenlöcher strich. Ihre Augen brannten, als würde sie gleich in Tränen ausbrechen. Aber selbst die waren ihr nicht vergönnt, alles in ihr war wie ausgedörrt.

»Bob …«, setzte sie an und dann vertrockneten ihr die Worte im Mund.

»… als er hier eingeliefert wurde, lag er im Koma. Daraus ist er bis jetzt nicht erwacht. Verstehen Sie, was das heißt?«

Nein, Britta zitterte mit dem Kopf, nein, das verstand sie nicht und es hörte sich so schrecklich an, dass sie es gar nicht verstehen wollte.

»Das heißt, dass das Hirn nur unzureichend mit Blut versorgt wird, oder jedenfalls wurde. Was wiederum bedeutet, dass wir mit gewissen Ausfallerscheinungen rechnen müssen, falls Ihr Freund durchkommt.«

»Wie sehen die aus?«, konnte Britta gerade noch rauswürgen.

»Ich weiß gar nicht, ob ich Ihnen das sagen soll. Sie gefallen mir gar nicht«, meinte Mäuser, während er seine Zigarette auf dem einfallslos gepunkteten Kunststoffboden austrat und so für einen nicht unbedingt dekorativen schwarzen Fleck sorgte.

»Sie müssen mir alles sagen«, flüsterte Britta mechanisch.

»Wie alt sind Sie eigentlich?«

Idiotische Frage, gerade jetzt, dachte Britta. »Sechzehn.«

»Na schön … also … Lähmungen, Nervenschäden, Gedächtnisverlust. Bis hin zur Unkenntlichkeit des Charakters«, zählte er sein Inventar von Schreckgespenstern auf. »Wenn das Koma länger anhält, muss man sich darauf einstellen, dass der Patient … nun sagen wir, den Angehörigen fremd ist. Zumindest zu Anfang.« Er leckte sich über die Lippen und klaubte einen Tabakkrümel aus dem Mundwinkel. »Tut mir Leid, dass ich Ihnen nichts anderes sagen kann. Wir tun unser Bestes.«

»Bob darf nicht sterben«, sagte Britta hilflos.

»Ja«, druckste der Arzt, »sicher. Sie sagen das so.« Dann tätschelte er ihr schwermütig auf der Schulter rum und schlurfte müde den Gang entlang.

Britta rutschte ans Fenster und legte die Schläfe gegen die Scheibe. Es kühlte ein bisschen.

Draußen auf der Anfahrt ließ sich eine Hochschwangere von ihrem Mann mit dem Taxi vorfahren.

36

Zurück in die Stadt brauchte Britta keine Viertelstunde. Wie eine Besessene strampelte sie gegen die Zeit an, als würde sie ihr mit jeder Minute weglaufen.

Küttel stieg gerade in seinen Kombi, als Britta auf den Hof fegte.

»Nich so schnell, Engelchen, du tust dir noch wat.«

»Mach dir um mich keine Sorgen.« Britta bremste. »Kann ich dich was fragen?«

»Immer doch.« Küttel schlug die Tür seines Autos zu. »Wat haste denn auf dem Herzen, Kind?«

»Du weißt doch, was heute Morgen passiert ist.«

»Wie geht's dem Jungen denn?«

»Sieht nicht gut aus.« Brittas blasses Gesicht zeigte, dass sie meinte, was sie sagte.

»Ach du Scheiße. Für 'n Ossi war er 'n netter Kerl.«

»Ist! Küttel! Ist! Er lebt noch.«

»Ja klar. 'tschuldigung!« Küttel wurde noch kleiner und runzeliger, als er ohnehin schon war, und rieb sich die mächtige rot geäderte Nase.

»Hast du 'ne Ahnung, ob Onkel Walter heute Morgen vor der Feier was auf der Baustelle zu tun hatte? Oder jemand anders aus der Brigade?«

»Soll ich mal die Einteilung nachgucken?«

»Bitte.«

Schon hinkte er auf unsicheren O-Beinen zu der Baracke neben den Werkstätten, in der die Poliere seit Jahr und Tag ihr Büro aufgeschlagen hatten, und fischte den Schlüssel vom Türrahmen, wo ihn sowieso jeder vermutete.

Keine Minute später war Küttel wieder da. »Die waren in Neuss im Frachthafen. Bis kurz vor halb zehn.«

»Alle?«

»Nehm ich mal an. Onkel Walter auf jeden Fall.«

»Woher willst du das so genau wissen?«

»Weil die zwei Container mit Bauholz abgeholt haben. Und Walter hat die Ladepapiere abgezeichnet. Zwei nach acht. Sacht der Stempel der Hafenmeisterei.«

Britta rechnete nach. Kurz nach sieben war Bob losgefahren. Dann war er kurz vor halb acht an der Baustelle gewesen.

Von dort bis zum Neusser Hafen brauchte man mindestens eine Dreiviertelstunde. Morgens um die Zeit eher mehr. Und zurück das Gleiche. Dann wäre Onkel Walter erst kurz nach neun zurück gewesen. Aber da lag Bob ja schon längst da.

»Verrätste mir, was daran so wichtig ist?«, unterbrach Küttel Brittas Gedanken.

»Kannste dir das nicht denken, Opa Küttel?«

»Na doch. Kann ich schon. Aber weißte was? Manchmal täuscht man sich auch.«

Das waren ja weltbewegende Weisheiten.

»Ach, Küttel, du glaubst noch an den Weihnachtsmann.«

»Kann sein«, Küttel spuckte aufs Pflaster, »bringt das Alter so mit sich.« Dann lachte er meckernd. »Is schon verrückt, Kind. Was es nich alles gibt. So gegen elf kam die Bagage hier an. Haben sich umgezogen. Arbeitsklamotten. Und dann kommt Onkel Walter da ausse Bude. Seinen Werkzeugkasten im Arm, an den keiner randarf. Kennst die brutale Socke ja. Und dann geht er in die Werkstatt und holt alles, was von der Kirchturmuhr übrig geblieben ist, raus. Siehste da hinten?«

Wie bei einer Ausgrabung lagen die Bruchstücke von Bobs Uhr fein säuberlich nebeneinander.

»Und dann hat er angefangen. Alles sauber gemacht und aneinander gelegt. Wie ein Blag seine Bauklötzchen. Und dann hat er den Jungs gesagt, dass er sich heute freinimmt, und hat den ganzen Tag keinen Ton mehr gesagt und nur vor sich hin gesummt und rumgebastelt. Kannste mir so was mal erklären?«

»Nee, Opa Küttel. Kann ich nicht«, sagte Britta. Dabei wollte sie nur nicht.

37

Damit blieben auf Brittas ungeschriebener Liste bloß noch zwei Namen übrig.

Als Britta ins Haus kam, schrie Mick Jagger, dass er keine Befriedigung bekam. Und Max Sander grölte aus Leibeskräften mit.

Wie ein Derwisch kreiselte er stampfend durchs Wohnzimmer, die Fernbedienung als Taktstock in der Hand.

»Papa?«, meldete sich Britta. Und musste noch mal schreien, bevor ihr Vater sie hörte.

»Schon gut. Du brauchst nicht ins Internat. Hat sich ja erledigt«, röhrte Max Sander gegen den stampfenden Rhythmus an.

»Was hast du erledigt? Bob umgebracht?«, schrie Britta.

Max Sander erstarrte. Wehrlos kippte er in den nächsten Sessel. Stützte den Kopf auf die Arme und sah ins Nirgendwo.

»Wie kannst du hier rumtanzen?«, schrie Britta ihre Empörung gegen die lächerliche Holzvertäfelung und wünschte sich ein Erdbeben, das alles in Schutt und Asche legte.

»Kind. Was ist nur aus uns geworden.« Ihr Vater kaute seine eingefallenen Lippen gelblich weiß. Er zitterte.

»Eine Familie. Und weißt du, wie man das buchstabiert. HÖLLE! Hölle!!!«

»Mein Gott, Kind, was habe ich dir bloß getan?« Max Sander sackte in sich zusammen. »Wie kannst du so was nur denken?«

»Wo warst du, bevor du uns abgeholt hast?«, forschte Britta gnadenlos nach.

»Ich wollte da hin. Nachsehen, ob alles glatt läuft.«

»Glatt läuft«, wiederholte Britta höhnisch.

»Aber dann bin ich im Verkehr stecken geblieben. Und bin umgedreht. Britta, was denkst du nur von mir? Ich bin ein Mensch. Dein Vater!« Er schrie. Lauter als Mick Jagger. Viel lauter.

»Ach ja?«, fragte Britta kalt. »Bist du das?«

Max Sander fiel vollends in sich zusammen.

»Du wolltest mir alles wegnehmen«, sagte Britta.

»Nein, Kind, geben. Ich wollte dir alles geben.« Max Sander starrte seine Tochter an wie ein Ertrinkender.

»Ich kann dir nicht glauben.«

»Ja«, sagte ihr Vater. Um dann zu flüstern: »Ja, ich weiß. Du hast mir noch nie geglaubt.«

Britta konnte gar nicht anders, als das kleine ertrinkende Nichts an sich zu ziehen. »Du weißt nicht, wie sehr ich dir glauben möchte.«

»Doch«, sagte Max Sander ohnmächtig. Und rollte sich in sie, als wäre er Brittas Baby.

Britta hörte ihr Herz schlagen. Im starren Trommeltakt einer Exekution. Etwas in ihr wurde zu Grabe getragen. Sie war endgültig angekommen in der Welt der Erwachsenen.

Britta legte ihrem Vater sachte die Hand auf den Kopf, als müsste sie ihn beschützen. Jetzt erst fiel ihr auf, wie schütter sein Haar war. Wie Babyflaum.

Mit einem Mal wurde Britta klar, dass Kleinkinder kein Mitgefühl kennen. Wie ichbezogen, ungerecht und grausam sie sein können in ihrer Sucht nach Nähe und Zuwendung.

Aber deswegen bringen sie niemanden um.

38

Ungeachtet aller Verdachtsmomente, die es nach wie vor gegen ihren Vater gab, war für Britta die Liste der Verdächtigen auf eine Person geschrumpft.

Steffen.

Bloß – der war schleimiger als jede Schnecke. Den konnte man nicht mit Fragen und Vorhaltungen aus der Reserve locken. Steffen würde immer wieder ausweichen, Märchen erfinden und andere beschuldigen, um sich herauszureden.

Ohne handfeste Beweise war der einfach nicht zu überführen.

Die ganze Nacht zerbrach sich Britta den Kopf, wie sie vorgehen könnte. Bei dem Anschlag auf Bob anzusetzen, machte nicht viel Sinn, solange nicht mal klar war, ob es ein Mordversuch war. Sie traute Steffen zwar zu, die Leiter, die der Kommissar erwähnt hatte, angesägt oder sonst irgendwie präpariert zu haben. Oder noch eher, jemanden dazu angestiftet zu haben. Aber diesbezüglich hatte sie nun mal nicht das Geringste in der Hand. Sie musste Beweise für die Erpressung finden. Geld. Eine DVD oder den Speicherchip des Handys.

Aber all das schleppte Steffen bestimmt nicht mit sich herum, sondern hatte es irgendwo verbunkert.

Vermutlich zu Hause, wo er sich sicher fühlte.

Demnach blieb Britta gar nichts anderes übrig, als in die Höhle des Löwen zu gehen. Nein, zu schleichen. Unbemerkt. Oder mit List.

Ein Einbruch war ausgeschlossen. Steffen wohnte bei seinen Eltern, und die hatten ihre Villa gesichert wie die Staatsbank. Da konnte Britta nur mit Steffen hineinkommen. Indem sie ihm etwas vormachte und ihn in Sicherheit wiegte.

So gerissen, wie Steffen war, ging das nur mit jeder Menge Raffinesse. Und Selbstüberwindung.

Noch vor der Schule passte Britta Steffen vor dem Büro ab. Es sah ganz zufällig aus, als ihr die Schultasche vom Gepäckträger fiel.

»Verflixt«, fluchte Britta und kletterte vom Rad.

»Kann ich helfen?« Steffen kam aus seinem Auto geschossen.

»Geht schon.« Britta sammelte ihre Bücher und Hefte auf. Sie tat so, als würde sie das Freundschaftsbändchen mit den Muscheln übersehen, das sie am Morgen mit Absicht in die Tasche geworfen hatte.

»Sieh mal einer an. Das hast du ja doch noch.« Steffen grinste überlegen.

»Schon.« Britta schenkte ihm einen verlegenen Blick.

»Warum hast du's nicht weggeworfen?«

»Weiß nicht«, sagte Britta und nahm es ihm gekonnt unbeholfen aus der Hand.

»Tut mir Leid mit Bob. Als ich das gehört hab, war ich richtig froh, dass ich ausnahmsweise mal verpennt hab«, log Steffen hemmungslos.

Britta ließ sich ihre Wut nicht anmerken und setzte die Vorstellung fort. »Das war so was von furchtbar. Das Richtfest hat keine Viertelstunde gedauert.«

»Hoffentlich kommt er durch.«

»Ja, hoffentlich«, wiederholte Britta tonlos. Sie brauchte die Stimme nicht mal zu verstellen, so ekelte sich alles in ihr vor Steffen.

»Wenn ich dir irgendwie helfen kann. Ich meine … man darf so was nicht in sich reinfressen. Du brauchst Ablenkung«, schlug Steffen vor und bewies damit, dass er den Köder geschluckt hatte.

»Klar, Steffen. Aber im Moment ist mir nicht nach Ausgehen.«

»Ich dachte ja nur. Tut doch gut, mit jemandem zu reden.«

»Schon. Aber ich mag nirgendwo hin.« Drei, zwei … Gleich hab ich dich, dachte Britta.

»Du kannst ja einfach mal bei uns vorbeikommen, wenn du jemand zum Quatschen brauchst.«

»Mal sehen.« Britta packte ihre Schultasche aufs Rad. Das Freundschaftsband steckte sie bewusst in die Tasche ihrer Jeansjacke, was Steffen mit sichtlicher Genugtuung zur Kenntnis nahm.

»Wozu hat man denn Freunde?«, verkündete er dreist.

Damit man keine Feinde mehr braucht, dachte Britta.

Aber sie sagte nur »Ciao«, setzte sich aufs Rad und

zählte exakt bis drei, um sich noch mal umzudrehen.

Steffen stand da wie angewurzelt und freute sich wie ein Schneekönig, als er ihren Blick auffing. Er war nicht halb so gerissen, wie Britta befürchtet hatte.

Schon in der Schule hatte Britta sich überlegt, was sie am Abend anziehen sollte. Jetzt, vor ihrem nicht allzu üppigen Kleiderschrank, dauerte es keine Minute, bis sie hatte, was sie brauchte.

Ein Fähnchen von Stretchrock und eine üppig bedruckte Bluse, durch die man Zeitung lesen konnte. Als Krönung gönnte sie Steffen auch noch einen schwarzen Spitzen-BH, den Britta sich ungefragt bei ihrer Mutter auslieh.

Ein Blick in den Spiegel genügte. Sie hatte zu dick aufgetragen. Erst als sie ihre Jeans wieder anhatte, fühlte sie sich einigermaßen wohl. Das musste reichen.

»Ach, Britta. Schön, dass du mal vorbeischaust. Komm doch bitte rein«, freute sich Steffens Mutter. Genauso übertrieben wie Sohnemann.

»'n Abend, Frau Wilms. Stör ich auch nicht?«, bemühte Britta die üblichen Floskeln.

»Woher denn? Ich hol Steffen gleich runter. Er ist auf seinem Zimmer. Oder möchtest du ihn überraschen?«

Und ob Britta das wollte. Vor allem, wenn man es ihr sogar anbot.

»Au ja, gern.«

»Da oben, gleich an der Treppe«, erklärte Frau Wilms noch, als Britta schon fast oben war.

»Danke«, sagte Britta artig.

»Soll ich euch ein paar Schnittchen machen? Oder 'ne Pizza? Ich stör auch nicht.« Frau Wilms strahlte verschwörerisch über alle Backen. Vermutlich hörte sie schon die Hochzeitsglocken läuten und fing nachher gleich an, Pullis für die Enkelkinder zu stricken.

»Pizza wär natürlich riesig«, begeisterte sich Britta und wurde gleich ein bisschen unverschämt. »So richtig selbst gemacht?«

»Natürlich«, versicherte Frau Wilms vielversprechend. »Inklusive Teig.«

Das konnte dauern. Ein Störfaktor war schon mal beseitigt.

Steffen hatte gerade in Wimbledon mit einem Ass gepunktet. Jedenfalls am Computer.

»Wie steht's denn?«, erkundigte sich Britta.

»Ach nee. Je später der Abend ...« Steffen drehte sich geschmeichelt um. »Das ging aber schnell.«

»Du musst mir helfen.« Britta nestelte an den Knöpfen ihrer Bluse, als wüsste sie nicht mehr aus noch ein.

»Immer doch. Wenn ich kann.« Steffens Blick wanderte an Britta herunter und wieder hinauf. Ihr war, als würde selbst der eine Schleimspur hinterlassen.

»Könntest du mal mit meinem Vater reden? Er will mich ins Internat stecken. Wegen Bob. Er will doch unbedingt, dass wir zusammenkommen.« Das »wir« betonte sie wie Pretty Woman in der Badewanne.

»Wo er Recht hat, hat er Recht«, stellte Steffen angetan klar.

»Dann sag ihm, dass ich hier bleiben soll«, schmollte Britta und setzte sich aufs Bett.

»Und was hätte ich davon?«

»Wer weiß«, flötete Britta mit einem Augenaufschlag, der einen Sumo-Ringer umgeworfen hätte.

»Und dein Bob?«

»Lass uns von was anderem reden. Du weißt doch, das mit Silke ...« Britta ließ theatralisch den Blick über die schwarzen Ledermöbel zur verchromten Schrankwand und hinaus auf die riesige Veranda mit dem gelben Stoffdach gleiten. »Toll wohnst du hier. Da fühlt man sich gleich richtig wohl.«

Steffen verzog beglückt das Gesicht, als wollte er damit zeigen, dass Britta am Ende wohl doch den richtigen Geschmack hatte. »Magst du was trinken?«

»'ne Cola.«

»Mit was drin?«

»Gern. Aber light.« Britta hoffte inständig, dass die nicht im Haus war.

»Gibt's nicht.« Steffen kaute verärgert auf seinen schmalen Lippen.

»Na dann nehm ich einfach ein Wasser«, sagte Britta verschnupft.

»Kommt gar nicht in Frage. Ich fahr schnell ans Büdchen. Kommst du mit?«

»Ich hab neue Schuhe an. Guck mal.« Sie hielt ihm ihre alles andere als neuen Pumps vor die Nase, die sie nur noch nie getragen hatte. »Gefallen sie dir?«

»Super!« Sah so aus, als ob Steffen schon das Wasser im Mund zusammenlief.

Britta setzte noch einen drauf und zog sich mit

einem wohligen Kieksen die Hacken von den Fersen. »Piiiiu! Jetzt geht's mir besser. Die brennen wie verrückt.« Hingebungsvoll massierte Britta sich die Füße.

Steffen reagierte wie die meisten Jungs. Auf Knopfdruck. »Ich fahr schnell rüber. Bin gleich wieder da.«

»Darf ich solange *Wimbledon* spielen?«, erkundigte sich Britta dummdoof-neckisch.

»Klar.« Steffen drückte ihr das Game Pad in die Hand und rauschte ab, als müsste er sich warmlaufen. Wollte er ja in gewisser Weise auch.

Britta ließ das Game Pad fallen wie eine heiße Kartoffel und begann mit der Arbeit. Zuerst untersuchte sie Steffens Handy, das er freundlicherweise vergessen hatte. Fehlanzeige! Keine Videofunktion. Wenigstens war der Junge nicht zwanghaft jedem Trend hinterher. Dann kam sein Computer an die Reihe. Der wimmelte zwar nur so von Spielen, aber medientechnisch war bis auf ein Fotoprogramm gähnende Leere. Im Schreibtisch sah's nicht viel anders aus. Britta nahm sich die Schrankwand vor. Das einzig Bemerkenswerte, worauf sie stieß, waren ein paar Sex-Heftchen hinter der Bücherzeile. Na, wenn er's nötig hatte!

Ansonsten war im ganzen Zimmer nichts zu finden. Weder Geld noch DVDs und erst recht kein Speicherchip oder Ausdrucke von Fotos. Britta suchte gerade den Bettkasten ab, als sie Schritte auf der Treppe hörte. Ihr Herz schlug wie verrückt, bis sie die Tagesdecke wieder einigermaßen hingelegt und sich samt Game Pad unverfänglich auf dem Bett postiert hatte. Die Schritte gingen vorbei. Vielleicht war Steffens Vater nach Hause gekommen. Hoffentlich wollte er Britta nicht begrüßen.

Britta wagte kaum zu atmen, als sie den Schreibtischstuhl zurechtrückte, um die Schrankwand von oben abzusuchen. Außer Staub kam nichts zum Vorschein.

Britta überlegte. Sie war durch.

Bis auf den Boden. Britta hob den ersten der schwarz-goldenen Seidenteppiche an. Das Parkett glänzte unverfänglich. Bis auf eine Stelle unterm Schreibtisch, unweit der Heizung. Hier hatten sich mehrere Bretter gelockert. Vermutlich ein Wasserschaden. Britta ging auf die Knie. Die Parkettstücke ließen sich abheben wie Dominosteine. Und legten eine Mulde frei. Britta griff, ohne zu zögern, hinein und förderte einen Haufen Papier und einen Hefter mit Depotauszügen zutage. Sie hielt den Atem an und rutschte unter den Schreibtisch, um noch mal genauer nachzusehen. Die Mulde war ziemlich tief, mindestens zehn, zwölf Zentimeter, aber jetzt völlig leer.

Fiebrig schlug Britta den Hefter auf und staunte. Fast zweihunderttausend Euro in verschiedenen Aktien und Anleihen. Bloß – die Buchungen lagen alle schon Wochen und Monate zurück und hatten mit der Erpressung garantiert nichts zu tun.

Erst ein rascher Blick auf die Papiere erklärte Steffens Geheimniskrämerei. Und – woher der Reichtum stammte. Die gebunkerten Blätter waren Kopien von Baubeschreibungen und Ausschreibungsunterlagen der Firma Sander. Pures Gold für die Konkurrenz. Steffen hatte sich vermutlich auch noch mit einem läppischen Trinkgeld abspeisen lassen.

Wieder Schritte auf der Treppe. Diesmal auch Stimmen. Steffen kam mit seiner Mutter die Treppe hoch. In Windeseile deckte Britta das Loch ab, zog den Teppich zurecht, stopfte sich den ganzen Packen Papiere in die Rückseite der Jeans und verzog sich aufs Bett.

Als die Tür aufging, lächelte sie selig, als wäre Computertennis der Inbegriff aller Leidenschaft und Glückseligkeit.

»Super! Leihst du mir das Spiel mal?«, heuchelte Britta.

»Bestimmt«, nahm Steffens Mutter ihm die Antwort ab und stellte die dampfende Pizza auf dem Schreibtisch ab. »Und jetzt lasst es euch schmecken.«

»Das riecht ja toll«, behauptete Britta, der alles, inklusive Appetit, gründlich vergangen war.

»Und jetzt gibt's was zu trinken.« Steffen winkte mit der Cola und einer Flasche Whisky.

»Und Eis?«, verlangte Britta.

»Im Kühlschrank, Steffen«, appellierte Frau Wilms beflissen. Sah so aus, als hätte seine Mutter eine genaue Vorstellung davon, was er Britta schuldig war. Nur war die leider grundverkehrt.

»Ich mach schon!« Britta sprang vom Bett, bevor Steffen überhaupt reagieren konnte.

So schnell sie konnte, rannte sie die Treppe runter – und aus dem Haus. Barfuß. Die Pumps ließ sie der netten Frau Wilms als Andenken zurück.

Die ausgemergelte Moderatorin der Astro-Show verkündete in der Glotze rosige Zeiten und flehte um Anrufe für 89 Cent.

»So viel zum Thema Steffen.« Britta schmiss die Unterlagen und Depotauszüge auf den Couchtisch und weckte ihren Vater damit aus seinem Halbschlaf.

»Was …?«, sagte er und tauchte aus seiner Versenkung auf.

»Da siehst du, warum wir in letzter Zeit keine Aufträge haben. Bedank dich bei deinem Liebling. Und lass Bob in Ruhe.«

Die Wohnzimmertür knallte wie eine Kanone durchs nächtliche Haus.

39

Am nächsten Morgen war von Brittas Vater nicht viel zu sehen. Mit Sicherheit stand er schon bei seinem Anwalt auf der Matte und tobte.

Britta trank nur schnell einen Kaffee und stellte mit Befriedigung fest, dass Steffen gar nicht mehr auftauchte. Vermutlich hatte der Anwalt die fristlose Kündigung schon mal vorab per Fax losgejagt.

Aber es war nur ein halber Sieg. Sicher, Steffen hatte sich ein für alle Mal erledigt. Aber was die Erpressung anging, hatte sich Britta gründlich getäuscht. Und auch für den Anschlag auf Bob gab es nicht den geringsten Beweis. Es sei denn, Bob war Steffen auch auf die Schliche gekommen, wofür aber momentan nichts sprach.

Britta musste sich eingestehen, dass sie immer noch ganz am Anfang stand, nachdem sie all ihre Verdächtigen unter die Lupe genommen hatte.

Als Erstes rief sie im Krankenhaus an. Es gab nichts Neues. Mäuser hatte immer noch Dienst und Bob lag immer noch im Koma. Mäuser versprach, Britta anzurufen, sobald sich Bobs Zustand änderte.

Zu Kommissar Böll durchzudringen, war schon ein ziemliches Kunststück. Anscheinend wurde er behütet wie der Goldschatz von Fort Knox. Durch vier Vorzimmer musste Britta sich kämpfen, um schließlich im fünften stecken zu bleiben.

Der Giftzwerg hinter dem muffigen Schreibtisch war verschwitzt, unüberwindlich und redete wie ein Wasserfall. Gischt inbegriffen.

»Der Herr Hauptkommissar ist nicht zu sprechen. Keinesfalls. Unmöglich. Wirklich. Oder haben Sie einen Termin? Aber dann wüsste ich davon. Garantiert.«

»Der Kommissar hat mir gesagt, wenn mir noch was einfällt, soll ich mich melden«, beharrte Britta.

»Melden. Nicht herkommen.« Der Piefke starrte wieder in seine Akten, um zu zeigen, dass der Fall damit für ihn erledigt war.

»Ich muss den Herrn Kommissar aber dringend sprechen. Wofür hat er mir denn seine Karte gegeben? Die Adresse stimmt ja wohl.« Britta knallte ihm das Beweisstück auf den Tisch.

»Raten Sie mal, wie viele Karten der jeden Tag verteilt«, blies sich der Giftzwerg auf. »Wenn die alle hier ankämen ...«

»... wäre das nicht auszuhalten«, ergänzte der Kommissar schmunzelnd in der Tür. »Da ist ja meine Freundin. Kommen Sie rein. Ach, Schulz«, bekam der auch noch sein Fett ab, »machen Sie uns doch schnell 'nen frischen Kaffee.«

Schulz kochte jetzt schon.

Böll schob Britta in sein Büro durch und schloss die Tür hinter sich.

»Ich wollte mal fragen, was Sie rausgefunden haben.« Britta setzte sich schwungvoll auf den Stuhl, den der Kommissar ihr anbot.

»Tja. Leider nicht viel«, musste Böll zugeben. »Unsere Techniker haben die Leiter, so gut es ging, rekonstruiert und jedes Stückchen im Mikroskop analysiert. Und sie versichern mir mit 98-prozentiger Sicherheit, dass nichts an dem Beweisstück manipuliert worden ist. Auf gut Deutsch: Die konnten nichts finden. Da hat keiner was angesägt oder sonst was. Rein gar nichts.«

»Und was bedeutet das jetzt?«, fragte Britta enttäuscht.

»Dass wir von einem Unfall ausgehen müssen. *Materialermüdung,* nennt sich so was.«

Als Britta Böll noch trauriger anguckte, fühlte er sich bemüßigt, wenigstens noch ein paar Details zu verraten. »Inzwischen wissen wir von der Spurensicherung auch ein bisschen mehr über den Hergang des Unfalls. Also: Ihr Freund wollte vom Balkon im vierten Stock aufs Dach des Gebäudes steigen. Jetzt werden Sie sich fragen, woher wir das wissen.« Böll legte eine Kunstpause ein. »Auf dem Balkon haben wir Fasern gefunden, die zum Richtkranz passen. Um leichter aufs Dach zu kommen, hat Ihr Freund sich dann eine Leiter besorgt. Offensichtlich vom Hof. Denn in der Ecke unterhalb vom Südflügel waren noch Abdrücke und Abrieb der Holme zu entdecken. Dann hat der arme Kerl das Ding vier Stockwerke hochgeschleppt und an der Dachrinne angelegt. Ist hochgeklettert. Und dann muss das Ding irgendwie weggebrochen sein. Wie es aussieht, vermutlich zwei Tritte auf einmal. Ihr Freund muss runtergerutscht sein und ist so dumm an der Brüstung des Balkons aufgekommen, dass er rübergefallen ist. Genau da haben wir nämlich Faserreste von seinem Pulli gefunden, die sich eindeutig zuordnen lassen. Tja, und der Rest ist ja leider bekannt.«

Schulz störte mit dem Kaffee. Vor lauter Unsicherheit wusste er gar nicht, wo er sein Tablett lassen sollte.

»Sahne«, mahnte der Kommissar.

Schulz setzte sein Tablett auf einem Aktenberg ab und spurtete los.

»Heißt das, Sie glauben wirklich an einen Unfall?«, bohrte Britta ungläubig weiter.

»Die Beweislage spricht eindeutig dafür.«

»Aber die Fasern an der Brüstung können doch auch von einem Kampf stammen.«

»Dann hätten wir mit Sicherheit noch andere Textilfasern gefunden. Es sei denn, der Übeltäter war nackt.«

Für Böll schien sein müder Scherz so etwas wie ein Schlusspunkt. Als Schulz mit der Sahne zurückkam, erhob er sich von der Schreibtischkante, auf der er die ganze Zeit gehockt hatte, und goss zwei Tassen Kaffee ein.

Britta merkte, dass sie auf verlorenem Posten kämpfte. »Sie wollen nicht weiterermitteln?«

»Dürfen, Kindchen. Mich fragt hier keiner, was ich will. Ich frage, was ich darf. Und wenn keinerlei Anhaltspunkte für ein Verbrechen vorliegen, gibt's nun mal keinen Fall und mir sind die Hände gebunden.«

Britta fühlte sich wie ein Häufchen Elend. Böll starrte mitleidig über seine Tränensäcke und hielt ihr eine Tasse hin.

»Nun trinken Sie aber auch, wenn ich den Schulz schon rumscheuche. Oder haben Sie Angst, der hat reingespuckt?«

Hatte Britta nicht. Bloß keine Lust auf irgendetwas. »Sie können doch nicht einfach aufhören.«

»Ich verrate Ihnen mal was«, der Kommissar beugte sich zu Britta herunter, während er wie im Akkord in seiner Tasse rührte, »aber das bleibt unter uns. Den ganzen Firlefanz mit der Spurensicherung und dem Labor habe ich nur Ihretwegen angeordnet. Das hat Dutzende Leute tagelang beschäftigt.«

»Danke«, sagte Britta. »Sie dürfen ruhig du sagen.«

»Na, dann war's das wert«, entschied Böll und stieß mit der Kaffeetasse an.

40

Auch wenn die Polizei mit ihrem Latein am Ende war, durfte Britta nicht aufgeben. Für sie war Bob noch immer nicht zufällig vom Dach gerutscht. Und weder Steffen noch ihr Vater endgültig entlastet.

Vielleicht hätte Böll das auch so gesehen, wenn er von der Erpressung gewusst hätte. Bestimmt sogar. Aber Britta hatte auch so schon genug Probleme mit ihren eigenen Befürchtungen und Verdächtigungen.

Was konnte sie denn jetzt noch tun? Sie hatte jeden abgeklappert, der ihr irgendwie verdächtig schien, und ihr ganzes Umfeld nach Indizien für die Erpressung abgesucht. Nichts. Nicht der geringste Anhaltspunkt.

Britta legte auf dem Nachhauseweg eine Pause am Barbarossaplatz ein. Sie erwischte einen Platz auf einer der Biergartenbänke, bestellte Milchkaffee und bestaunte die perfektionistisch renovierten Fassaden der Jugendstilhäuser. An den Balkonen standen hohe Türen offen und zeigten noch höhere Räume mit spärlichen, ausgesuchten Möbeln.

Vor der Arztpraxis neben dem *Bingo* hatten sich drei

ältere Damen versammelt, um ihr Wissen über Krankheiten und Befunde aneinander abzuladen.

Dann hörte Britta die drei unvermittelt lachen. Die Krankheiten waren abgehakt.

»Haben Sie mitgekriegt, was heute Nacht da oben passiert ist? Die Blonde? Nee? Soll ja angeblich Sängerin sein. Hab ich aber noch nie gesehen.«

Die andern beiden kicherten einvernehmlich.

Die Bedienung, ein leicht geistesabwesend rumschlurfender Dauerstudent, stellte Britta den Milchkaffee auf den Tisch.

»Gleich zahlen?«

Britta holte drei Euro aus der Jeanstasche.

»Zweifuffzich«, murmelte der Student wie im Halbschlaf.

»Stimmt so, sag mal, kann ich dich was fragen?«

»Immer doch.« Die Schlaftablette wurde munter und rutschte neben Britta auf die Bank. So hatte sie das bestimmt nicht gemeint, aber es kam ihr ganz recht.

»Hör mal, du arbeitest doch schon ewig hier.«

»Mhm.«

»Kennst du den Falco? Der hängt doch immer hier rum.«

»Macht ganz schön Wind, der Lackaffe.«

»Meine Freundin steht auf ihn. Sie meint, der schmeißt mit der Kohle rum wie mit Konfetti.«

»Der?«, regte sich Schlaftablette auf. »Der zählt jeden Deckel dreimal nach. Kein Cent Trinkgeld. Die soll bloß aufpassen. Bei Mädels lässt er ab und zu mal was springen, um sich wichtig zu machen. Einmal und nie wieder. Geizig wie Dagobert persönlich.«

»Herr Ober?« Die drei Damen hatten sich am Nebentisch niedergelassen.

»Hört sich nicht gut an.« Britta bedankte sich. Sah aus, als hätte Silke gelogen. Falco war nicht der Scheich, der sie von oben bis unten behängt hatte.

»Nee, echt nicht. Den kannste vergessen. Ja, bitte?«, wandte sich der Student den Damen zu und schaltete wieder auf Schleichgang.

»Zwei Kaffee, ein Cappuccino«, wiederholte Schlafmütze apathisch die Bestellungen und bemühte sich wie in Trance ins Lokal.

»Männer. Männer. Männer ...«, sorgte die Aufgebrachte schnell wieder für Aufmerksamkeit, »... was anderes hat die nicht im Kopf.«

»Jede Nacht?«

»Jede. So wahr ich hier sitze.«

Die Damen beschäftigten sich offenbar immer noch mit der angeblichen Sängerin.

»Die ganze Nacht. Ein ständiges Kommen und Gehen.« Die Dauerwelle der Aufgebrachten wippte wie Zuckerwatte. »Und bis die Kerle mal 'nen Parkplatz haben. Manchmal kurven die stundenlang hier rum. Bis in den frühen Morgen.«

»Furchtbar, wenn die Nacht nicht vorbeigeht. Ich werde oft um vier oder fünf wach und krieg dann kein Auge mehr zu«, buhlte die fülligere der beiden Zuhörerinnen um Mitleid.

»Das geht vielen so«, stellte die Dritte fest und konnte nicht ahnen, was Britta gerade durch den Kopf schoss und wie inständig sie hoffte, dass die drei Recht hatten.

Bevor die Aufgebrachte wieder loslegen konnte, saß Britta schon im Sattel und strampelte in die Dumontstraße, als säße ihr der Teufel auf dem Gepäckträger.

Dort angekommen, fragte Britta sich bei jedem Passanten den Mund fusselig, ob jemand vielleicht am Vortag gegen Morgen irgendetwas Ungewöhnliches beobachtet hatte. So, wie es aussah, hatten die meisten wohl doch einen gesunden Schlaf oder kamen Gott weiß woher. Britta blieb hartnäckig. Stellte immer wieder dieselben eintönigen Fragen. Nach einer Weile kamen ihr die eigenen Worte schon ganz ausgelutscht und abgestanden vor. Haben Sie schon von dem Unfall gehört? Haben Sie etwas mitbekommen? Ist Ihnen irgendjemand aufgefallen? Irgendetwas?

Britta nervte alle und jeden. Kids, die am Bach rumlungerten. Omis mit Einkaufstaschen. Graugesichtige Männer, die sie anstarrten, als wären sie noch nie im Leben nach irgendwas gefragt worden. Sogar die rotblau geäderten Penner, die auf der Bank Trinkkartons mit Rotwein leerten.

Aber auch die hatten nichts mitgekriegt. Der eine wollte allerdings mal bei seinen Kumpels rumfragen, ob vielleicht einer hier auf der Bank übernachtet hatte. Er sagte: Platte gemacht.

Dann endlich, nach mehr als drei Stunden Fragerei, lief Britta eine übergewichtige Dame vor die Füße, die ihren Leib ächzend über den Kiesweg am Bach hinter einem winzigen Terrier herwuchtete.

»Entschuldigung, haben Sie gestern am frühen Morgen irgendwas Auffälliges bei der Bibliothek da vorne bemerkt?«

»Nö!« Die Füllige zerrte den Yorkshire von den Büschen weg. »Der Kerl, der da rumkrakeelt hat, das war mitten in der Nacht«, schimpfte sie arglos, rollte die Leine auf Anschlag und sah nach, ob der Hund sich schmutzig gemacht hatte. »Mausi, Mausi, was haben wir da denn wieder an den Füßen? Du weißt doch, dass das baba ist!«

»Welcher Kerl?«, setzte Britta elektrisiert nach, während die Massige ein Papiertaschentuch aus der Manteltasche kramte und Mausi die Pfötchen abwischte.

»Böser Hund. Böses, böses Mausi. Nie hörst du, was die Mami dir sagt.«

»Wie sah der denn aus?« Britta ließ nicht locker.

»Na so 'n Untersetzter«, stöhnte die Mami über der anstrengenden Aufgabe, »nicht jung und nicht alt. Vielleicht vierzig oder so. Ziemlich lange Haare. So Ihre Farbe.«

»Was hatte er denn an?«

»Ooch, nichts. Ich meine, nichts Besonderes. Wissen Sie, seit mein Mann tot ist, kann ich kaum noch schlafen. Wenn man zwanzig Jahre nebeneinander im Bett gelegen hat, da fehlt einem einfach was. Da ist alles so was von leer.« Die Füllige hatte Mausi sauber und drückte ihn verliebt an sich.

»Verstehe«, murmelte Britta mit trockenem Mund. »An irgendwas Besonderes bei dem Mann können Sie sich nicht erinnern?«

»Nö. Rumgeschrien hat er. Da vorn im Eingang. Ich hab gedacht, das ist wieder einer von den Pennern. Im Winter haben die sich ja massenweise auf der Baustelle rumgedrückt. Da müsste ein Wachmann hin.

Wenigstens nachts. Es gibt doch genug Arbeitslose«, reihte die Füllige ihr gesammeltes Nachrichtenwissen aneinander.

»Haben Sie denn verstanden, *was* er geschrien hat?«, setzte Britta nach, bevor der Tanker völlig aus dem Ruder lief.

»Ich war ja oben am Fenster. Nicht, dass Sie meinen, ich wär so 'ne Fenstermotte. Aber im Bett hält man's auch nicht aus. Ich versuch immer alles. Kalte Brausen für die Beine. Milch mit Honig. Tabletten sowieso. Hilft alles nichts. Soll man ja auch nur eine von nehmen, damit man nicht süchtig wird.«

Britta guckte so eindringlich fragend, wie sie nur konnte.

»Ach so«, plapperte die Schlaflose daraufhin weiter, »was er geschrien hat? Einmal hab ich was gehört von: ›Ich bin auch noch da!‹ Und so was Ähnliches wie: ›Dich hol ich noch vom hohen Ross herunter.‹ Irre, ne?«

»Wie hörte sich die Stimme denn an?«

»Mensch, Frollein, du kannst vielleicht fragen.« Sie stemmte die Arme in die ausladenden Hüften. »Wie hörte sich die Stimme an? Normal. Ganz normal, würd ich sagen.«

»Rheinländer?«, versuchte Britta ihr auf die Sprünge zu helfen.

»Nicht direkt. Aber auch kein Ausländer. Ich sag ja, normal. Ganz normal.«

Mausi sah Frauchen beleidigt an, als wollte er fragen: Wie lange dauert das hier denn noch?

»Konnten Sie noch was verstehen?«

»Nee. Der war dann ja auch weg. Ich wollte schon

die Polizei rufen. Meinen Sie, das hätte ich besser getan?«

»Die kommen auch nicht für jede Kleinigkeit«, beruhigte Britta die Frau.

»Meine ich doch auch. Glauben Sie wirklich, der Kerl hat was mit dem Unfall zu tun? Das wär ja furchtbar! Nicht, Mausi?« Mausi verstand anscheinend gar nichts und rollte sich erwartungsvoll zum Kraulen auf den Rücken.

»Meinen Sie, der Mann ist in den Rohbau gegangen?«, nahm Britta den Faden wieder auf.

»Kann ich mir nicht vorstellen. Obwohl ... einmal war mir, als ob drinnen auch noch jemand rumgeschrien hätte. Aber dann bin ich doch langsam müde geworden. Sagen Sie mal, warum interessiert Sie das eigentlich so?«

»Der da verunglückt ist, ist mein ... Verlobter«, übertrieb Britta. Schließlich hatte sich die Übertreibung bei älteren Leuten schon mal bewährt.

»Mein Gott!« Die Frau schlug die Hände vor den Mund. »Du armes Ding. Das ist ja schrecklich. Und, kommt er durch?«

»Hoffentlich«, beschwor Britta und merkte im gleichen Moment, was das für ein leeres Wort war. Jedenfalls für sie. Und für Bob.

»Sie müssen beten«, riet ihr die Frau, »wenn ich mir was wünsche, zünde ich immer 'ne Kerze in der Franziskanerkirche an. Jeden Tag eine.«

»Das mach ich auch«, versprach Britta und nahm sich vor, alle Kerzen anzuzünden, die sie nur finden konnte, wenn Bob alles überstanden hatte.

»Tja, Kind, wir müssen dann mal.« Die Frau legte ihr die mehrfach beringte Hand auf die Schulter. »Ach, da fällt mir noch was ein. Der Kerl hatte weiße Schuhe an. Schneeweiße Sandalen. Bei dem Wetter!«

»Gesundheitslatschen?«, platzte es aus Britta heraus.

»Ich glaub schon! So wie im Krankenhaus. Aber genau konnte ich das von da oben nicht sehen. Ich hab nur gedacht, verrückt, mit offenen Schuhen in dem Matsch. Der holt sich doch nasse Füße. Wohnst du hier in der Gegend?«

»Leider nicht«, sagte Britta und sah, wie die Frau traurig wurde. Sie hatte vermutlich seit Jahren nicht mehr so viel geredet.

»Tja«, sagte die Frau, »dann wollen wir mal, Mausi, hm?«

Die Gesundheitssandalen waren das letzte entscheidende Steinchen in Brittas Mosaik. Allmählich bekam der Tathergang für sie Umrisse und der Täter ein Gesicht. Ein furchtbares. Vertrautes. Ein furchtbar vertrautes.

Wer trug schon weiße Gesundheitslatschen? Außer Krankenschwestern. Und Ärzten.

Untersetzten Ärzten mit längeren Haaren in Brittas Farbe.

Wenn der dann noch die Bibliothek anschrie, um jemand vom hohen Ross herunterzuholen, klang das nach so viel Hass, Verbitterung und Ausweglosigkeit, dass in Brittas Augen jeder Zufall ausgeschlossen war.

Britta musste sich festhalten. Ihr wurde speiübel.

Mischa war zwar noch keine vierzig, sah aber leicht danach aus, so aufgedunsen, wie er war.

Ich bin auch noch da! Ja, das bist du, dachte Britta. Und wen er vom hohen Ross holen wollte nach dem Riesenkrach am Abend, war auch klar.

Konnte es sein, dass es gar nicht um ein Attentat auf Bob ging? Sondern auf ihren Vater? Wollte Mischa den treffen? Symbolisch? Indem er den Richtkranz runterholte?

Aber warum hatte er dann die Leiter präpariert? Mischa glaubte doch nicht wirklich, dass ihr Vater selbst aufs Dach stieg, um das Ding wieder hochzuhieven. Oder vielleicht doch? Impulsiv genug war er. Was, wenn der Richtkranz erst kurz vor der Veranstaltung entdeckt worden wäre? Wäre Paps dann nicht selber hoch? Ohne lange zu überlegen? Notfalls im schwarzen Anzug?

So bedrückend die Gedanken waren. Sie ergaben zum ersten Mal einen wirklichen Sinn. Zum ersten Mal hatte Britta das Gefühl, den Hintergründen des Geschehens und damit der Lösung des Falles ziemlich nahe gekommen zu sein.

Bloß noch nicht nahe genug. Denn noch beruhte ihr Mosaik nur auf Vermutungen, Schlussfolgerungen und Theorien.

Was fehlte, dringend fehlte, war ein Beweis.

Aber wo sollte der herkommen? Die Polizei hatte doch alles abgegrast. Den ganzen Innenhof.

Und den Rest?, schoss es Britta in den Kopf. Hatten sie den auch abgesucht?

Sie wusste es nicht.

Aber es war auch egal. Egal, wie lange sie hier herumkriechen musste. Es ging um Bob. Und die Gewissheit, dass nicht ihr Vater dahintersteckte.

Britta musste systematisch jede Ritze und jedes Grasbüschel durchsuchen, jede Scherbe aufheben und jeden Stein umdrehen.

Es dauerte Stunden und es war schon fast dunkel, als Britta endlich auf etwas Brauchbares stieß, nicht weit vom Haupteingang, in einer Fuge zwischen zwei Bodenplatten.

Eine Zigarettenkippe. Filterlos. Oval. Mit zwei Knickfalten. *Diwan Sultan.*

Kein Mensch rauchte so was. Höchstens noch Rentner aus alter Gewohnheit. Oder Snobs, die die aufklappbare Schachtel mit den kitschigen Bildern mochten. Snobs wie Mischa. Einmal war sie mit ihm durch die halbe Stadt gekurvt, bis zum Bilker Bahnhof, um bei einem uralten, ausgetrockneten Männlein seine Zigaretten zu kaufen.

41

Die Fenster von Mischas Wohnung verschwanden wie schwarze Löcher in der kronleuchterglänzenden Fassade der Jugendstilvilla in der Achenbachstraße.

Britta brauchte nicht lange nachzudenken, wo ihr Bruder um diese Zeit steckte. Das *Mitternachtwerk* war gleich an der Ecke. Ihr Fahrrad konnte sie in Mischas Vorgarten stehen lassen.

Mischa thronte direkt neben dem Eingang, an der Stirnseite des Tresens.

»Aha«, stellte er fest. Und dann noch mal »Aha«. Und es war, als hätten ihn die zwei Worte so durstig gemacht, dass er das ganze Weinglas in einem Schluck austrinken musste.

»Chardonnay«, forderte er geistesabwesend von der Bedienung hinterm Tresen. »Oder bist du inzwischen auch auf den Geschmack gekommen?«, nahm er Britta endlich halbwegs zur Kenntnis.

»Nein.« Als ob Mischas seelenlose Kipperei noch was mit Geschmack zu tun hätte.

Vermutlich aufgrund ihrer knappen Antwort bekam Britta einen glasigen Blick aus den Augenwinkeln.

»Setz dich, Schwesterchen. Wie geht's deinem Freund?«

»Beschäftigt dich das?«

»Komische Frage. Wofür hältst du mich?« Mischa unterstrich seine Empörung, indem er angewidert das nächste Glas dran glauben ließ. »Fee!«, winkte er das hennafarben getönte Barockengelchen mit dem leeren Glas heran. »Da is 'n Loch drin.«

Britta nahm sich fest vor, ihren Bruder nicht vom Wickel zu lassen. »Bob liegt immer noch im Koma. Sie wissen nicht, ob er durchkommt, sagt dein Doktor Mäuser.«

»Ich weiß«, kam es einigermaßen nüchtern. Verdammt nüchtern, fand Britta.

»Nichts weißt du«, fauchte sie.

»Ich habe mit Theo, ich meine, Mäuser, gesprochen.«

Die Erklärung erschien Britta wie eine Offenbarung. »Sieh mal einer an. Woher die plötzliche Nächstenliebe?«

»Na deinetwegen«, versuchte sich Mischa untalentiert herauszuschwindeln.

»Du lügst.«

»Als ob mich dein Knabe interessiert. Schwul bin ich noch nicht«, quälte sich Mischa matt eine Pointe ab.

»Ich vermute mal, er interessiert dich trotzdem. Brennend.« Britta sah ihrem Bruder fest in die glasigen Augen. Woraufhin der sie unbeholfen verdrehte, bevor er sie schloss.

»Fee!«, flehte Mischa.

»Chardonnay?« Die Bedienung jonglierte gerade kleine Gläser mit Hochprozentigem.

»Klar doch. Und bei Gelegenheit 'ne neue Tischdame. Schwesterchen kenn ich schon.«

Anstatt ihrem Bruder den Gefallen zu tun, legte Britta wortlos die *Diwan-Sultan*-Kippe vor ihn auf den Tresen. Bevor er zugreifen konnte, hatte sie sie schon wieder in der Faust.

»*Diwan Sultan*.«

»Eins, zwei, drei, ganz viele *Diwans*.« Mischa stocherte mit dem Zeigefinger im Aschenbecher rum. »Was soll das?«

»Die lag im Eingang der Bibliothek.«

»Was du nicht sagst. Jetzt qualmt schon jeder Malocher meine Sorte. Muss ich mich wohl umstellen.« Demonstrativ steckte sich Mischa noch eine an.

Tock, tock, trommelten seine Füße gegen die Sitzbank. Mit seinen kurzen Beinen kam Mischa kaum auf den Boden. Sitzgröße nannte ihn sein Vater. Ein imposanter Oberkörper, der jeden enttäuschte, sobald er aufstand. Vermutlich deshalb klebte Mischa an allem, auf dem er einmal saß.

Britta zwang sich ruhig zu bleiben.

»Es gibt eine Zeugin, die dich erkannt hat«, bluffte sie herausfordernd.

»Quatsch, da war keiner.«

Bingo.

Aber Mischa war noch nicht betrunken genug, um seinen Versprecher nicht sofort zu bereuen. »Ich meine, wer soll da nachts auf 'ner Baustelle was sehen.« Er lächelte zaghaft.

»Mischa, gib's auf. Es hat doch keinen Zweck.«

Fee stellte den Chardonnay auf die Theke. Britta kam ihrem Bruder zuvor, kippte den Wein in die Spüle hinter dem Tresen und nahm ihn mit einem Blick ins Visier, der einen Tiger zum Pfötchengeben veranlasst hätte.

»Ich hab das alles nicht gewollt«, erklärte Mischa seiner Zigarette, die sich unmittelbar vor seinen Augen in Rauch auflöste, »er hat uns doch nie ernst genommen. Für ihn sind alle nur Versager. Gott ist Gott und es gibt keinen Gott außer ihm.« Eine Träne lief ihm über die aufgedunsene Wange. »Weißt du was? Mich hat er nie gewollt. Einmal, da lag er im Garten. Dreimal so besoffen wie ich jetzt. Und da hat er mich am Kragen gepackt. *Warum hast du mir meine Frau weggenommen?* Das war alles, was er gesagt hat. Und dann noch mal dasselbe. *Warum hast du sie mir weggenommen?* Seine Lippen haben gezittert, als würden sie abspringen. Überall lief Speichel raus. Er hat's gar nicht gemerkt.«

Die Füße hatten aufgehört zu klopfen und scharrten nur noch knirschend über den Boden. Mit der freien Linken strich sich Brittas Bruder die Hosenbeine glatt, als wäre das jetzt das Wichtigste überhaupt.

»Du meinst, er war eifersüchtig auf dich?«

Mischa lachte auf. Schrill und gekünstelt. »Gehasst hat er mich. Weil Mama mich geliebt hat.«

»Ihn nicht?«

Mischa zuckte die Schultern. Dann ließ er sich zurückfallen, breitete die Arme aus wie ein Gekreuzigter und starrte auf die rußgeschwärzte Decke.

»Wer soll so was denn lieben? Einen, der alles erfunden hat. Oh Mann, Kinder! Ich kann gar nicht so viel saufen, wie ich kotzen möchte. Fee! Chardonnay! Wird das jetzt endlich was!«

»Du wolltest ihn umbringen?«

»Quatsch! Ich wollte den Kranz. Ich wollte, dass er nackt dasteht. Nackt und bepisst. Wenn alles kommt, um ihn zu feiern. Im Hof war 'ne Leiter. Mit der bin ich auf den Balkon. Wollte das Scheißding runterholen. Ich hab dran gezogen wie verrückt, bis alles runtergekommen ist. Platsch! Alles das Dach runter und auf 'n Hof geknallt. Na ja, da bin ich wieder runter.«

»Und die Leiter?«

»Hab ich hinterhergeschmissen.« Fee stellte Mischa ein neues Glas hin. Er griff zu wie ein Ertrinkender. »Sollte ich die vielleicht runterschleppen?« Mischa wischte sich über den Mund. »Drei oder vier Stockwerke?«

»Ja, Mischa. Solltest du.« Britta stand auf, um Mischas Kopf mit beiden Händen in ihre Richtung zu drehen. »Dann wäre Bob jetzt nämlich bei mir. War doch klar, dass die Schrott war.«

Mischa ließ lautstark Luft aus seinem Babymund entweichen und zog den Kopf zurück. »Da hab ich nicht drüber nachgedacht, Britta. Wirklich.«

»Wozu auch. Hauptsache, du hast dich ausgetobt.«

»Jetzt mal halblang, Schwester«, Mischa ließ sich noch weiter nach hinten fallen, bis er fast im Fenster lag, »du mit deiner Selbstgerechtigkeit kotzt mich genauso an wie der Alte. Engelchen. Der Herr und sein

Echo. Du konntest kaum sprechen. Drei oder vier oder so. Und da kommt's mal wieder. *Setz dich anständig hin und halt die Füße still.* Als ob er mich nicht gemacht hätte. Und unser Küken gackert hinterher: *Sitzgröße. Sitzbeine. Sitzenbleiberbeine.*«

Mit einem Ruck kam Mischa nach vorn, legte den Kopf in die Hände und bestaunte lächelnd die endlose Reihe der Flaschen hinter der Bar. »Irgendwann mal sind die alle dran. Von links oben nach rechts unten. Was meinst, du, wie viele das sind?« Er fragte Britta nicht. Er brauchte keine Antwort. Er hatte sie längst. »Sitzenbleiberbeine. Wie Recht du hattest. Kluges Kind. Und jetzt lauf zur Polizei.«

Britta wusste nicht, was sie sagen sollte. Sie schämte sich und wusste nicht mal, wofür. Sie wollte weg, aber wusste nicht mehr, wie.

Sie stolperte zur Tür. »Sieh lieber zu, dass dein Kumpel Bob hinkriegt.«

Britta hörte sich selbst. Ziemlich weit weg.

42

»Von mir aus kannst du immer so bleiben. Wenn ich dich nur sehen kann.« Die Beatmungsgeräte schnurrten und schlürften unerbittlich in ihrem immer gleichen mechanischen Rhythmus, als Britta sich neben Bob aufs Bett kuschelte. »Du verpasst aber 'ne Menge. Grad kommt die Sonne raus. Schiebt sich richtig durch die Wolken. Hast du heute Nacht das Gewitter gehört? Ich hab gedacht, die Welt geht unter. So ungefähr stell ich mir 'nen Taifun vor. Weißt du, wo ich unbedingt mal hin möchte? Martinique. Die ›Inseln unter dem Wind‹. Gestern hab ich 'ne Reportage gesehen. Unglaublich. Grünblaues Meer. Und Delfine. Und ewige Strände wie Puderzucker. Mit Palmen und Kokosnüssen. Da gibt's ganz kleine Hütten für ein paar Euro. Dann hängen wir uns eine Hängematte zwischen zwei Palmen und schaukeln eine Woche vor uns hin. Und du erzählst mir alles von dir. Du musst mir sowieso noch so viel erzählen. Ich weiß ja kaum was von dir. Ich hab dir doch schon alles erzählt. Jetzt bist du dran.« Britta horchte. Einen Sekundenbruchteil glaubte sie, sie hätte etwas gehört. »Du, gegenüber von der Hauptstadt, Fort de France, gibt's ein kleines

Fischernest. Trois Illet. So was von süß und verschnörkelt. Und lauter kleine Bistros und riesenlange Tische am Hafen. Mit karierten Tischdecken. Wie in Saint Tropez. Jedenfalls im Fernsehen. Ein Restaurant neben dem andern. Der eine hat Fische. Der andere Meeresfrüchte. Oder Crêpes. Oder so scharfe kreolische Salate. Und überall karibische Musik. So zwischen Salsa und Reggae. Und 'n bisschen Trinidad Steel. Ich wüsste gar nicht, wo wir uns hinsetzen würden. Am besten ziehen wir rum und probieren überall was, hm? Und dann kann man tanzen. Am Strand. Nachts. Am Strand, mit den Füßen im Meer. Du und ich. Hm? Und surfen kannst du auch. Ich weiß nicht, ob ich das Gleichgewicht halten kann. Aber wir versuchen's mal. Du schaffst das locker. Ganz bestimmt. Ich möchte dich so gern einmal auf dem Brett sehen. Oben auf 'ner Welle.« Britta rollte sich zur Seite und legte ihren Kopf direkt in Bobs Schulterbeuge. »Ach, ich find's klasse, dass der Mäuser uns ein Einzelzimmer besorgt hat. Das war doch total Krampf auf der Station. Überall Betten und Köpfe. Köpfe und Betten. Das war mir so was von unangenehm. Ich hab mich richtig gefürchtet. Ein Glück, dass du da warst. Also, das wollte ich dir noch sagen. Wenn du zurückkommst – Paps hat sich ziemlich beruhigt. Ich meine, er glaubt immer noch, dass du hinter der Erpressung steckst. Aber das mit Mischa, ich meine, was dir passiert ist, tut ihm, glaub ich, ganz schön Leid. Er kriegt ja den Mund nicht auf. Leider. Aber wenn ich sage, dass ich nach der Schule nach dir sehe, sagt er nur: Hm, oder so was. Du, Bob, übrigens, verrat bloß nicht, dass ich die ganze Zeit hier war. Die denken doch, ich latsch brav ins *Heime*. Als ob ich's da aushalten könnte, wenn du hier liegst. Der Arsch von Steffen ist übrigens endgültig weg vom Fenster. Paps' Anwalt hat ihm Hausverbot erteilt bis zum Prozess. Der läuft uns nicht mehr über die Füße. Weißt du, was du mir versprechen musst«, Britta nahm Bobs Hand und sah sie an wie das größte Kunstwerk aller Zeiten, »dass du mich nie mehr allein lässt. Nie mehr, hast du gehört?« Britta sah Bob mit mahnenden Blicken an, wie eine gestrenge Gouvernante. Bis sie über sich selbst lachen musste. »Na also.«

In dem Moment öffnete sich die Tür.

»Ja sind Sie ganz verrückt geworden?« Eine entgeisterte Stationsschwester baute sich mit mürrischem Gesicht am Fußende des Bettes auf.

»Kann sein«, erwiderte Britta knapp. Küsste Bob hingebungsvoll die Stirn, ohne sich am gurgelnden Rachenschlauch zu stören, und huschte so selbstverständlich aus dem Zimmer, als müsste sie nur mal schnell wohin.

Die Schwester wunderte sich mit einem süßsauren Lächeln. Das war ja schon mal was.

43

»**Schatz.** Schatz! Aufwachen.«

Sofort schreckte Britta hoch.

Ihre Mutter kniete neben dem Bett und versuchte zu lächeln. »Britta …?«

»Ja …« Britta setzte sich benommen auf. »Bob? Nun sag schon!«

»Er ist zu sich gekommen. Doktor Mäuser hat gerade angerufen.«

»Und, was ist … ich meine …?«, wollte Britta wissen.

»Weiter hat er nichts gesagt.«

»Ich fahr gleich hin.«

»Es ist noch nicht mal sechs. Britta …« Ihre Mutter biss sich auf die Lippen, die klein und schmal wie Streichhölzer aussahen. »Wegen Mischa … ich meine, jeder macht doch mal Fehler.«

»Fehler?« Britta knöpfte die Jeans zu und zog die Schuhe ohne Strümpfe über. Sie hatte jetzt keinerlei Lust auf moralische Auseinandersetzungen.

»Wir sind doch eine Familie«, flehte Petra Sander.

»Findest du?«, fragte Britta kalt.

»Du bist genau so stur und selbstherrlich wie dein

Vater«, versetzte sich ihre Mutter in Rage. Um dann wieder abrupt zu stoppen und den Kopf hängen zu lassen.

Britta zog einen Pulli über.

Als sie den Kopf wieder frei hatte, kauerte ihre Mutter auf der Bettkante. »Bloß als es ums Internat ging. Da war ich gut genug ...«

»Mann, Mami ...«, Britta rutschte neben sie und nahm das Häufchen Elend in den Arm, »tut mir Leid. Du weißt doch, wie unausstehlich ich am frühen Morgen bin.«

Erlöst atmete Petra Sander auf und strahlte schon wieder unsicher und ein bisschen unnahbar. »Danke. Ich hab übrigens schon mal bei der Baronin nachgefragt. Für deinen Bob kriegen wir auch noch 'ne Karte.« Sie faltete die Hände, als würde sie einen Begeisterungsausbruch erwarten.

»Was denn für 'ne Karte, Mami?« Britta wusste im Moment wirklich nicht, wovon ihre Mutter sprach.

»Na, für den Rosenball«, sprudelte die vorwurfsvoll heraus, wobei sie schon mal verstohlen den Sitz ihrer Frisur im Spiegel taxierte.

»Mami, du hast 'nen Knall!« Britta sprang auf. »Aber 'nen süßen«, setzte sie vorsichtshalber hinterher. Hastig und ohne hinzuschauen, damit keiner mitbekam, wie gerührt sie in Wirklichkeit war.

»Na hoffentlich ist das nicht erblich«, knurrte Petra Sander, bevor sie sich aufs Bett rollte, als hätte sie seit Wochen nicht richtig geschlafen. Aber dann blinzelte sie doch noch mal durch die Lider und ärgerte sich gähnend: »Willst du wirklich so los? Was soll denn dein Bob von uns denken?«

Britta wusste mal wieder nicht, ob sie lachen oder weinen sollte, als sie nach unten schoss und die Haustür aufriss.

»Ich fahr dich hin!«, bellte unvermittelt die Stimme ihres Vaters durch die Küchentür.

»Nicht nötig!«, rief Britta in die Küche.

»Doch.« Wie herbeigezaubert erschien Max Sander verschlafen und unrasiert in der Tür, eine Tasse in der Hand. »Wir können«, sagte er, nahm einen letzten Schluck, stellte die Tasse achtlos unter den Hängeschrank und ging an ihr vorbei zum Auto.

Der Motor lief schon, als Britta einstieg.

»Ich hätte auch mit dem Fahrrad ...«

»Klar«, unterbrach sie ihr Vater einsilbig, um dann hektisch schaltend vor sich hin zu schweigen.

Die Uhr im Armaturenbrett zeigte acht nach sechs, als sie die Oberkasseler Brücke überquerten. Die Silhouette der Stadt mit den Hochhäusern, der endlosen Rheinpromenade und den Gehry-Bauten am Hafeneingang schimmerte im ersten Licht des Tages. Britta nahm jede Einzelheit und Facette so bewusst wahr wie noch nie. Es schien, als würde sich die Zeit endlos dehnen und dabei jede Menge Raum für Empfindungen und Wahrnehmungen schaffen.

Warten und Ungewissheit steigerten sich zu stechendem Schmerz, der sich vom Bauchfell her hitzig über den ganzen Körper ausbreitete, bis Britta kaum noch atmen konnte und alles vor ihren Augen verschwamm. Dann endlich, als sie den Kopf nach hinten legen musste, um ihre Lungen angestrengt mit Luft zu versorgen, überfiel sie schlagartig eine

Taubheit, die sie von allem um sie herum abschottete.

Britta verlor jeden Zeitbegriff.

Und dann war die Höllenfahrt zu Ende und Britta sah sich durchs Labyrinth der Klinikgänge laufen, hörte die Sohlen ihrer Sneaker auf dem Kunststoffboden schmatzen.

Viel zu ungestüm platzte sie in Bobs Zimmer. Keuchend flog ihr Atem.

Bob lag auf dem Rücken, den Kopf seitlich ins Kissen gepresst. Gequält schlug er die Augen auf, ohne sich zu rühren, starrte aus den Augenwinkeln auf Britta wie auf eine ferne Erinnerung.

»Da bin ich.« Britta rutschte neben ihm auf den Boden und zerrte seine Hand an die Wange. »Sag doch was. Bitte.«

Bob blieb still.

»Wie lang bist du schon wach?« Sie betastete Bobs Hand, die kraftlos zwischen ihren Händen ruhte. Kalt und glatt fühlte sie sich an. Wie Wachs.

»Weiß nicht ... Stunde ... zwei ... drei ...« Bob bemühte sich verzweifelt, ihr den Kopf entgegenzuheben, um die wenigen Worte zu formen.

»Ich hab dich so lieb.«

»Schön ... du ... bist ... schön«, stammelte Bob mit Blei in der Stimme. »Ich ... muss aufstehen ... die ... Prüfung ...«

Mühsam versuchte er sich aus dem Bett zu arbeiten. Wie eine Marionette an ihren Fäden hing er an all seinen Infusionsschläuchen, Kabeln und Sensoren. Schon beim ersten Schrittversuch strauchelte er, versuchte vergeblich sich an der Bettkante festzuhalten und stürzte zu Boden. Mit ihm der Tropf, der wie eine Splitterbombe aufschlug.

»Steh auf! Steh doch auf!!!« Hysterisch versuchte Britta ihn wieder auf die Füße zu stellen.

Tollpatschig, mit durchgedrückten Knien, setzte Bob einen Fuß vor den andern, stakste zum Waschbecken. Britta war so erleichtert, dass sie jede seiner unbeholfenen Bewegungen auf den blassen Beinen bewunderte wie eine Weltmeisterkür.

»Weiter, Bob. Weiter. Und jetzt komm her.«

Wie einem Kleinkind stellte sie sich ihm mit geöffneten Armen erwartungsfroh entgegen.

Bob lächelte und drehte sich schwankend zu ihr. Er sah lächerlich aus mit seinem knielangen, hinten offenen Klinikhemd, aber Britta hatte ihn noch nie so schön und lebendig erlebt.

In dem Moment ging die Tür auf und Max Sander trat ins Zimmer.

»Du gehst sofort wieder da hin, wo du herkommst«, raunzte er Bob an.

»Fang nicht schon wieder an«, stellte sich Britta ihrem Vater in den Weg.

Max Sander verschlug es die Sprache. Er holte erst mal tief Luft, bevor er sich einen der Besucherstühle angelte und darauf Platz nahm. »Also. Eins wollen wir mal klarstellen: Dein Freund gehört ins Bett. Junge, da beißt die Maus keinen Faden ab.« Er streckte die Beine von sich wie im Saloon und klemmte die Hände in die Hosentaschen. Im Kino machen das die Sheriffs kurz vorm Showdown, dachte Britta.

Dann musste sie schon sehr genau hinschauen, um zu erkennen, dass ihr Vater schmunzelte. Fast ein bisschen schelmisch. Bob machte, dass er unter die Bettdecke kam.

»So, und da rührst du dich nicht weg, junger Mann. So lange, bis die Ärzte grünes Licht geben. Verstanden?«

Bob nickte eingeschüchtert.

»Und jetzt habe ich euch was zu sagen.« Max Sander stand auf, knöpfte das Jackett zu und brachte sich auf wippenden Zehen in Positur. »Also, Bob, was dir passiert ist, tut mir Leid. Wahnsinnig Leid sogar. Vor allem, weil das, was du abbekommen hast, eigentlich für mich gedacht war.«

Bob war sichtlich überrascht und wollte irgendwas sagen.

Aber Brittas Vater ließ ihm gar keine Zeit, den Mund aufzumachen. »Moooment, mein Freund. Jetzt hör mal gut zu. Uns zu erpressen war garantiert nicht die feine Art. Und ein saudummer Einfall. Aber vielleicht hätte ich in deinem Alter auch gedacht: Mensch, da ist 'ne fette Kuh, die kann man ein bisschen melken, ohne dass es ihr wehtut ...«

»Meinst du vielleicht mich damit?«, meldete sich Britta mit gespielter Entrüstung zu Wort.

Aber da stammelte Bob schon mit brüchiger Stimme los, um sich zu verteidigen. »Ich ... ich hab niemand ... erpresst. Ich ... damit hab ich nichts ... nichts zu tun ... genau wie ... wie mit den Fotos.«

»Interessant«, nahm Max Sander kaum beeindruckt das Verhör wieder auf, »dann verrat uns doch mal, wo du dich vorigen Montag rumgetrieben hast? Nachmittags, nachdem du dich krankgemeldet hast?«

»Du warst nicht zu Hause. Ich wollte dich besuchen«, flocht Britta hastig ein, um Bob von der naheliegendsten Ausflucht abzuhalten.

Was gar nicht nötig war. »Vor ... vorm ... vor dem Kunstkarree«, gestand Bob mühsam ein.

»Ach ja? Und?« Brittas Vater stemmte ungeduldig die Hände auf die Hüften.

»Silke ... Silke hat angerufen ... sie muss ... sie müsste mich ... unbedingt treffen.« Bob schielte beklommen.

»Wozu das bitte?« Brittas Vater lauerte schon wieder argwöhnisch wie ein Habicht.

»Sie ... sie hat gemeint ... wir müssen ... müssten Britta helfen.« Bob ließ den Kopf hängen. Er traute sich kaum die Augen aufzumachen.

»Ach, wie reizend«, sagte Britta, »habt ihr die Schwäne im Teich gefüttert? Oder hat sie dir gleich das Gebüsch gezeigt?«

»Bitte ... bitte nicht, Britta ... du ... du kennst mich doch ...«, mühte sich Bob, die Sicht der Dinge einigermaßen zurechtzurücken.

»Du hast also Zeugen ...«, sagte Brittas Vater, »wenn das stimmt ...«

Prompt bekam er sein Fett ab. »Was heißt hier wenn?« So früh am Morgen war Britta einfach ungenießbar.

Mit seinem nachgeklappten »Hab ... hab ich nicht ... ich meine ... Zeugen«, verwirrte Bob dann alle restlos.

»Stopp. Stopp. Stopp«, entschied sich Britta deshalb, das Heft in die Hand zu nehmen. »Ich würde jetzt wirklich gerne wissen, was los war. Und zwar genau.« Wie ein Großinquisitor schaltete sie mit verschränkten Armen für einen Moment auf Angriffshaltung. Einen knappen Moment, denn dann setzte sie sich doch lieber zu Bob und drückte ihm einen verstohlenen Kuss auf die Schläfe.

»Da ... da gibt's nicht viel ... zu ... zu erzählen. So ... so gegen eins ... Silke rief an ... um vier am Kunstkarree ... ganz wichtig ... ich wollte keinen Wirbel ... hab mich bei Otto krankgemeldet ... Durchfall ... dann bin ich zum Kunst...karree ... aber nix ... hab mir die Beine in den Bauch ... ich hab Silke angerufen ... x-mal ... aber jedes Mal Mailbox ... ich hab gewartet und gewartet ... immer gedacht, die kommt noch ... wo's doch um dich ging ...«

»Also doch.« Britta fuhr hoch wie eine Raubkatze. »Jetzt wird mir einiges klar. Leute, ich muss schnell was erledigen.«

»Darf man vielleicht erfahren, wo du hinwillst?«, erkundigte sich Max Sander sichtlich irritiert.

»Wüsste ich auch ... gerne«, assistierte Bob brüchig. Sein Blick flehte Britta regelrecht an, ihn jetzt nicht mit ihrem Vater allein zu lassen.

»Nur schnell ins *Heime*.«

»Na, einmal kannst du doch schwänzen«, schlug ausgerechnet Brittas Vater vor.

»Heute ausnahmsweise nicht«, gestand Britta beiläufig ihre Schulsünden. Ganz ohne rot zu werden.

Bob allerdings konnte sich angesichts Brittas Dreistigkeit das Lachen nicht ganz verkneifen. Bloß sein noch ziemlich steifer Mund spielte nicht so ganz mit.

»Ich fahr dich hin.« Mit einem Mal schien sich ihr Vater geradezu darum zu reißen, für Britta den Chauffeur zu spielen.

»Ach was. Nicht nötig.«

Aber da verdrehte Bob schon die Augen. Derart unbeholfen inbrünstig, dass Britta gar nichts anderes übrig blieb, als umzuschwenken.

»Na schön ... ich meine, wenn's dir nichts ausmacht. Umso schneller sind wir wieder hier.«

»Oh wunderbar«, bedankte sich Max Sander übertrieben. »Trotzdem wüsste ich gerne, was du jetzt schon wieder vorhast. Oder fällt das unter weibliche Geheimnisse?«

»Nicht wirklich. Ich hol dir bloß dein Geld zurück.«

Das kam so unverhofft und nebenbei, dass Brittas Vater erst mal schlucken musste. »Im *Heime*?«

»Ungefähr.« Jetzt war nicht die Zeit für Erklärungen.

»Junge, schaff dir bloß keine Töchter an, du ahnst ja nicht, was da auf dich zukommt«, stellte Max Sander derart unverhohlen kumpelhaft fest, dass es Bob sein bisschen Sprache verschlug und ihm ein ungläubiges Starren aufs Gesicht zauberte.

So schaffte er gerade noch ein knirschendes »Mhm« und ein halbseitiges Lachen.

Auch Britta konnte über den offensichtlichen Sinneswandel ihres Vaters erst mal nur staunen. Nach all den Bezichtigungen und Vorverurteilungen ein sympathisches, aber ganz schön fadenscheiniges Manöver.

»Komm, Paps. Bevor ihr jetzt auf Blutsbrüder macht, lass uns fahren. Gleich in der Pause zeig ich dir ein richtig dummes Gesicht.«

»Das ... das will ich auch sehen!« Bob riss sich das Klinikhemd mit einem Ruck vom Leib und stakste samt Betttuch zum Spind, in dem die Sachen untergebracht waren, mit denen er eingeliefert worden war. »Gib mir ... zwei Minuten.«

»Du willst doch wohl nicht mit?« Britta sah genau, dass Bob sich ständig festhalten musste.

»Ich hab ... hab dich ... lang genug vermisst. Außerdem geht's auch um meinen Ar... oder ... haben Sie ... was dagegen?« Er schwankte vor Max Sander in seinem Umhang von einem Bein aufs andere.

»Noch so eine dumme Frage und du kannst hier bleiben.« Max Sander schob Britta lachend durch die Tür, »also, mach, dass du vorankommst. Wir müssen uns sowieso mal in aller Ruhe unterhalten. Von Mann zu Mann.«

Einen letzten Versuch, Bob zurückzuhalten, unternahm die energische Stationsschwester, indem sie sich seinem Seemannsgang mit ausgebreiteten Armen wie der Erzengel Michael persönlich entgegenstemmte.

»Um Gottes willen! Das geht ja wohl nicht.«

»Mit Britta ... geht alles.«

Mehr brauchte Bob nicht zu sagen, denn er strahlte dabei derart unbändige Entschlossenheit aus, dass der zufällig vorbeikommende Doktor Mäuser mit einem stummen Nicken sein Okay gab. Woraufhin selbst der Stationsdrachen wortlos kapitulierte.

44

»**Na**, da haben wir unser Schmuckstück ja.« Britta pfiff zufrieden durch die Zähne, als sie vor dem majestätischen Aufgang des *Heime* mit seiner neogriechischen Säulengalerie ankamen.

Max Sander stieg einen Tick zu hastig auf die Bremse. Hinter ihnen schwoll ein aufgeregtes Hupkonzert an.

»Jaja, stellt euch bloß nicht so an ...«, schimpfte Brittas Vater Richtung Rückspiegel. »Also, was wird jetzt?«

»Da vorne. Kommt dir das bekannt vor?« Britta drehte sich zu Bob um, der noch etwas bleich auf dem Rücksitz kauerte.

»Der ... Roller?«

»Exakt.« Britta rutschte zur Seite und zog die Beine an. »Also, jetzt halten wir mal fest: Silke hat sich mit Bob verabredet und ihn sitzen lassen. Sie konnte auch gar nicht kommen, denn sie war im Zug, um das Geld in Empfang zu nehmen. Und Bobs Anhänger auf der Toilette unterzubringen, um ihn zu belasten. Das Tückische an dem Plan war: So hatte Bob kein Alibi und wurde richtig verdächtig.«

Max Sander studierte nachdenklich und ein wenig betreten die chromglänzende Schaltung der Limousine.

»Natürlich hatte ich Silke in Verdacht«, fuhr Britta fort. »Schließlich hatte sie gleich zwei Motive. Erst mal wollte sie an Bob ran. Als das nicht klappte, wollte sie ihm eins auswischen, indem sie ihn belastete ...«

Jetzt war der an der Reihe, etwas zerknirscht seine zerfledderten Klamotten zu inspizieren.

»... und dann und vor allem, brauchte sie dringend Geld, um im *Heime* mithalten zu können. Von zu Hause kam nichts. Oder jedenfalls nicht viel. Meine beste Freundin konnte mich vermutlich genauso wenig ausstehen wie irgendjemanden sonst. Aber in meinem Windschatten konnte sie am leichtesten vorankommen. Die ersten Fotos gehen vermutlich auf Steffens Konto. Aber als sie in der Schule rumgeisterten, kamen sie Silke gerade recht, um einen Keil zwischen Bob und mich zu treiben. Es soll ja Leute geben, die auf so was reinfallen ...« Sie sah ihren Vater an. »Die Aufnahmen für die DVD hat sie dann selbst auf der Party gemacht. Das Dumme war nur, als ich bei ihr war und mich umgesehen habe, war nichts zu finden. Kein Geld. Keine Aufnahmen. Nichts. Nur ein bisschen Tinnef. Angeblich von Falco. Aber eben, als Bob uns erzählte, was passiert ist, fiel mir ein Satz von Silke ein, den ich fast vergessen hatte. Ich Idiotin.«

»Du bist keine ... Idiotin«, versicherte Bob verliebt.

»Das wirst du schon noch merken.«

Diesmal musste selbst Brittas Vater sich anstrengen, nicht loszulachen.

»Silke schlief halb und murmelte was von ›Geld muss bewegt werden‹. Voilà!« Britta deutete mit dem Kopf auf die tiefschwarze Kenzaghi.

»Ich verstehe.« Nicht ganz so geschmeidig wie Britta ihn sonst kannte, kletterte Bob aus dem Wagen und beugte sich mit seinem Schweizermesser über die Sitzbank des Rollers. Trotzdem dauerte es keine zehn Sekunden, bis sie aufsprang.

Als Britta und ihr Vater aus dem Auto stiegen, hielt Bob schon die Plastiktüte in die Luft. »Bingo, Britta!«

»Was hab ich gesagt?«, strahlte die ihren Vater an, woraufhin der gar nicht mehr anders konnte, als sie stolz und fast ein bisschen ehrfürchtig bei der Schulter zu nehmen.

»Wie viel ist noch da?«, wollte Britta wissen.

Aber da zog Bob schon die Original-DVD aus der Tüte. »Die kleine ... Drecksau!« Vor lauter Wut fielen ihm die Haare wie ein Vorhang vor die Augen. Er versuchte sie wie üblich mit einem gewaltigen Pusten wegzublasen, was diesmal in einem gehörigen Hustenanfall endete.

»Nun mal langsam, mein Junge.« Max Sander klopfte ihm fast fürsorglich ins Kreuz und nahm die Tüte an sich.

»Wollen Sie nicht nachsehen ... was noch da ist?«, erkundigte sich der erstaunt.

»Was weg ist, ist weg. Hauptsache, wir wissen jetzt, wer uns das alles eingebrockt hat«, gab sich Brittas Vater souverän. »Ach, bei der Gelegenheit ... da ... na, sagen wir mal so ... da wär noch was, Bob ... es ... weißt du, das ist nicht so ganz einfach für ... für jemand wie mich …«, stammelte Max Sander, »tja, also … wie soll ich sagen …«

»Na, nicht so schüchtern«, versuchte Britta nachzuhelfen, weil sie ahnte, was kam.

»Also dann … ich wollte mich einfach entschuldigen … bei dir, Bob.«

»Ist doch nicht … nötig«, wehrte der bescheiden ab.

»Na, ich fürchte doch … ich war ja wie … wie vernagelt. Komm, gib mir die Hand, Junge.«

Als Bob sie ihm hinstreckte, nahm Max Sander sie mit beiden Händen.

»Soll ich durchschlagen?«, freute sich Britta.

»Aber nicht so fest. Bob wird noch gebraucht.«

»Dann kann ich bleiben?« Bobs Augen glitzerten vor Freude.

»Tja, da musst du Britta fragen …« Max Sander zwinkerte seiner Tochter zu. »Aber sagt mal, was machen wir jetzt mit dem kleinen Luder?«

»Erst mal gar nichts«, Britta klappte die Sitzbank zurück, als wäre nichts gewesen, »bevor alles wieder richtig hochkocht.«

»Keine schlechte Idee«, fand Max Sander, »unsere Anwälte werden schon dafür sorgen, dass deine Freundin alles bis auf den letzten Cent abarbeitet. Ich kann ja mal im Tennisclub fragen. Die brauchen immer jemanden zum Rasenmähen.«

Erst als Max Sander Britta und ihren immer noch arg zerrupften Liebsten vor Speckis Pappschachtelvilla absetzte, wurde er noch mal für einen Augenblick ernst.

Bob schlurfte schon aufs Haus zu und Britta wollte sich mit einem flüchtigen Kuss verabschieden, als ihr Vater sie nachdenklich zurückhielt.

»Danke, Britta.«

»Wofür denn?«

»Dass du mir die Augen geöffnet hast.«

»Was Bob und Steffen angeht?«

Nur zögerlich suchte Brittas Vater ihre Hand und legte sie wie eine wiedergefundene Kostbarkeit zwischen seine. »Was mich angeht.« Max Sander sah auf, als wäre nicht Bob, sondern er aus einem tagelangen Koma erwacht. Aber noch bevor Britta irgendwie reagieren konnte, setzte er ruppig hinterher: »Und jetzt mach, dass du zu deinem Freund kommst, bevor er uns doch noch umkippt.«

So war er nun mal.

Genau wie Britta.

In der Reihe **Labyrinthe Krimis** ebenfalls erschienen:

Michael Borlik: Unsichtbare Augen
Angela Gerrits: Foulspiel
Angela Gerrits: Letzter Auftritt
Oliver Pautsch: Mordgedanken
Oliver Pautsch: Sie kriegen dich
Edith Schreiber-Wicke: Zu viele Zeugen
Christoph Wortberg: Novembernacht
Christoph Wortberg: Keine Wahl

Der Autor Rolf Bönnen wird vertreten
durch die Agentur Hanauer, München.

Bönnen, Rolf
Ausgeknipst
ISBN 3 522 17703 7

Einbandillustration: Christine Kleicke und Hartwig Otto
Einbandtypografie: Christine Kleicke und Hartwig Otto
Schrift: Stone serif
Satz: KCS GmbH in Buchholz/Hamburg
Reproduktion: immedia 23
Druck und Bindung: Friedrich Pustet, Regensburg

5 4 3 2 1* 05 06 07 08

Thienemann im Internet: www.thienemann.de

Spannung pur!
LABYRINTHE KRIMIS

Tödliches Katz- und Maus-Spiel

Oliver Pautsch

Sie kriegen dich

ab 13 Jahren · 192 Seiten

ISBN 3 522 17748 7

Ben hat Angst. Seit Monaten wird er von drei Jugendlichen abgezockt. Sie knöpfen ihm auf dem Schulweg alles ab, sein Fahrrad, sein Geld, sein Handy, ja sogar seine Schuhe, sodass er auf Strümpfen nach Hause laufen muss. Doch dann wird einer seiner Peiniger auf dem Schulgelände tot aufgefunden – mit Bens Handy in der Tasche ... Nun hat Ben erst recht Angst. Kein Mensch wird ihm glauben, dass er mit dem Toten nichts zu tun hat. Jetzt kriegen sie ihn!